Descubre la aplicación
FOREVER ANNA TODD
y prepárate para una experiencia de lectura 360º.

Descarga gratuitamente la aplicación en tu celular, sigue los símbolos de las estrellas ✦ que encontrarás repartidos a lo largo de las páginas de Stars y prepárate para vivir **la historia de Karina y Kael en primera persona**.

Fotos, videos, pistas de audio, listas de música y otras sorpresas que te harán disfrutar aún más de la **Experiencia STARS**.

D1053476

STARS. ESTRELLAS FUGACES

ANNA TODD

STARS.
ESTRELLAS FUGACES

Traducción de Vicky Charques

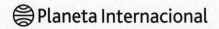 Planeta Internacional

Obra editada en colaboración con Editorial Planeta – España

Título original: *The Brightest Stars*

Diseño de portada: Planeta Arte & Diseño
Fotografía de portada: © Henrik Sorensen y Carol Yepes / Getty Images
Fotografía de la autora: © Aleix Montoto

© 2018, Anna Todd
Publicado de acuerdo con Bookcase Literary Agency

© 2018, Traducción: Traducciones Imposibles

© 2018, Editorial Planeta S.A. – Barcelona, España

Derechos reservados

© 2018, Editorial Planeta Mexicana, S.A. de C.V.
Bajo el sello editorial PLANETA M.R.
Avenida Presidente Masarik núm. 111, Piso 2
Colonia Polanco V Sección
Delegación Miguel Hidalgo
C.P. 11560, Ciudad de México
www.planetadelibros.com.mx

Primera edición impresa en España: septiembre de 2018
ISBN: 978-84-08-19348-7

Primera edición en formato epub en México: septiembre de 2018
ISBN: 978-607-07-5308-4

Primera edición impresa en México: septiembre de 2018
ISBN: 978-607-07-5306-0

Impreso en los talleres de Litográfica Ingramex, S.A. de C.V.
Centeno núm. 162-1, colonia Granjas Esmeralda, Ciudad de México

Impreso en México -*Printed in Mexico*

PLAYLIST

One Last Time, de Ariana Grande

Psycho, de Post Malone (feat. Ty Dolla $ign)

Let Me Down Slowly, de Alec Benjamin

Waves, de Mr. Probz

Fake Love, de BTS

To Build A Home, de The Cinematic Orchestra

You Oughta Know, de Alanis Morissette

Ironic, de Alanis Morissette

Bitter Sweet Symphony, de The Verve

3AM, de Matchbox Twenty

Call Out My Name, de The Weeknd

Try Me, de The Weeknd

Beautiful, de Bazzi

Leave A Light On, de Tom Walker

In the Dark, de Camila Cabello

Legends, de Kelsea Ballerini

Youngblood, de 5 Seconds of Summer

Want You Back, de 5 Seconds of Summer

Para Hugues de Saint Vincent. Espero que sientas la pasión en este libro y confío en seguir haciendo que te sientas orgulloso de mí. Te extraño muchísimo e intentaré beber más vino tinto, sólo por ti <3 DEP

CAPÍTULO 1

Karina, 2019

El viento azota la cafetería cada vez que la vieja puerta de madera se abre con un rechinido. Hace un frío inusual para ser septiembre, y estoy casi segura de que se trata de una especie de castigo del universo por haber accedido a reunirme con él, y encima hoy. ¿En qué estaba pensando?

Apenas me dio tiempo de maquillarme las ojeras. Y esto que llevo puesto..., ¿cuándo fue la última vez que vio la lavadora? En serio, ¿en qué estaba pensando?

Ahora mismo pienso en que me duele la cabeza y no sé si llevo ibuprofeno en la bolsa. También pienso en que fui lista al elegir la mesa que está más cerca de la puerta; así podré largarme rápido si la situación lo requiere. Este establecimiento está en pleno Edgewood. Es un punto neutro, y nada romántico. Otra buena elección. Sólo he estado aquí unas pocas veces, pero es mi cafetería favorita en Atlanta. Es pequeño, tiene sólo diez mesas; imagino que quieren que haya un flujo de clientela constante. Un par de detalles son dignos de Instagram, como la pared de plantas suculentas y los bonitos azulejos en blanco y negro de detrás de los meseros, pero, por lo demás, el sitio es bastante sobrio, con tonos grises y cemento por todas partes, y se oye constantemente el ruido de las batidoras que mezclan kale con la fruta que esté de moda en el momento.

Hay una única puerta vieja: una entrada, una salida. Miro el celular y me seco las palmas de las manos en el vestido negro.

¿Me abrazará? ¿Me dará la mano?

No me imagino un gesto tan formal. No de él. Mierda. Ya me estoy agobiando otra vez, y eso que ni siquiera ha llegado todavía. Por cuarta vez en este día, siento cómo hierve el pánico en mi pecho y soy consciente de que, cada vez que visualizo nuestro encuentro, lo imagino como era la primera vez que lo vi. No tengo ni la menor idea de con qué versión de él me voy a encontrar. No lo he vuelto a ver desde el invierno pasado, y ya no sé quién es. Aunque, ¿lo he sabido alguna vez?

Puede que sólo conociera una de sus versiones, una forma deslumbrante y falsa del chico al que espero ahora.

Supongo que podría haberle dado largas durante el resto de mi vida, pero la idea de no volver a verlo nunca más me parece peor que estar aquí sentada en estos momentos. Al menos puedo admitir eso. Y aquí estoy, calentándome las manos con una taza de café y esperando a que cruce la ruidosa puerta después de haber jurado, a él, a mí misma, y a todo el que haya querido escucharme durante los últimos meses, que jamás...

Aún faltan cinco minutos para la hora en la que habíamos quedado, pero si se parece en algo al chico que yo recuerdo, llegará tarde y con el ceño fruncido.

La puerta se abre y es una mujer quien entra. Su cabello rubio forma un nido en la parte superior de su minúscula cabeza y lleva el celular pegado a su mejilla roja.

—Me importa una mierda, Howie. Hazlo —ordena, y se aleja el aparato de la oreja maldiciendo.

Detesto Atlanta. Aquí todo el mundo es como ella, todo el mundo es irascible y todo el mundo tiene prisa. No siempre ha sido de esa manera. Bueno, tal vez sí, pero yo no soy así. Las cosas cambian. Antes me encantaba esta ciudad, sobre todo el centro. Para ser una ciudad pequeña, hay una infinidad de restaurantes distintos entre los que escoger si eres amante de la gastronomía, y ése fue motivo suficiente para que me mudara aquí. En Atlanta siempre hay algo que hacer, y todo está abierto hasta más tarde que en Fort Benning. Sin embargo, lo que más me atrajo en su momento fue que no me recordaba constantemente a la vida militar. No había camuflaje por doquier. Los hombres no vestían el uniforme reglamentario del ejército, el ACU, y las mujeres no hacían fila para ir al cine, a la gasolinera o a Dunkin' Donuts. La gente hablaba con palabras de verdad, no con acrónimos. Y había un montón de cortes de cabello no militar que admirar.

Adoraba Atlanta, pero él hizo que eso cambiara.

Los dos hicimos que cambiara.

Los dos.

Eso es lo más cerca que estoy de admitir cualquier tipo de culpa en lo que sucedió.

CAPÍTULO 2

—¿Qué ves?

Son sólo un par de palabras, pero penetran hasta lo más profundo de mi ser, sacuden todos y cada uno de mis sentidos y hacen tambalear mi cordura. A la vez, siento una extraña calma, ésa que parece apoderarse de mí cada vez que él está cerca. Levanto la vista para asegurarme de que es él, aunque sé que sí. Cómo no, está ahí de pie, mirándome con sus ojos color nogal, escrutándome..., ¿recordando? Ojalá no me mirara de esa manera. La pequeña cafetería está bastante llena, pero no tengo la sensación de que sea así. Había ensayado este encuentro, pero él ya lo alteró todo y ahora estoy nerviosa.

—¿Cómo le haces? —le pregunto—. No te vi entrar.

Me preocupa que mi voz suene como si lo estuviera acusando de algo o que delate que estoy nerviosa; es lo último que quiero. Pero sigo sin entender cómo le hace. Siempre se le ha dado muy bien ser sigiloso, moverse sin ser detectado. Otra habilidad adquirida en el ejército, supongo.

Lo invito a sentarse. Cuando se desliza sobre la silla, me doy cuenta de que se dejó la barba. Unas líneas perfectamente perfiladas dividen sus mejillas y el vello oscuro cubre su mandíbula. Esto es nuevo. Desde luego que lo es: él siempre tenía que cumplir la normativa. El cabello debía estar corto y bien cuidado. El bigote estaba permitido, siempre y cuando estuviera bien arreglado y no sobrepasara el labio superior. Una vez me comentó que estaba pensando dejarse bigote, pero yo lo disuadí de hacerlo. Incluso en una cara como la suya, un bigote quedaría raro.

Toma la carta de cafés que está sobre la mesa. *Cappuccino. Macchiato. Latte. Flat white. Long black.* ¿En qué momento se volvió todo tan complicado?

—¿Ahora tomas café? —No intento ocultar mi sorpresa.

Niega con la cabeza.

—No.

Una sonrisa a medias se dibuja en su rostro impasible y me recuerda justo la razón por la que me enamoré de él. Hace un momento me resultaba fácil mirar hacia otro lado. Ahora es imposible.

—Café no —me asegura—. Té.

No trae saco, claro, y las mangas de su camisa, alzadas por encima del codo, dejan entrever parte de su tatuaje, y sé que si toco su piel ahora mismo me quemaré. No pienso hacerlo por nada del mundo, de modo que desvío la vista hacia su hombro. Lejos del tatuaje. Lejos de ese pensamiento. Así es más seguro. Para ambos. Intento centrarme en el bullicio de la cafetería para sentirme más cómoda con su silencio. Había olvidado lo inquietante que puede resultar su presencia.

Bueno, no es verdad. No lo había olvidado. Lo he intentado, pero no puedo.

La mesera se acerca, oigo rechinar sus tenis contra el suelo de cemento. Tiene una vocecita tímida y, cuando le dice que «tiene» que probar el nuevo mocha con menta, me echo a reír. Sé que odia las cosas con menta, hasta la pasta de dientes. Recuerdo aquellas plastas rojas de pasta de canela que dejaba en el lavabo de mi casa y la cantidad de veces que discutimos por ello. Ojalá hubiera pasado por alto esas pequeñeces. Ojalá hubiera prestado más atención a lo que realmente estaba ocurriendo; las cosas habrían sido de otra manera.

Tal vez. O tal vez no. Soy la clase de persona que asume la responsabilidad de todo…, excepto de esto. No puedo estar segura.

Y no quiero estarlo.

Otra mentira.

Kael le dice a la chica que quiere un té negro solo e intento no echarme a reír. Qué predecible es.

—¿Qué te hace tanta gracia? —pregunta cuando la mesera se va.

—Nada. —Cambio de tema—. Bueno, ¿qué tal?

No sé qué tonterías van a ocupar esta cita para tomar café. Lo que sí sé es que vamos a vernos mañana, pero ya que tenía que estar hoy en la ciudad de todos modos, en fin, me pareció buena idea que nuestro primer encuentro fuera a solas, sin público. Un funeral no es lugar para eso.

—Bien. Dadas las circunstancias. —Se aclara la garganta.

—Ya. —Suspiro, e intento no pensar demasiado en lo de mañana.

Siempre se me ha dado bien fingir que el mundo no se hunde a mi alrededor. Bueno, en los últimos meses me ha costado un poco, pero durante años ha sido algo natural en mí, algo que empecé a hacer en algún momento entre el divorcio de mis padres y la graduación de la preparatoria. A veces tengo la sensación de que mi familia está desapareciendo. Cada vez se hace más y más pequeña.

—¿Estás bien? —pregunta en un tono aún más grave que antes.

Me recuerda a como lo hacía aquellas noches húmedas en las que nos quedábamos dormidos con la ventana abierta; toda la habitación amanecía cubierta de condensación a la mañana siguiente y nuestros cuerpos, húmedos y pegajosos. Me encantaba sentir su piel caliente cuando recorría con la punta de mis dedos los suaves contornos de su mandíbula. Incluso sus labios eran cálidos, ardientes a veces. El aire del sur de Georgia era tan denso que casi podías saborearlo, y la temperatura de Kael estaba siempre tan alta...

—¡Ejem! —Se aclara la garganta y salgo de mi ensimismamiento.

Sé lo que está pensando, puedo leer su rostro tan claramente como el letrero de neón —PERO ANTES, UN CAFÉ— que cuelga de la pared situada detrás de él. Odio que sean ésos los recuerdos que mi cerebro asocia con él. No facilita nada las cosas.

—Kare... —Su voz es suave, y alarga las manos sobre la mesa para tocar la mía.

La aparto tan deprisa que cualquiera diría que me ha quemado. Se me hace raro pensar en cómo éramos; era imposible decir dónde terminaba él y dónde empezaba yo. Había tanta sintonía entre nosotros... Todo era tan tan diferente de como es ahora... Hubo un tiempo en el que, con sólo pronunciar mi nombre, sin más, yo le concedía todo lo que quisiera. Me detengo a pensar en eso por un instante. En cómo le daba todo lo que él quería.

Creía que había avanzado más en esto de superar lo nuestro. Creía que había avanzado lo suficiente como para no estar pensando en cómo sonaba su voz cuando tenía que despertarlo por las mañanas para su sesión de entrenamiento físico o en el modo en que gritaba por las noches. La cabeza empieza a darme vueltas y, si no desconecto ya la mente, los recuerdos me partirán en dos aquí mismo, en esta cafetería, justo delante de él.

Me obligo a asentir y tomo mi *latte* para hacer algo de tiempo, sólo un momento para encontrar mi voz.

—Sí. Bueno, ya sabes, los funerales son lo mío.

No me atrevo a mirarlo a la cara.

—En cualquier caso, no hay nada que hubieras podido hacer. No me digas que crees que sí. —Hace una pausa, y yo me centro en la pequeña rotura de mi taza.

Paso el dedo por la grieta de cerámica.

—Karina. Mírame.

Niego con la cabeza. No pienso meterme en ese agujero con él. No puedo.

—Estoy bien. En serio. —Hago una pausa y observo la expresión de su rostro—. No me mires así. Estoy bien.

—Tú siempre estás bien. —Se pasa la mano por la barba, suspira y apoya los hombros contra el respaldo de la silla de plástico.

No es ni una pregunta ni una afirmación. Es simplemente la verdad. Tiene razón. Yo siempre estaré bien. ¿Eso de «fíngelo hasta que lo consigas»? Lo tengo dominado.

¿Qué otra opción me queda?

CAPÍTULO 3

Karina, 2017

Había tenido suerte en el trabajo. No tenía que abrir el salón hasta las diez, así que la mayoría de las mañanas podía dormir hasta tarde. Y poder caminar hasta allí desde mi casa, que estaba al final de la calle, era un regalo. Me encantaba esa calle: la tienda de colchones, el puesto de helados, el salón de uñas y la antigua tienda de dulces. Ahorré dinero y allí estaba, con veinte años, en mi propia calle y en mi propia casita minúscula. Mi casa. No la de mi padre. La mía.

El recorrido hasta el trabajo duraba sólo cinco minutos, demasiado poco como para que fuera interesante. Pasaba la mayor parte del tiempo intentando que no me atropellaran. El callejón era tan estrecho que apenas cabían un coche y un peatón a la vez. Bueno, un Prius o algún coche pequeño habrían cabido con facilidad; por desgracia, la gente de por allí solía conducir camionetas enormes, así que casi siempre tenía que pegarme a los árboles que bordeaban la calle hasta que pasaban.

A veces iba inventándome historias mentalmente para añadir una dosis de emoción antes de empezar la jornada.

El protagonista de la historia del día era Bradley, el barbudo propietario de la tienda de colchones de la esquina. Bradley era un hombre atractivo que vestía con su uniforme de tipo apuesto: una camisa de cuadros y unos pantalones de vestir. Conducía una Ford blanca, no sé qué modelo, y trabajaba aún más que yo. Lo veía todas las mañanas de camino al trabajo, y ya estaba en su establecimiento antes de que yo empezara a las diez. Incluso cuando doblaba turno o iba de noche veía que su camioneta blanca seguía estacionada en la parte trasera del callejón.

Bradley debía de ser soltero. No porque no fuera simpático o guapo, sino porque siempre estaba solo. Si hubiera sido casado o hubiera tenido hijos, los habría visto al menos una vez en los seis meses desde que me había mudado a esa parte de la ciudad, pero no había sido el caso. Daba igual que fuera de día, de noche o fin de semana: Bradley siempre estaba solo.

Hacía un sol radiante, pero no se oía el canto de ningún pájaro. Ni el ruido del camión de la basura. Ni una sola persona arrancando el coche. Reinaba un silencio escalofriante. Tal vez fuera eso lo que hacía que Bradley pareciera algo más siniestro aquella mañana. Lo observé de nuevo y me pregunté por qué habría peinado su cabello rubio con la raya en medio. ¿Qué le habría hecho pensar que era buena idea exponer una línea de cuero cabelludo tan definida? En serio, quería saber adónde se dirigía con esa alfombra enrollada en la parte trasera de la camioneta. Quizá había visto demasiados episodios de *CSI*, pero ¿acaso no sabe todo el mundo que es así como uno se deshace de un cadáver, enrollándolo en una alfombra vieja y abandonándolo a las afueras de la ciudad? Justo cuando mi imaginación estaba transformando a Bradley en un asesino en serie, éste me regaló el más amistoso de los saludos y una sonrisa, una sonrisa sincera. O puede que sólo se le diera muy bien fingir que era encantador y en realidad estuviera a punto de...

Casi me hago encima al oír que me llamaba.

—¡Eh, Karina! ¡Cortaron el agua en toda la calle!

Frunció sus finos labios mientras agitaba los brazos para mostrar lo disgustado que estaba. Me detuve y levanté la mano para protegerme los ojos del sol; brillaba con una intensidad cegadora a pesar de que hacía algo de viento. En Georgia hacía muchísimo calor. Creía que al cabo de un año me habría acostumbrado, pero no. Anhelaba las frías noches del norte de California.

—He intentado comunicarme con la compañía del agua, pero de momento no he tenido suerte. —Se encogió de hombros y levantó su celular a modo de prueba.

—¿Qué dices? —Traté de imitar su tono de frustración por el tema del agua, pero lo cierto es que esperaba que Mali cerrara para el resto del día.

La noche anterior no había dormido mucho, así que no me iría mal una horita más de sueño, o veinte.

—Voy a seguir intentando comunicarme con ellos —se ofreció.

Bajó la mano y tocó la hebilla con forma de toro de cuernos largos de su cinturón. Parecía que ya estaba sudando y, cuando agarró la enorme alfombra de la caja de la camioneta, casi me dieron ganas de ayudarlo.

—Gracias —contesté—. Se lo diré a Mali.

CAPÍTULO 4

La puerta estaba cerrada y las luces apagadas, incluso la del pasillo, que acostumbrábamos a dejar encendida, y hacía muchísimo frío dentro. Conecté los calentadores de aceite y prendí las velas en el vestíbulo y en dos de las habitaciones.

Mi primer cliente no llegaba hasta las diez y media. Elodie no vendría hasta las once y media. Aún estaba roncando cuando había salido de casa, lo que significaba que entraría corriendo por la puerta al veinte para las doce, le ofrecería a su cliente una dulce sonrisa y una rápida disculpa con ese acentito francés suyo tan lindo y continuaría con su día tan campante.

Elodie era una de las pocas personas de este mundo por las que habría hecho casi cualquier cosa. Y eso era cierto sobre todo ahora que estaba embarazada. Había descubierto lo del bebé tan sólo dos días después de que las botas de su marido pisaran suelo afgano. Esas cosas estaban a la orden del día allí. Les había pasado a mis padres, a Elodie... Prácticamente todos los que vivían en esas bases sabían que era una posibilidad. Y no sólo una posibilidad, sino más bien una realidad si estabas casada con un militar.

Dejé de pensar en ello. Necesitaba poner algo de música. Detestaba el silencio. Hacía poco había convencido a Mali de que me permitiera poner música más sustanciosa en las bocinas mientras trabajábamos. No podría soportar otro turno de «melodías relajantes de spa» en *loop* durante horas. Los adormecedores sonidos de las cascadas y de las olas me ponían nerviosa. Y también me daban sueño. Encendí el iPad y, en cuestión de segundos, Banks borró el recuerdo de todos esos suaves y ensoñadores borboteos. Me dirigí al mostrador para encender la computadora. No habían pasado ni dos minutos cuando Mali llegó con un par de bolsas *tote* colgadas de sus delgados brazos.

—¿Qué te pasa? —preguntó mientras la ayudaba a dejar las bolsas.

—Ehhh, ¿nada? ¿Qué hay del «hola» o del «¿qué tal, Karina?»? —Me eché a reír y me dirigí al almacén.

La comida que había en las bolsas olía de maravilla. Mali preparaba la mejor comida casera tailandesa que había probado en mi vida, y siempre hacía de más para Elodie y para mí. Nos honraba con ella al menos cinco días a la semana. El pequeño aguacate (así es como Elodie llamaba a su pancita de embarazada) no quería nada más que fideos borrachos picantes. Era por la albahaca. Elodie estaba obsesionada con ella desde que se embarazó, hasta el punto de que la rebuscaba entre los fideos para comérsela. Los bebés te obligaban a hacer las cosas más inverosímiles.

—Karina —dijo Mali sonriendo—. ¿Cómo estás? Pareces triste.

Así era ella. «¿Cómo estás? Pareces triste». Si algo le venía a la mente, lo soltaba.

—Oye, estoy bien —respondí—. Es sólo que no me he maquillado. —Puse los ojos en blanco y ella me presionó la mejilla con el dedo.

—No es eso —dijo.

No, no lo era. Pero no estaba triste. Y no me gustaba que la máscara se me hubiera caído lo suficiente como para que Mali lo notara. No me gustaba lo más mínimo.

CAPÍTULO 5

Mi cliente llegó a las diez y media en punto. Ya me había acostumbrado a su puntualidad y, cómo no, a su piel suave. Era evidente que usaba aceite después de bañarse, y eso me facilitaba el trabajo: masajear una piel que ya estaba suave. Siempre tenía los músculos muy tensos, sobre todo alrededor de los hombros, de modo que daba por hecho que pasaba el día sentado tras una mesa. No era militar. Lo deduje porque tenía el cabello largo y rizado en las puntas.

Aquel día, sus hombros estaban tan tensos que incluso me dolían un poco los dedos al masajearle la parte superior. Solía gemir (muchos clientes lo hacían) y emitía graves sonidos guturales cuando le deshacía los nudos del cuerpo. La hora pasó rápido. Tuve que darle unos toquecitos en el hombro para despertarlo cuando terminé.

Mi cliente de las diez y media (se llamaba Toby, pero me gustaba llamarlo «diez y media») dejaba buenas propinas y pedía cosas sencillas. Excepto aquella vez que me pidió salir. Elodie se puso histérica cuando se lo dije. Quería que se lo contara a Mali, pero yo no deseaba darle más importancia de la que tenía. Tomó bien mi rechazo (algo poco habitual en los hombres, lo sé). Pero, bueno, el caso es que ni siquiera volvió a insinuar el más mínimo interés por mí desde entonces, así que imaginé que todo estaba bien entre nosotros.

Cuarto para las doce y Elodie seguía sin aparecer. Normalmente enviaba un mensaje si iba a llegar más de quince minutos tarde. El chico en la sala de espera debía de ser nuevo, porque no me parecía conocido y yo nunca olvidaba una cara. Parecía bastante paciente. Pero Mali no. Estaba a dos minutos de llamar a Elodie.

—Puedo encargarme de él si no llega dentro de cinco minutos. Podemos retrasar la cita de mi próxima clienta una hora. Es Tina —le dije a Mali.

Conocía a la mayoría de los clientes que entraban y salían de su salón y recordaba sus nombres del mismo modo en que yo recordaba sus rostros.

—Está bien. Pero tu amiga siempre llega tarde —refunfuñó.

Mali era una mujer encantadora, pero hecha de puro fuego.

—Está embarazada —respondí para defender a Elodie.

Mali puso los ojos en blanco.

—Yo tuve cinco hijos y nunca he llegado tarde al trabajo.

—*Touchée.*

Me reí quedito y le envié un mensaje a Tina para ver si podía venir a la una. Me respondió que sí de inmediato, tal y como había imaginado.

—Señor —dije, dirigiéndome al chico que aguardaba en la sala de espera—. La masajista que iba a atenderlo llegará tarde. Puedo empezar yo con usted, si le parece bien. ¿O prefiere esperar a Elodie?

No sabía si la preferiría a ella por algún motivo, o si sólo quería que le dieran un masaje. Ahora que estábamos en Yelp y que aceptábamos reservas en línea, nunca sabía qué clientes querían una masajista en concreto.

Se levantó y se acercó al mostrador sin decir una palabra.

—¿Le parece bien? —pregunté.

Vaciló por un segundo antes de asentir. «Está bien...».

—Muy bien... —Miré la agenda.

«Kael. Qué nombre tan raro».

—Sígame, por favor.

No teníamos salas asignadas (no técnicamente), pero había arreglado la segunda habitación a la izquierda a mi gusto, de modo que era la que solía utilizar más a menudo. Nadie más la ocupaba a menos que tuvieran que hacerlo.

Había traído mi propio clóset, mis propios objetos para decorar, y estaba en proceso de convencer a Mali para que me permitiera pintar las paredes. Cualquier cosa sería mejor que ese color morado oscuro. No era precisamente relajante y, además, era aburrido y hacía que la habitación pareciera veinte años más vieja.

—Puede dejar su ropa en el perchero o en la silla —le indiqué—. Desvístase de manera que se sienta cómodo. Acuéstese boca abajo sobre la camilla y regresaré dentro de un par de minutos.

El cliente no dijo nada, tan sólo permaneció junto a la silla y se quitó la camiseta gris por la cabeza. Se notaba que era un soldado. Su complexión fuerte y su cabeza casi afeitada no dejaban lugar a dudas. Me había criado toda la vida en bases del ejército, así que me resultaba evidente. Dobló su camiseta y se sentó en la silla. Cuando metió los dedos tras el resorte de sus pants, lo dejé solo para que se desvistiera.

CAPÍTULO 6

Saqué el teléfono del bolsillo de mi uniforme y leí la primera línea de un mensaje de mi padre:

Nos vemos esta noche. Estelle va a preparar una de sus mejores recetas.

Podría enumerar al menos mil cosas que preferiría hacer, pero eso era lo que hacíamos los tres (a veces cuatro) todos los martes. Sólo había faltado a una cena familiar desde que me mudé hacía un año, y fue cuando mi padre llevó a Estelle en nuestra autocaravana familiar a la graduación del campo de entrenamiento de algún pariente lejano, de modo que, técnicamente, no fui yo la que faltó. Ellos también lo celebraron, en su pequeña escapada familiar, mientras Elodie y yo nos atascábamos de pizza en Domino's.

No respondí a mi padre porque sabía que estaría allí a las siete. Mi «nueva» madre estaría en el baño rizándose el cabello y no empezaríamos a cenar hasta más tarde, pero yo sería puntual. Como siempre.

Habían pasado tres minutos desde que le había dicho al cliente de Elodie que regresaría para comenzar su tratamiento, así que retiré la cortina y entré a la habitación. La luz era tenue, de modo que todo se veía de un tono morado a causa de la espantosa pintura de la pared. Las velas llevaban ardiendo el tiempo suficiente como para que el aire se hubiera inundado del fresco olor a hierba limón. Incluso a pesar de la mala noche que había pasado, esa habitación tenía el poder de relajarme.

Él estaba sobre la camilla, en el centro de la habitación, con la toalla blanca cubriéndolo hasta la cintura. Me froté las manos. Tenía las puntas de los dedos demasiado frías como para tocar la piel de alguien, de modo que me acerqué al lavabo para calentármelas. Abrí la llave. Nada. Había olvidado lo que me había dicho Bradley, y la última hora me las había arreglado sin agua.

Me froté las manos de nuevo y las coloqué sobre el calentador de aceite que estaba en el borde del lavabo. Quemaba un poco, pero funcionó. En su piel, el aceite estaría templado, y era probable que no se diera ni cuenta de que no había agua. No era lo ideal, pero tampoco era un gran problema. Esperaba que quienquiera que hubiera tenido el turno de cierre el día anterior hubiera dejado toallas limpias en el calentador antes de irse.

—¿Hay alguna zona en concreto que le preocupe o en la que tenga más tensión y en la que quiera que me centre? —pregunté.

No hubo respuesta. ¿Ya se había quedado dormido?

Aguardé unos instantes antes de volver a preguntarle.

Negó con su cabeza afeitada con la cara en el agujero de la camilla y dijo:

—No me toques la pierna derecha. Por favor. —Añadió el «por favor» al final, como si hubiera reparado tarde en ello.

La gente me pedía que no le tocara ciertas partes del cuerpo constantemente. Tenían toda clase de razones, desde problemas médicos hasta inseguridades. El motivo no era asunto mío. Mi trabajo consistía en hacer que el cliente se sintiera mejor y proporcionarle una experiencia sanadora.

Parecía que cada vez que no les pedía que llenaran una tarjeta de tratamiento tenían alguna petición especial. Mali me regañaría por esto. Seguro.

—Muy bien. ¿Prefiere una presión ligera, media o intensa? —pregunté mientras tomaba la botellita de aceite del estante del clóset. El exterior de la botella seguía estando muy caliente, pero sabía que tendría la temperatura perfecta al entrar en contacto con su piel.

De nuevo, no hubo respuesta. Puede que no oyera bien. También estaba acostumbrada a eso, una de las cosas más duras sobre la vida del ejército.

—¿Kael? —Pronuncié su nombre, aunque no sabía por qué lo había hecho.

Levantó la cabeza tan deprisa que creí que lo había asustado. Incluso yo di un respingo.

—Disculpe, sólo quería saber qué nivel de presión quiere.

—El que sea. —No parecía saber lo que quería.

Quizá fuera su primera vez. Volvió a apoyar la cabeza en el agujero.

—Muy bien. Pues si no aprieto lo suficiente o si aprieto demasiado dígamelo e iremos ajustando —le dije.

Solía ejercer bastante presión y a la mayoría de mis clientes les gustaba eso, pero nunca antes había trabajado con ese tipo.

¿Quién sabía si regresaría? Diría que sólo cuatro de cada diez clientes que venían por primera vez regresaban, y que sólo uno o dos se convertían en habituales. No era un salón grande, pero teníamos una clientela bastante fija.

—Esto es aceite de menta. —Le di unos golpecitos al frasco con el índice—. Voy a frotarle las sienes con él. Ayuda a...

Levantó la cabeza y negó ligeramente.

—No —replicó.

Su tono no era grosero, pero me transmitió que no quería que utilizara el aceite de menta bajo ningún concepto. «Bueno...».

—De acuerdo. —Volví a cerrar el frasco y abrí la llave.

Maldita sea. El agua. Me arrodillé y abrí el calentador de toallas. Estaba vacío. Cómo no.

—Mmm, espere un segundo —le dije.

Apoyó de nuevo la cabeza en el agujero, y yo cerré la puerta del calentador con demasiada fuerza. Esperaba que no lo hubiera oído con la música. Esa sesión no estaba siendo muy fluida que digamos...

CAPÍTULO 7

Mali se encontraba en el pasillo cuando aparté la fina cortina para ir a buscar toallas.

—Necesito agua. O toallas calientes.

Se llevó el índice al labio para indicarme que me callara.

—No hay agua. Yo tengo toallas. ¿Quién no las repuso?

Me encogí de hombros. No lo sabía, y la verdad era que me daba igual; sólo quería una toalla.

—Lleva cinco minutos en la habitación y todavía no he empezado.

Al decirle eso, salió corriendo, se metió a la habitación de enfrente y regresó con unas cuantas toallas calientes. Tomé rápidamente los vaporosos rollos y me los pasé de una mano a otra para enfriarlos.

Cuando volví a entrar a la habitación, agité una toalla en el aire por última vez y se la pasé por las plantas de sus pies descalzos. Tenía la piel tan caliente al tacto que aparté la toalla y le toqué el empeine con el dorso de la mano para comprobar que no tuviera fiebre ni nada por el estilo. No podía permitirme que me contagiara.

Literalmente. La cobertura del seguro médico de mi padre estaba llegando a su fin, y yo no podía permitirme pagar uno propio.

Tenía la piel muy caliente. Levanté la toalla un poco y me di cuenta de que aún llevaba puestos los pantalones. Eso era... raro. No sabía cómo iba a frotarle la otra pierna, la que se suponía que sí debía masajear.

—¿Prefiere que no le masajee ninguna de las piernas? —le pregunté tranquilamente.

Asintió con la cabeza en el agujero. Le pasé la toalla caliente por las plantas de los pies, algo que hacía para limpiar cualquier posible resto de aceite y de suciedad. La higiene de los clientes..., bueno, digamos que era muy variada. Algunas personas acudían llevando sandalias después de haber estado caminando todo el día. Pero ese tipo no. Debía de haberse bañado antes de venir. Se notaba. Ésas eran las cosas en las que pensabas cuando eras masajista. Empecé con las plantas de los pies, aplicando presión en ellas, y después pasé al arco de su pie izquierdo. Tenía una línea suave y llena de pequeños bultitos en la planta del pie izquierdo, pero no podía ver la cicatriz en la oscuridad. Deslicé el pulgar poco a poco por el arco y dio un pequeño jalón.

Estaba acostumbrada a cronometrar mi hora de sesiones perfectamente, unos cinco minutos por pierna, de modo que aproveché el tiempo extra para trabajar en sus hombros. Mucha gente acumulaba tensión en los hombros, pero los de ese tipo tenían que ser por fuerza los más tensos en los que jamás había trabajado. Tuve que controlarme para no empezar a inventarme una historia sobre su vida.

Proseguí, manteniendo sus piernas cubiertas con la toalla, y trabajé en su cuello, sus hombros y su espalda. Tenía una musculatura definida, pero no era exagerada ni dura bajo el movimiento de mis dedos. Imaginé que su cuerpo joven había estado cargando con el peso de algo durante mucho tiempo, tal vez una mochila. O tal vez la vida misma. No revelaba lo suficiente sobre sí mismo como para que pudiera imaginar cómo era su vida, como lo había hecho con Bradley y la mayoría de los desconocidos que me rodeaban. Ese chico tenía algo que mantenía a raya mi imaginación.

En lo último que trabajé fue en su cuero cabelludo. La suave liberación de la presión solía hacer que la gente gimiera o, al menos, suspirara, pero de sus labios no salió absolutamente nada. No dijo ni pío. Pensé que tal vez se había quedado dormido. Solía pasar, y me encantaba cuando ocurría. Eso significaba que había hecho un buen trabajo. Cuando se terminó el tiempo, tenía la impresión de que acababa de empezar. Normalmente conectaba y desconectaba, pensando en mi padre, mi hermano, el trabajo, la casa. Pero con ese tipo era diferente. No conseguía pensar en nada.

—Gracias, ¿le gustó? —Unas veces preguntaba y otras no.

Ese chico había estado tan callado que no estaba segura de si lo había disfrutado o no.

No levantó la cara del agujero, así que apenas pude oírlo cuando respondió: «Sí».

«Bueno...».

—Bien, voy a salir y así puede vestirse. Lo veo en el vestíbulo cuando haya terminado. Tómese su tiempo.

Asintió, y salí de la habitación bastante segura de que no me iba a dejar propina.

CAPÍTULO 8

Oí a Elodie en el vestíbulo. Estaba hablando con Mali, que le estaba echando bronca por haber llegado tarde.

—Me encargué de tu cliente, se está vistiendo en este momento —le expliqué a mi amiga.

Era mi manera de hacerle ver a Mali que todo estaba controlado y que no había pasado nada. Elodie me sonrió e inclinó la cabeza a un lado. No sé cómo le hacía, pero siempre acababa saliendo bien librada.

—Lo siento muchísimo, Karina. Gracias. —Me besó en ambas mejillas.

Era algo a lo que había tenido que acostumbrarme la primera semana que se mudó a casa. No me gustaba mucho el exceso de contacto, pero con ella era difícil eludirlo como normalmente solía hacer.

—Es que anoche no dormí nada. El aguacate no paró de darme patadas. —Su sonrisa se intensificó, pero en sus ojos pude ver que no había descansado.

Me sentí identificada con ella.

Mali posó la mano sobre el vientre de Elodie y empezó a hablarle al bebé. Casi esperé que le preguntara a la panza: «¿Qué pasa? ¿Por qué no sonríes?», pero Mali era dulce y amable con los niños, incluso con aquellos que no habían

41

nacido todavía. Me hacía sentir algo incómoda que estuviera tocando a Elodie de esa forma, pero la idea de que el bebé diera pataditas era muy emocionante, así que sonreí. Me alegraba mucho por mi amiga. Me preocupaba que estuviera tan sola allí, con su familia y la mayoría de sus amigos al otro lado del océano Atlántico. Era muy joven. Demasiado. Me preguntaba si habría tenido oportunidad de contarle a Phillip que el día anterior había creído sentir que el bebé se movía, o si él habría revisado siquiera su correo electrónico. La diferencia horaria dificultaba que pudieran hablar tan a menudo como a Elodie, o a cualquiera con un soldado en su vida, le habría gustado, pero lo llevaba con bastante buen humor, como lo hacía todo siempre. Sin embargo, a mí me aterrorizaba el hecho de que fuera a tener un bebé al cabo de unos pocos meses.

La mirada de Elodie se dirigió a la cortina que tenía detrás. Entonces, toda ella se iluminó como un árbol de Navidad y me apartó para acercarse al cliente. Pronunció un nombre que no pude oír bien, pero no se parecía en nada a Kael. Le dio dos besos en cada mejilla y lo abrazó.

—¿Qué haces aquí? ¡No puedo creer que hayas venido! ¿Cómo supiste? —exclamó, y lo abrazó de nuevo.

Mali señaló con la cabeza a mi siguiente clienta, que estaba entrando por la puerta.

—Anda, a trabajar —me dijo.

CAPÍTULO 9

Tina era una de mis clientas favoritas. Trabajaba desde casa como terapeuta familiar y de vez en cuando me dejaba usar su sesión de masaje como mi propia terapia. Yo no me abría con mucha gente, pero Tina no tenía a quién contarle mis secretos. Eso me hacía sentir lástima por ella, pensar en lo sola que debía de sentirse en su casa grande y vacía, comiendo sin compañía delante de la televisión. Aunque, bien pensado, así era mi vida también, por lo que supongo que no debería haberme dado tanta pena. Me sentí un poco culpable al notar de repente una oleada de pánico: ¿era la vida de Tina mi futuro?

Parecía que aquella sesión con ella no iba a acabar nunca. Miré la hora otra vez. Faltaban diez minutos.

—Y, dime, ¿cómo van las cosas con tu hermano? —preguntó.

Le aparté el cabello a un lado para centrarme en los músculos tensos de su cuello. Se había cortado el cabello hacía poco, un Demi Lovato, como ella lo llamaba, pero lo detestaba e inmediatamente empezó a usar sombreros para cubrir sus mechones oscuros. Todavía no lo tenía lo bastante largo como para hacerse una cola.

Lo cierto era que no quería hablar de mi hermano. En

43

realidad, lo que no quería era sentirme como me sentiría si hablábamos sobre él.

—Igual. Apenas sé de él desde que vive con mi tío. Quién sabe cuándo regresará. —Suspiré y deslicé los dedos por el escote de Tina.

—¿Ya está estudiando allí? —preguntó.

—No. No paran de decir que van a inscribirlo, pero aún no lo han hecho.

Intentaba no pensar mucho en ello, pero mi cerebro no funcionaba de esa manera. Una vez que abría la puerta, no era capaz de filtrar nada y todo entraba de sopetón.

—Parece que no cuentan mucho con ello —repuso Tina.

—Sí, eso mismo pienso yo. Él no me dice nada al respecto, y su beca para el primer ciclo universitario expiró el mes pasado.

De repente sentí unos pequeños pinchazos de estrés en los hombros y en la columna. Entendía que Austin ya no soportara vivir con nuestro padre, pero tenía sentimientos encontrados al respecto; era mi hermano gemelo, tenía veinte años y estaba muy perdido. No debería estar viviendo con nuestro tío de treinta que olía a Cheetos y pasaba el día viendo porno. Pero, al mismo tiempo, tampoco quería que viviera en mi casa. Era complicado. Aún no podía creer que mi padre lo hubiera dejado irse. Pero tampoco podía culpar a mi hermano por ello. En fin, era complicado.

—Escucha, Karina, no puedes sentirte responsable de esto. No te hace ningún bien y, al fin y al cabo, tu hermano tiene la misma edad que tú. ¿O es cinco minutos más pequeño, si no recuerdo mal?

—Seis. —Sonreí y pasé las manos a sus omóplatos.

Sabía que tenía razón, pero eso no hacía que fuera más fácil.

Deslicé las manos por su piel haciendo una compresión.

—Tienes que decidir lo que es mejor para ti —continuó—. Estás empezando un nuevo capítulo, y deberías tener una vida lo más ordenada posible.

Era más fácil decirlo que hacerlo.

—Le preguntaré a mi padre si sabe algo de él.

Tina no respondió a eso. Imagino que era consciente de que hablar sobre la cena con mi familia tan temprano sería demasiado para mí, de modo que se limitó a disfrutar del resto de su tratamiento mientras mis pensamientos bullían en mi mente.

CAPÍTULO 10

Eran casi las seis cuando terminé mi jornada. Tuve tres clientes más después de Tina, y cada uno de ellos ocupó mi mente de maneras diferentes. Stewart (la llamaba por el apellido que tenía cosido en su uniforme) era una doctora del ejército que tenía los ojos más bonitos que había visto en mi vida. Me mantuvo ocupada hablando sobre su siguiente destino y sobre cómo, por su trabajo, podían enviarla a casi cualquier lugar del mundo, de modo que el hecho de que la hubieran enviado a Hawái era casi como si le hubiera tocado la lotería. Me alegré de verla tan contenta.

A algunos militares les encantaba mudarse de un sitio a otro, y Stewart era una de ellos. Sólo tenía un año más que yo, pero ya había estado en Iraq, dos veces. Y tenía un montón de historias que contar. Con veintiún años, había vivido experiencias que la mayoría de las personas ni siquiera imaginarían. Pero cuando esas experiencias se convirtieron en recuerdos..., en fin, empezaron a reproducirse en su mente en un *loop* constante. Jamás cesaban, nunca desaparecían; esos recuerdos se habían convertido en un ruido de fondo que se había instalado en su cabeza: tolerable, pero siempre ahí. Yo sabía bien de lo que hablaba. Ese clamor invadía también el cerebro de mi padre. Con seis despliegues entre Iraq y Afganistán, su ruido de fondo tronaba por nuestra casa. Su casa.

Pensaba en todo eso mientras Stewart estaba acostada sobre mi camilla. Me alegraba que se abriera tanto conmigo, que pudiera aliviar su carga hablando y liberando un poco de su ruido de fondo. Yo sabía mejor que la mayoría de las personas que no era sólo el aspecto físico del masaje lo que reducía el estrés, lo que ayudaba al cuerpo a cobrar vida.

Me sonaba casi a poesía el modo en que Stewart hablaba sobre su vida. Sentía cada una de sus palabras. Me hacía plantearme cosas en las que me esforzaba por no pensar. Me conectaba con algo y, cuando me contaba por todo lo que había pasado y todo lo que sabía, me abría la mente a una perspectiva diferente.

Por ejemplo, Stewart hablaba mucho sobre cómo, en Estados Unidos, menos del ocho por ciento de los ciudadanos vivos habían servido en el ejército. Eso incluía todas las ramas: todos los veteranos que habían servido, incluso aquellos que sólo habían servido durante un corto tiempo. De más de trescientos millones de personas, menos del ocho por ciento. Me costaba asimilar que el modo en que me crie, yendo de base en base, intentando hacer amigos nuevos, intentando adaptarme a desconocidos cada pocos años, no era la realidad de la mayoría de las personas. Al menos, de la mayoría de los estadounidenses.

¿Menos del ocho por ciento? Se me hacía impensable que la cifra fuera tan reducida. Desde mi bisabuelo hasta mi padre, mis tíos y mis primos, que estaban regados por todo el país (a excepción de ese tío fracasado con el que estaba viviendo mi hermano), todos los que me rodeaban habían vestido un uniforme o habían vivido con alguien que lo había vestido. El mundo nunca me había parecido tan grande hasta que llegó Stewart con sus estadísticas.

Hablaba mucho durante nuestras sesiones, como Tina. Pero, a diferencia de ella, Stewart no esperaba que yo hablara. Podía ocultarme tras sus experiencias, muchas de las cuales me obligaban a contener las lágrimas. Tal vez por eso su sesión se me pasó tan rápido.

CAPÍTULO 11

El agua regresó justo después de que Stewart se fue. Lavé las sábanas y las toallas y, mientras esperaba a mi siguiente cliente o a que alguien entrara sin cita, trabajé en una nueva *playlist*.

No sé cómo, pero Elodie se las arreglaba para estar ocupada con un cliente cada vez que yo terminaba con el mío. Me moría por preguntarle cómo era que conocía a aquel soldado de nombre raro, pero no coincidíamos. Normalmente no me inmiscuía en los dramas de los demás, bastante tenía ya con los míos, pero Elodie no conocía a mucha gente allí. Las únicas otras mujeres del ejército con las que hablaba era a través de Facebook. Mi siguiente cliente era uno de los que se quedaban dormidos. Por lo general se quedaba dormido a los cinco minutos, lo que me dejaba una hora entera para pensar en mi hermano. Ah, y en cuánto temía la cena de esa noche. Envidiaba un poco a Austin por estar tan lejos, en Carolina del Sur, durmiendo hasta pasado el mediodía y trabajando de medio tiempo en Kmart.

También pensé en el amigo de Elodie y en que se había dejado los pantalones puestos durante el masaje, y en que toda esa tensión que acumulaba su cuerpo no era sana para un chico tan joven. Tendría unos veintidós años, cuando mucho.

Mi última clienta fue una mujer sin cita que me dejó una gran propina por darle un masaje prenatal de treinta minutos. Tenía una panza enorme y parecía estar muy cansada. Estuve a punto de preguntarle si estaba bien, pero no quería ser grosera.

Me acerqué de nuevo a la habitación de Elodie. La puerta estaba cerrada y, por un segundo, incluso me imaginé que su amigo el soldado podía estar en el cuarto con ella. Mi imaginación a veces no tenía límites.

Antes de irme, ayudé a Mali a reponer el almacén y los calentadores de toallas y a doblar las sábanas lavadas. No tenía prisa por regresar a casa, especialmente cuando lo que me esperaba era la dichosa cena familiar.

Cuando por fin me fui, me llevé las sobras de la deliciosa comida de Mali conmigo. Todo eso de que las mujeres embarazadas comían por dos podía ser un viejo cuento de abuelas, pero, aun así, era importante que Elodie comiera cosas nutritivas. Sujetaba la comida en una mano e intenté llamar a mi hermano con la otra. Me salió el buzón de voz:

Hola, soy yo. Sólo llamaba para ver cómo estás. Hace días que no sé nada de ti. Llámame. Esta noche estaré en casa de papá para la cena de los martes. Te odio por no estar aquí.

Colgué y guardé el teléfono en mi bolsillo delantero. A mi alrededor, en el cielo, el sol daba la impresión de no saber si ponerse o no; ese color anaranjado hacía que todo pareciera un poco más bonito. Todos los lugares de estacionamiento del callejón estaban ocupados. La camioneta de Bradley seguía allí, estacionada de lado, ocupando dos lugares, y la caja estaba tan repleta de colchones que me recordó al cuento de la princesa y el chícharo. Salió por la puerta de atrás y lanzó una almohada al montón.

—¡Ya volvió el agua! —gritó, y me saludó con la mano.

—Sí... —respondí con una sonrisa, y añadí—: ¡Gracias por llamar a la compañía!

Bueno, la situación era muy incómoda. Podía sentirlo, y sabía que más tarde no pararía de darle vueltas en la cabeza a la conversación. Mi cerebro solía funcionar de esa manera. Bradley no pareció advertirlo ni rumiar mis palabras del mismo modo que yo. Sencillamente me deseó que tuviera una buena noche, cerró la puerta de su tienda y se subió a su camioneta.

Puertas que se cerraban de golpe, ruedas crujiendo sobre algunas ramas y un barullo de voces llenaron el resto de mi corto trayecto a casa. Pensé en la cena de esa noche y en qué conversación forzada mantendríamos durante al menos tres platos.

Tenía que estar en casa de mi padre a las siete, lo que significaba que debía estar lista para salir de casa al veinte para las siete. Necesitaba darme un baño y ponerme ropa de verdad, aunque sólo fuera para dar la impresión de haber hecho un mínimo esfuerzo. La mujer de mi padre había dejado de hacer comentarios sobre mi aspecto cuando perdí los suficientes «kilos de más» para complacerla. «Algo es algo, supongo».

Deseaba quedarme en casa y cenar sobras con Elodie. Había tenido variaciones de ese mismo pensamiento absolutamente todas las semanas desde que me había ido de casa. Creía que se me pasaría, que me acostumbraría a la rutina, pero no. No lo había hecho, y no creía que lo hiciera jamás. Bueno, sí, ir a cenar una vez a la semana era mejor que estar viviendo allí, de lejos. Pero odiaba tener que hacerlo, detestaba que toda mi semana girara en torno al martes a las siete. Cuando lavaba la ropa, cuando me lavaba el cabello, cuando trabajaba. Todo giraba en torno a esa cena. Supongo que no era tan adulta como creía.

CAPÍTULO 12

Estaba empezando a odiar Facebook. Cada vez que abría la app aparecía un bebé recién nacido, una pedida de mano o un fallecimiento. Y, si no era eso, era algo de política, y todo el mundo gritaba tanto que no se oía ni lo que decían unos ni lo que decían otros. Era agotador, y no había publicado nada desde hacía meses. Nunca tenía la necesidad de compartir nada con personas que casi no conocía. Y, a diferencia de Sarah Chessman, quien se había mudado en mi último año de preparatoria, no me parecía que fuera necesario publicar todos los platos preparados en una olla de cocción lenta ni todas las *selfies* en las redes sociales.

Sin embargo, por una curiosidad ligeramente malsana, y porque aún tenía algunos minutos muertos de camino a casa, entré en el perfil de Sarah Chessman y chismeé su aburrida vida. Puede que fuera por el hecho de estar atravesando el ruidoso callejón y de que me dolieran un montón los pies, o por el hecho de tener que estar en casa de mi padre al cabo de una hora, pero el caso era que en ese momento la vida de Sarah no me pareció tan mala. Estaba casada con un soldado recién formado apostado en Texas y estaba embarazada. Vi un video de diez segundos de cómo abría una caja llena de globos rosa, revelando así el sexo del bebé que estaba esperando. No parecía aterrorizada, como lo habría estado yo si hubiera sido ella.

Empecé a sentirme una hipócrita por juzgarla, de modo que regresé a mi propio muro. Mi padre había publicado una foto suya sosteniendo un pescado en una mano y una cerveza en la otra. Le encantaba cazar y pescar; mi hermano y yo no lo soportábamos. Austin algo más que yo. Él y papá solían ir de caza, hasta que empezamos la preparatoria y comenzó a salir con chicas. Mi hermano, con quien había hablado cada día hasta hacía unos meses y a quien apenas lograba localizar por teléfono, ya le había dado un «Me gusta» a la publicación de mi padre. Y también lo había hecho una persona que tenía un golden retriever como foto de perfil. El amigo del golden retriever había comentado que mi padre parecía «más feliz que nunca».

Eso me dolió. Me dolió mucho. Había oído esa frase muchas veces desde que se había casado hacía tres años. Lo habían dicho desde los vecinos hasta las cajeras de las tiendas de la base. Todo el mundo creía que estaba bien felicitar a mi padre por lo feliz que era. Nadie parecía detenerse a pensar en que yo podía estar oyéndolo; que decirle lo feliz que estaba ahora significaba que antes era infeliz. Nadie parecía tomarme en cuenta. Fue entonces cuando empecé a aferrarme a la gente, sobre todo a los chicos. Algunos de mi escuela, otros más mayores. Estaba buscando algo que no tenía en casa, pero no habría sabido decir qué era.

Sobre todo, me aferré a Austin. Puede que fuera cosa de gemelos, o tal vez fuera el hecho de que nuestros padres nunca estaban cuando más los necesitábamos, cuando necesitábamos sus consejos. Estar cerca de mi hermano seis minutos más pequeño pareció ayudarme durante un tiempo, pero cuando empezamos la preparatoria, comencé a plantearme que tal vez Austin no fuera la persona que yo creía que era. Una de las cosas más extrañas de crecer es el modo en que cambian los recuerdos.

Como cuando Austin me llevó a esa fiesta en la casa Chesapeake, donde estaban todos los hijos de los oficiales. Me dijo que todos los de nuestra edad estaban bebiendo, que debía relajarme. Después, perdió el conocimiento en uno de los dormitorios acompañado de una chica de una escuela del otro lado de la ciudad, y me vi obligada a quedarme a dormir allí, rodeada de un montón de chicos ruidosos y conflictivos. Fue entonces cuando uno de ellos, el que me llamaba «hermana de Austin» y que tenía una voz demasiado grave para estar en la escuela, juró que yo estaba enamorada de él y me metió la lengua hasta la garganta, varias veces. Hasta que empecé a llorar y él se quedó desconcertado.

Es curioso cómo el hecho de que le dijera que parara y mis constantes «no, no, no, por favor, no» no funcionaran. No, fueron las lágrimas saladas y calientes que descendían por mi rostro las que lograron que por fin se apartara. Al final me quedé dormida en un sofá escuchando el sonido de un videojuego de guerra al que alguien estaba jugando en la otra habitación. Austin no se disculpó a la mañana siguiente. Nunca me preguntó cómo había dormido, ni dónde. Sólo besó a esa chica en la mejilla e hizo una broma con la que tanto ella como yo nos reímos, y después nos fuimos a casa como si nada hubiera pasado. Nuestro padre me gritó a mí, no a él, y ambos estuvimos castigados una semana.

Hice clic para ver el perfil de Austin y pensé en llamarle de nuevo, pero, en ese momento, Elodie abrió la puerta de casa y me tomó por sorpresa. Ni siquiera me había dado cuenta de que había llegado al porche.

CAPÍTULO 13

Mi casa era pequeña, de modo que cuando cruzabas la puerta de entrada ya estabas en la sala. Era una de las cosas que me gustaban de ella, su aire cálido y acogedor, pues parecía que todo estaba ahí, esperándote. Las luces y la televisión estaban encendidos cuando llegué esa noche y se oía la voz de Olivia Pope. Y ahí estaba Elodie, de pie en la puerta, recibiéndome con una sonrisa nerviosa. Algo pasaba.

No conocía a Elodie desde hacía mucho, pero tenía la sensación de conocerla bien. No estaba muy segura de cuánto teníamos en común, aparte de la edad. Y ni siquiera eso, porque yo me sentía mayor por alguna razón. Y también parecía mayor físicamente. Elodie tenía algo que la hacía parecer más joven de lo que era, especialmente cuando sonreía. Y cuando estaba nerviosa o triste daba la impresión de tener unos dieciséis años. O aún menos. Eso sacaba a la protectora que había en mí.

Elodie se esforzaba al máximo en ser la perfecta joven mujer del ejército, pero ya estaba siendo la comidilla de muchos rumores. Las mujeres del pelotón de Phillip hacían bromitas sobre su acento y la llamaban «novia de venta por correo». Y no era ni mucho menos la única. Muchísimos soldados conocían a sus mujeres en internet, pero a esas mujeres eso no parecía importarles. Tal vez deberían haber hablado con Stewart. Seguro que ella tenía estadísticas sobre cuántos miembros del ejército habían conocido a sus esposas en sitios como la página de contactos MilitaryCupid.

En fin, así era la vida en las bases militares: todo el mundo discutía y estaba dispuesto a pisar cabezas para subir de posición. Las vecinas de Elodie eran unas zorras que pasaban el día vendiendo productos de esquemas piramidales en Facebook y criticándose unas a otras sobre si su pasto estaba un centímetro demasiado largo. Y no exagero. Yo estaba con ella un día cuando la «alcaldesa» de su departamento de viviendas frenó su vehículo haciendo rechinar las llantas para regañar a Elodie por haber dejado que su pasto hubiera crecido un centímetro de más.

Sí, la «alcaldesa» lo midió.

No, no tenía nada mejor que hacer.

Por eso Elodie prefería pasar las noches en mi sofá, o en mi cama, dependiendo de dónde se quedara dormida. Tenía la sensación de que el sofá le gustaba más. No se despertaba preguntando por Phillip cuando estaba allí.

Tenía pensado hablarle del chico de antes. Era evidente que lo conocía, pero ¿de qué? No tenía muchos amigos, que yo supiera, y no socializaba demasiado. Tal vez Phillip tuviera amigos fuera de su pelotón. No era muy frecuente, pero tampoco imposible.

Elodie se sentó en el sofá con los pies bajo el trasero. Su cuerpo menudo estaba cambiando, se le estaba empezando a hinchar la panza. Me preguntaba dónde dormiría el bebé en mi minúscula casa.

La serie estadounidense favorita de Elodie del momento era *Scandal.* Estaba haciendo un maratón de capítulos por primera vez.

—¿En qué temporada vas? —le pregunté.

—La segunda —respondió en voz baja.

Qué callada estaba. Me quité los zapatos y uno se me cayó al suelo. Entonces, con el rabillo del ojo, vi que algo se movía y me di cuenta de que había otra persona en la casa.

Un ruido, una especie de alarido, escapó de mi boca al verlo. Me estaba mirando, el cliente monosilábico de la mañana. Estaba sentado en mi sillón, el rosa oscuro que había sido rojo, el que mi abuela me había regalado antes de mudarme a Georgia.

—Mmm, hola —dije cuando mi corazón dejó de salírseme del pecho por la sorpresa.

¿Cómo era posible que no hubiera visto a todo un ser humano en mi sala? Había estado bastante atontada durante las últimas semanas, pero lo de ese día se llevaba las palmas.

—¿Qué tal el trabajo? —preguntó Elodie sin apartar la vista de la televisión, meneando los dedos sobre su regazo y después hacia mí.

—Bien...

Me quedé mirando al tal Kael, y él a mí. Más adelante, al rememorar ese momento, la primera vez que entró en mi pequeña casita blanca, el recuerdo oscilaría entre un dolor punzante y la más absoluta felicidad una y otra y otra vez. Pero cuando pasó en la vida real, pasó rápido. Antes de que fuera nada para mí, antes de que lo fuera todo, no era más que un desconocido callado, inexpresivo y con ojos distantes. Había algo indomable en él, algo tan enigmático que ni siquiera podía empezar a imaginar cómo era su vida. Detestaba el aceite de menta y no había querido que le tocara la pierna: ésas eran las únicas pistas que tenía sobre quién era.

Olí las palomitas antes incluso de que empezaran a estallar.

—Estoy haciendo palomitas —anunció Elodie.

Estaba nerviosa. ¿Qué estaba pasando allí?

—Muy bien... —asentí—. Yo me voy a la regadera. Tengo que estar en casa de mi padre a las siete.

Recorrí el pasillo. Elodie me siguió, mordiéndose el labio inferior.

—¿Y bien? —pregunté.

—Acaba de regresar a casa, llegó anoche. Estaba con Phillip. —Hablaba en voz baja y era evidente que se estaba preparando para preguntarme algo.

Mi madre hacía lo mismo cuando quería algo.

—¿Puede quedarse aquí un día hasta que consiga...? —Dejó la frase a medias e hizo una pausa—. Hasta que pueda entrar en su casa. Siento preguntártelo así, es que...

Levanté la mano.

—¿De qué conoces a ese tipo? —Quería asegurarme de que era algo legítimo y respetable.

—Ah..., lo conocí justo antes de que se fueran. Es un buen tipo, Karina. En serio. Era el mejor amigo de Phillip allí.

—Y ¿por qué volvió? —le pregunté.

Ella negó con la cabeza.

—No se lo he preguntado. ¿Debería hacerlo? —Se asomó hacia el comedor.

—Yo no lo haría —repuse—. Puede quedarse, pero si resulta ser un pervertido, se larga. Y tú también —bromeé.

Ella sonrió y me tocó el brazo. Siempre era muy afectuosa. Yo, no tanto.

—Gracias. Eres la...

—Lo sé, lo sé. Soy la mejor. Ahora tengo que bañarme o llegaré tarde a casa de mi padre.

Puso los ojos en blanco.

—Ya, deberías darme las gracias.

Ambas nos echamos a reír y le cerré la puerta del baño en la cara.

CAPÍTULO 14

Mi casita necesitaba urgentemente unas pocas... bastantes reparaciones. Había sido así desde que me había mudado hacía unos meses. Todos los días la misma canción, saltando de pie en pie sobre los fríos azulejos del suelo, completamente desnuda, esperando a que el agua se calentara. Y eso no era lo peor. Una vez que el agua se calentaba, no permanecía así, al menos no mucho tiempo.

El agua pasaba de caliente a fría y de fría a caliente de nuevo. No lo soportaba. Me gustaba mi pequeña casita algo destartalada, pero había muchas cosas que debían arreglarse, y llevaría algo de tiempo solucionarlas todas. Había intentado hacer las pequeñas reformas yo misma. Como los azulejos para la regadera que compré durante una tarde de sábado excesivamente atrevida en Home Depot. Compré latas de pintura, tubitos de pasta blanca para rellenar los agujeros de las paredes del pasillo, algunas manijas para cambiar las de los muebles de la cocina y algunos azulejos para el suelo del baño. Cambié las manijas del clóset. He de admitir que modernizaron un montón la carpintería, tal y como me habían indicado en la página de decoración HGTV. ¡Genial!

Pinté las paredes de la cocina. Genial también. Entonces empecé con los azulejos de la regadera. Digamos que quité más o menos la mitad de los que había y puse unos... seis.

Los conté.

Bueno, fueron ocho.

Por muy bien que me sentara usar la excusa de los arreglos para desalentar a mi padre de pasar por sorpresa, tenía que dejar de aplazar mis obligaciones. Esa casa era mi manera de demostrar que podía cuidarme sola. No sabía a quién intentaba demostrárselo más, si a mi padre o a mí misma. Pero ¿acaso importaba?

El agua por fin estaba lo bastante caliente como para lavarme el cabello. Sólo se enfrió un par de veces. Cuando cerré la llave de la regadera, ésta siguió goteando tras de mí mientras me secaba el cabello. Pensé de nuevo en el amigo de Elodie, el extraño que estaba ahora en mi casa. Parecía bastante apuesto, pero era muy callado. Envolví con una toalla de manos la llave goteante. Me pregunté si Phillip sería la clase de tipo al que le molestaría que su amigo se quedara a dormir con su mujer embarazada.

Empecé a sentirme incómoda mientras me secaba las puntas del cabello con la secadora. Era imposible que me lo secara en menos de treinta minutos, y sólo disponía de diez antes de tener que irme. Así que con eso debería bastar.

Debía poner una lavadora, y pronto. No necesitaba ir superarreglada a casa de mi padre y de su mujer, pero sabía que mi atuendo sería el tema de conversación en la mesa. Aparte de nuestra respectiva ropa y de lo típico de: «¿Has visto alguna película recientemente?», mi madrastra no tenía nada de qué hablar conmigo. Para ser justa, yo tenía aún menos que decirle a ella.

Apenas me quedaba ropa en el clóset, de modo que metí la mano en la bolsa de Forever 21 que tenía al lado del buró. ¿Tendría veintiún años eternamente? Supongo que lo averiguaría al mes siguiente, en mi cumpleaños. No había mucho que me sirviera en la bolsa: un par de jeans una talla demasiado grandes y una blusa café que me quedaba bien pero parecía que me iba a picar.

Podía oír la voz de Elodie mientras me vestía. Parecía estar intentando contarle de qué trataba *Scandal* a su amigo el soldado, y eso me hizo reír, porque era la peor para contar películas o series. Siempre se equivocaba con los nombres y te fastidiaba el final sin pretenderlo. Como persona que detestaba los *spoilers*, sabía que no debía preguntarle sobre nada que ella ya hubiera visto.

Por fin salí a la sala con unos cinco minutos de tiempo antes de tener que irme. Kael estaba sentado en el mismo sitio, parecía que se le iban a cerrar los ojos en cualquier momento y con la camiseta pegada a sus anchos hombros. Me hacía gracia lo pequeño que parecía el sillón con él sentado.

Elodie salió de la cocina con un tazón enorme de palomitas.

—¿Ya te vas? —preguntó.

Asentí y hundí la mano en la fuente.

Me moría de hambre.

—Voy a llegar tarde. —Mi voz era un gruñido.

—¿Qué pasaría si no fueras?

Elodie y yo bromeábamos a menudo sobre mi cita de los martes. De todos los martes, para ser exactos.

—Me ignorarían.

Miré a Kael. No miraba hacia nosotras, pero, de alguna manera, sabía que estaba atento. Al fin y al cabo, era soldado.

—Entonces no sería tan malo, ¿no? —Se limpió los dedos llenos de mantequilla en los shorts y luego se los lamió, supongo que para asegurarse de tenerlos limpios.

—Pues no, la verdad. Oye... —Abrí la puerta del refrigerador para tomar una bebida. Elodie se había pasado un poco con la sal en las palomitas—. ¿Quieres que traiga un postre casero?

Ella asintió y sonrió con la boca llena.

—Regresaré alrededor de las nueve. Puede que más tarde, pero espero que no —les dije a mis dos invitados.

Me sorprendí preguntándome qué harían una vez que yo me hubiera ido. Las imágenes que se formaron en mi mente me molestaron un poco, pero no supe muy bien por qué. Antes incluso de que pudiera plantearme la razón, su voz me sorprendió justo cuando llegaba a la puerta.

CAPÍTULO 15

—¿Puedo usar tu regadera? —Su voz era suave como la lluvia, y me miraba con impaciencia, como si esperara algo.

Era una mirada que acabaría conociendo bien.

Kael me resultaba familiar de la manera que sólo un desconocido podría serlo. Jamás lo había visto antes de ese día, pero ya había memorizado su rostro. El grueso dibujo de sus cejas, la pequeña cicatriz que tenía encima del ojo. Era como si me hubiera encontrado con él en alguna parte o en algún momento antes. Tal vez lo había visto pasar, en una tienda o en la calle, o haciendo fila para pedir un café o una dona. O puede que sólo tuviera una de esas caras que resultan familiares. Hay personas así.

—¿Puedo? —preguntó de nuevo.

Titubeé un poco.

—Eh..., sí. Por supuesto. Claro que puedes usar la regadera. Y, si quieres comer algo, aquí no hay mucho, pero siéntete como en tu propia casa.

Intuía que Elodie estaba esperando a que Kael saliera de la estancia para empezar a hablar, pero yo no tenía tiempo ni para cinco minutos de adorable plática. Conocía a mi padre, y si llegaba tarde, aunque fueran cinco minutos, pasaría el doble de tiempo echándome un sermón. Tenía que irme.

—Gracias —masculló Kael, y se levantó.

Parecía enorme al lado de mi silloncito de piel. De hecho, parecía enorme al lado de cualquier cosa de mi casa. Incluso la vitrina que compré a través de una página de anuncios clasificados antes de darme cuenta de lo peligroso que era reunirse con extraños en la parte trasera del estacionamiento de Walmart. Tenía muchas cosas en casa, la mayoría viejas y de segunda mano, y me detuve a pensar por un segundo, un segundo muy inseguro, en la presencia de ese tipo allí. ¿Habría visto la montaña de ropa que esperaba a ser lavada y la pila de platos sucios en el fregadero?

Y ¿por qué me importaba?

—Si hay pay de ése..., ¿cómo se llama? —Elodie no encontraba la palabra en nuestro idioma—. La que tiene encima esas cositas *rouge*...

Levantó los dedos y yo terminé la frase por ella.

—¿Cerezas?

Rouge era una de las pocas palabras que recordaba de mis clases de francés en la escuela. Elodie asintió, pero no hacía falta. Sabía que sería capaz de comerse un pay de cerezas de una sentada, la había visto hacerlo. Y ¿quién podía reprochárselo? La mujer de mi padre, Estelle, cocinaba bastante bien. Si me hubiera gustado más, habría admitido que en realidad me encantaba su comida. Pero no era el caso, así que no pensaba hacerlo.

—¡Eso, eso! Cerezas. —Elodie se relamió.

Me eché a reír, porque estaba cumpliendo todos los estereotipos de las mujeres embarazadas que había oído.

Me despedí de ella de nuevo y Kael me hizo un gesto con la cabeza sin apenas mirar en mi dirección antes de ir hacia el pasillo. Me sorprendí esperando a que la puerta del baño se cerrara.

—¿Es siempre así de callado? —le pregunté a Elodie.

Entonces grité:

—¡Las toallas están en el pequeño clóset que hay detrás de la puerta! —lo bastante alto como para que me oyera.

Elodie se encogió de hombros.

—No lo sé... —Hizo un gesto avergonzado.

Suspiré.

—Ya. No me lo recuerdes.

Se mordió el labio como solía hacer siempre. Yo le ofrecí una sonrisa tranquilizadora y me fui antes de que pasara otro minuto más.

CAPÍTULO 16

Llegaba tarde. Y no porque hubiera tráfico en la carretera por un accidente o porque mi padre me hubiera llamado en el último momento para pedirme que comprara algún refresco de camino. Tarde. Era el tipo de retraso que provocaría los dramáticos suspiros de mi padre y un sermón acerca de que Estelle había tenido que dejar el horno encendido más tiempo para que la comida se mantuviera caliente, pero ahora el pollo se había quedado seco, y que si alguna vez pensaba en alguien más que no fuera en mí misma. Debería llegar a casa de mi padre al cabo de diez minutos, y todavía estaba estacionada en el acceso de mi casa. Como decía: tarde.

No sabía muy bien qué estaba haciendo, sentada en el coche y mirando por el parabrisas en silencio. Lo único que sabía era que detestaba los martes y que temía arrancar el vehículo. Odiaba todas las obligaciones sobre las que no tenía ningún control. No me gustaba que me dijeran qué debía hacer o dónde debía estar y, sin embargo, permitía que mi padre ejerciera esa presión sobre mí. Lo había hecho durante toda mi vida, y yo no había hecho nada para pararlo.

Miré el celular de nuevo: una llamada perdida de un número desconocido. Cuando intenté devolver la llamada, decía que era por cobrar. ¿Aún existía eso?

Entré a Instagram, sin ningún motivo en realidad, y miré las fotos de chicas que conocía de la escuela y que estaban ahora en la universidad o que se habían hecho militares. No muchas de las personas con las que fui a la preparatoria habían acabado yendo a la universidad. Por dinero o por cualquier otro motivo, no era lo más normal, como sucedía en las películas. Dejé de pasar fotos cuando vi una de una costa de arena blanca con un mar azul intenso. Era el telón de fondo de un par de hamacas bajo la sombra de unas sombrillas de playa y, en la esquina de la foto, dos manos brindaban con lo que deduje que era piña colada. El texto que la acompañaba decía: ¡¡¡UF, si crees que esta vista es bonita, espera a ver las fotos que publicaremos esta noche!!! ¡El cielo aquí es precioooooso!, seguido de un montón de *emojis* con los ojos de corazón. La chica que la había publicado, Josie Spooner, era una engreída que publicaba cosas cada vez que salía de su casa. Su taza de café diaria con una nota tipo ¡Lista para conquistar el lunes! o sus Uf, la gente da asco. Qué horror. ¡No tengo ganas de hablar de ello! inundaban con frecuencia mi Instagram. No entendía por qué no la eliminaba. No había hablado con ella desde que nos mudamos desde Carolina del Norte. Pero es que, si hubiera eliminado a todos los que me fastidiaban de mis redes sociales, no habría tenido ningún amigo.

Estaba a punto de poner los ojos en blanco cuando vi algo con el rabillo del ojo. Era Kael, vestido con su uniforme reglamentario de camuflaje, bajando por el pasto hacia la banqueta.

Abrí la ventanilla y lo llamé:

—¡Oye!

Se acercó hasta mi coche y se agachó un poco para poder verme.

—¿Adónde vas? —pregunté, sin darme cuenta de lo chismosa que sonaba.

—A la base. —Ahí estaba ese tono de voz suave de nuevo.

—¿Ahora? ¿Vas caminando? —Como si fuera asunto mío. Se encogió de hombros.

—Sí. Tengo el coche allí. —Echó un vistazo a su uniforme—. Y la ropa.

—Pero está muy lejos.

Se encogió de hombros de nuevo.

¿En serio iba a caminar casi cinco kilómetros?

Miré el pequeño reloj digital del tablero: las siete en punto. Debería haber estado tocando a la puerta de mi padre en ese mismo instante, pero ahí estaba, sentada en el camino de acceso de mi casa, debatiéndome entre ofrecerme a acercarlo o no. Ambos íbamos al mismo lugar después de todo...

Tal vez. Fort Benning no era tan grande como, digamos, Fort Hood, pero era bastante grande.

Kael se irguió y su torso desapareció de mi vista mientras se alejaba. Lo llamé de nuevo, casi por acto reflejo.

—¿Quieres que te acerque? Yo entro por la puerta occidental. ¿Dónde está tu compañía?

Se inclinó de nuevo.

—Cerca de Patton, la misma puerta.

—Eso está justo al lado de mi..., digo, de la casa de mi padre. Sube.

Vi el modo en que jugueteaba con los dedos. Me recordaba a lo ansioso que se ponía Austin cuando teníamos que ir a casa de mamá. Se sentaba en el asiento de atrás conmigo y se quitaba los pellejitos de alrededor de las uñas hasta sangrar.

Le repetí mi ofrecimiento. Iba a ser la última vez.

Kael asintió y, sin mediar palabra, se dirigió a la puerta del copiloto. Pero entonces vi que iba a sentarse en el asiento trasero.

—Esto no es un Uber —le dije medio en broma.

Se sentó a mi lado. Eso era diferente. Mi única pasajera solía ser la minúscula Elodie, pero ahí estaba ahora ese grandulón, sentado a mi lado, rozando con las rodillas el tablero y oliendo a gel de coco.

—Puedes ajustar el asiento —señalé.

Metí la reversa y la palanca de cambios se atascó por un momento. Lo había estado haciendo últimamente. Mi fiel Lumina 1990 había sido mi única constante desde que lo compré por quinientos dólares, casi todo en billetes de dólar de las propinas que había ganado en la pizzería La Rosa, donde había trabajado después de clase y los fines de semana.

Yo era la única de mis amigas que trabajaba durante la preparatoria. Mi pequeño grupo de amigas siempre se quejaba e intentaba que dejara el trabajo para ir con ellas a fiestas, al lago o a fumar mota en el estacionamiento de la escuela primaria. Éramos un poco delincuentes, pero al menos yo podía pagarme mi propia delincuencia.

—¡Uf! —protesté, y sacudí la palanca.

Kael permaneció callado en el asiento de al lado, pero juro que vi que levantaba la mano de su regazo, como si fuera a acercarla para ayudarme si yo no lo conseguía. Pero lo hice. Las ruedas rechinaron en las piedras del camino de acceso y nos pusimos en marcha.

No le envié ningún mensaje a mi padre para avisarle que iba a llegar tarde. ¿Por qué iba a hacerlo si sabía que me iba a sermonear por mensaje y después otra vez en persona para asegurarse de que lo entendía bien? Era esa clase de hombre.

«Que vivan los martes».

CAPÍTULO 17

La calle parecía desierta. Era como si todo el mundo se hubiera ido a su casa durante la última hora, y supongo que así era. Kael se abrochó el cinturón por encima del pecho. Ignoré el pitido que emitió mi coche, el que me recordaba que me abrochara el cinturón, como siempre hacía. Afortunadamente, era un coche viejo, así que sólo sonaba una vez, en ocasiones dos.

Pensé en iniciar una conversación, pero por lo poco que sabía sobre ese chico, hablar no era lo suyo. Lo miré un momento y encendí la radio enseguida. Nunca había estado en presencia de nadie que me hiciera sentir tan incómoda. No habría sabido decir qué era, ni siquiera estaba segura de que me disgustara, pero sentía la necesidad de hablar. ¿Qué era eso? ¿La necesidad de romper el hielo? ¿La necesidad de llenar el espacio con palabras? Puede que Kael actuara con normalidad y fuéramos los demás los que no lo hiciéramos.

En la radio sonaba una canción que no había escuchado antes, pero reconocí la voz de Shawn Mendes. Subí un poco el volumen y conduje en silencio hasta que llegamos cerca de la base.

Esperaba que su compañía estuviera tan cerca como pensaba. Yo intentaba no acudir a la base a menos que tuviera que hacerlo o que ir al médico. Que a menudo eran la misma cosa.

La luz de reserva de gasolina estaba encendida: un luminoso recordatorio de lo irresponsable que era. Cundo la canción de Shawn Mendes terminó hicieron una pausa para la publicidad. Escuché los anuncios: un testimonio de una clínica para perder peso, una oferta de préstamos para comprar coches a bajo interés...

—«¡Con importantes descuentos para militares!» —prometía la voz casi gritando.

—Puedes cambiar de estación si quieres —le dije, siempre tan cordial—. ¿Qué música te gusta? —le pregunté.

—Ésta está bien.

—Bueno.

Salí de la carretera y me alegré al ver que no había fila para entrar a la base. Me encantaba vivir en mi lado de la ciudad, lo bastante cerca de allí, pero lo suficientemente lejos de mi padre como para poder respirar.

—Ya llegamos —señalé, como si él no viera las luces brillantes ante nosotros.

Ladeó la cadera y sacó una cartera sobada del bolsillo de los pantalones del uniforme. Depositó su identificación del ejército en mi palma abierta. Las puntas de sus cálidos dedos rozaron mi piel y aparté la mano de golpe. La identificación cayó entre los asientos.

—Mierda. —Metí los dedos entre la delgada rendija e intenté agarrar la identificación justo cuando era mi turno de acercarme a los guardias.

—Bienvenidos a Este Gran Lugar —dijo el soldado que trabajaba en la puerta.

—¿En serio? —No pude evitar bromear.

Desde que se había obligado a los soldados a recitar ese ridículo lema siempre me había burlado de ellos. No podía evitarlo.

—Sí, en serio —respondió en tono neutro.

Inspeccionó nuestras identificaciones y la calcomanía estándar adherida al parabrisas.

—Que pasen buena noche —añadió el soldado, aunque sabía que no le importaba nada nuestra noche.

Probablemente pensó que estábamos juntos, que yo debía de ser una especie de puta de los barracones que conducía hasta la pequeña habitación de ese tipo, donde practicaríamos sexo mientras su compañero dormía en la cama de al lado.

—No sé adónde tengo que ir —le dije a Kael.

Apagó la radio.

—Gira a la derecha —murmuró, justo cuando estaba pasando junto a una calle en la que se podía doblar a la derecha.

—¿Aquí? —Di un volantazo para poder girar a tiempo. Asintió.

—En el siguiente semáforo, gira a la izquierda. ¡Ahí!

Por si no fuera suficiente con llegar tardísimo a casa de mi padre, el coche se estaba quedando sin gasolina. Sentía cómo mis manos empezaban a pegarse al volante. Kael miró justo a tiempo para ver cómo me las secaba en los jeans.

—Está ahí, a la derecha. Es un edificio grande y café —indicó.

Todos los edificios eran casi idénticos. Lo único que los diferenciaba era el número pintado a un lado.

—Ya, todos son edificios grandes y cafés en este «Gran Lugar».

Habría jurado que oí una minúscula carcajada, una pequeña bocanada de aliento, pero suficiente para demostrar que le había hecho algo de gracia mi comentario. De hecho, cuando volteé hacia él, un atisbo de sonrisa se insinuaba en sus labios.

—Justo aquí. —Señaló un inmenso estacionamiento.

Kael indicaba con el dedo una camioneta jeep azul marino estacionada al fondo del lugar casi vacío. Me detuve al lado de la misma, aproximadamente a un coche de distancia.

—Gracias... —Me miró como si estuviera buscando algo.

—Karina —le dije, y él asintió.

—Gracias, Karina.

Sentí un pequeño revoloteo en el estómago y me dije que sólo eran nervios, que no tenía nada que ver con el modo en que había pronunciado mi nombre. Intenté calmar al enjambre de abejas que se había instalado allí mientras él salía del coche sin decir nada más.

CAPÍTULO 18

No sé qué había esperado que condujera, pero desde luego no esa monstruosidad de jeep. A pesar de su tamaño, creía que tenía algo pequeño y elegante, no esa cosa azul con la defensa oxidada. Ése es el problema de imaginar, que la vida real de las personas nunca es como tú esperas. La placa era la típica de Georgia, la de los melocotones y ese eslogan tan patético, con el nombre del condado de Clayton impreso en la parte inferior. No tenía ni idea de dónde estaba eso. Me preguntaba si le fastidiaba haberse unido al ejército para haber acabado en su estado natal.

Era amigo de Elodie, así que pensé que debía asegurarme de que todo iba bien con la camioneta. No quería que tuviera que caminar casi cinco kilómetros de regreso a mi casa si no arrancaba. Lo sabía todo sobre coches que no arrancan. Vi cómo metía la mano debajo de la hoja de metal, justo por encima de la llanta delantera, y palpaba la superficie. Repitió el gesto con las cuatro llantas antes de sacarse el celular del bolsillo.

Su expresión cambió de preocupación a enfado. Se pasó una mano por el rostro mientras seguía sosteniendo el teléfono con la otra. No distinguía lo que decía, pero evité la tentación de bajar la ventanilla para escuchar. Había algo en él que necesitaba descifrar.

Cuanto más lo observaba, allí de pie, en la oscuridad, paseándose mientras se pasaba el iPhone una y otra vez del bolsillo a la mejilla, más necesitaba saber quién era.

Estaba a punto de buscar el condado de Clayton en Google cuando abrió la puerta y se inclinó.

—Ya puedes irte —me dijo en un tono casi grosero.

De no ser porque no podía entrar a su vehículo, le habría dicho alguna grosería, pero dadas las circunstancias, no me salió.

Miró hacia su camioneta y de nuevo a mí.

—¿Estás seguro? ¿No puedes entrar?

Suspiró pesadamente y negó con la cabeza.

—Se suponía que las llaves tenían que estar aquí. Ya me las arreglaré para regresar, no te preocupes.

—Es que ya voy muy tarde al lugar al que tengo que ir.

—A la cena —comentó.

De modo que sí prestaba atención.

—Sí, a la cena. Puedo llevarte antes..., pero tal vez debería llamar a mi padre y cancelarla. Tampoco es...

Kael me interrumpió:

—No pasa nada, de verdad.

No podía dejarlo allí, y se lo dije.

—¿Por qué?

Abrí la puerta y salí del coche.

—No lo sé —respondí con sinceridad.

—Mi casa está a un buen rato de aquí. ¿No tienes una copia de las llaves en alguna parte? ¿O algún amigo que pueda venir a ayudarte?

—Todos mis amigos están en Afganistán —respondió.

Se me encogió el corazón.

—Lo siento —le dije, y apoyé la espalda contra el coche.

—¿Por qué?

Nos quedamos mirándonos a los ojos hasta que él parpadeó, y aparté la mirada rápidamente.

—No lo sé. ¿Por la guerra? —Sonaba muy estúpido saliendo de mi boca; una hija del ejército disculpándose con un soldado por una guerra que había empezado antes de que ninguno de los dos hubiera nacido—. La mayoría de la gente no habría preguntado por qué en estas circunstancias.

Kael se pasó la lengua por el labio inferior y la atrapó entre los dientes. Las luces del estacionamiento se encendieron de pronto, zumbando y rompiendo nuestro silencio.

—Yo no soy como la mayoría.

—Se nota.

Las luces brillaban a través de las ventanas de los barracones al otro lado de la calle, pero no parecía que viviera allí. Eso significaba o bien que estaba casado o que ocupaba un rango más alto del que sugería su edad. Los soldados por debajo de cierto rango sólo podían vivir fuera de la base si estaban casados, pero no creía que un hombre casado fuera a dormir en mi sillón justo después de un despliegue. Además, no tenía ningún anillo.

Estaba inspeccionando la chamarra de su uniforme para ver el parche de su rango cuando vi que me estaba mirando.

—¿Vas a venir conmigo, sargento, o harás que me quede en este estacionamiento hasta que llames a un cerrajero para poder acceder a tu coche? —Miré el parche sobre su pecho, con su apellido cosido en letras mayúsculas: MARTIN.

Era muy joven para ser sargento.

—Vamos. —Levanté las manos, rogando—. Tú no me conoces, pero esto es lo que va a pasar si te dejo aquí sabiendo que vas a regresar caminando a mi casa. Te dejaré aquí, y, pasados dos segundos, me sentiré culpable y me obsesionaré con ello durante todo el trayecto hasta casa de mi padre y durante toda la cena —le expliqué—. Le enviaré mensajes de disculpa a Elodie, y entonces ella se agobiará porque se preocupa mucho por todo el mundo, y entonces me sentiré todavía más culpable por haber agobiado a una mujer embarazada, así que tendré que conducir por ahí para intentar encontrarte si es que todavía no has llegado. Es un lío, Kael, y, la verdad, sería más fácil si...

—Bueno, bueno. —Levantó las manos en un fingido gesto de derrota.

Asentí, sonriendo ante mi victoria, y ¿sabes qué? Él casi me devolvió la sonrisa.

CAPÍTULO 19

Dondequiera que nos destinaran, mi padre siempre escogía vivir en una casa en la base, desde Texas hasta Georgia, pasando por Carolina del Sur. Cuando era pequeña no me importaba, porque todos mis amigos vivían cerca, pero, al mudarnos una y otra y otra vez, fue volviéndose aburrido. Empecé a detestar los callejones sin salida y las hileras de coches en las puertas. A mi padre le encantaba estar cerca del establecimiento militar, del supermercado libre de impuestos y de la compañía donde trabajaba a diario. Se sentía seguro, pero conforme Austin y yo fuimos creciendo, comenzamos a sentirnos atrapados.

Recuerdo a mi madre paseándose alrededor de las casas, de todas ellas, durante los días de verano. Tenía esas horas de locura en las que las cortinas estaban siempre cerradas y el sofá se convertía en su cama. Al principio, el cambio fue sutil y sólo duraba mientras papá estaba trabajando. Poseía dos personalidades entre las que podía alternar en cuestión de segundos. Pero en algún momento durante el verano, antes de octavo curso, la manía se apoderó de ella. Se despertaba más tarde, se bañaba menos, dejó de bailar e incluso dejó de pasear.

Cada vez preparaba la cena más tarde, hasta que dejó de

hacerla, y los gritos de nuestros padres por la noche eran cada vez más fuertes.

—Eh... ¿Karina? —La voz de Kael me sacó de mis recuerdos.

Señalaba con la mirada el semáforo en verde sobre nosotros. Pisé el acelerador.

—Perdón —titubeé, y me aclaré la garganta.

Dirigí mis pensamientos de nuevo a la realidad con una fuerte pesadumbre.

—Bueno, vamos a casa de mi padre. Es un poco... —Exhalé, intentando definir a un hombre tan complicado con una sola palabra—. Es algo...

—¿Racista? —preguntó Kael.

—¿Qué? ¡No!

Me puse un poco a la defensiva ante su pregunta, hasta que volteé hacia él y vi su expresión, que indicaba que estaba convencido de que era eso lo que iba a decir.

No sabía qué pensar al respecto.

—No es racista —le dije mientras avanzábamos por la calzada.

No lograba recordar nada que mi padre hubiera dicho o hecho para hacerme pensar que lo era.

—Sólo es un idiota.

Kael asintió y se reclinó en el asiento.

—Suele durar un par de horas. Demasiada comida para tres personas. Demasiada plática.

Giré hacia la calle principal, la única que podías recorrer íntegramente en Fort Benning. Estábamos a menos de cinco minutos de casa de mi padre. Llegábamos veintiséis minutos tarde. Pero no pasaría nada. Era una adulta, y había surgido algo. Lo entenderían. Me repetía eso para mis adentros una y otra vez, y empecé a confeccionar una excusa que no implicara necesariamente a un extraño que iba a quedarse en mi casa.

Mi celular empezó a vibrar en el portavasos que había entre nosotros, y alargué la mano para tomarlo en cuanto vi que era Austin. Ni siquiera recordaba cuándo había sido la última vez que me había devuelto las llamadas.

—Voy a contestar, es... —No terminé de darle explicaciones a Kael—: ¿Sí? —dije al aparato, pero sólo recibí silencio.

Lo aparté de mi mejilla.

—Mierda. —No había respondido a tiempo.

Intenté devolver la llamada, pero no contestó.

—Si ves que se ilumina la pantalla, avísame. A veces el sonido no funciona. —Miré hacia mi teléfono y Kael asintió.

Giré hacia la calle de mi padre e intenté pasar los dos minutos de trayecto que quedaban inventando algún logro, o algo que pudiera sonar como tal. Necesitaría algo de lo que hablar después de la reprimenda por mi tardanza. Mi padre siempre hacía las mismas preguntas. A mí y a su querida mujer. La diferencia era que a ella le bastaba con haber plantado un nuevo jardín o haber ido a la fiesta de cumpleaños del hijo de alguien para recibir halagos, mientras que yo ya podría haber salvado una aldea pequeña, y me diría: «Eso está muy bien, Kare, pero era una aldea pequeña. Austin salvó una vez una aldea ligeramente más grande y Estelle creo dos».

No era sano compararme con su mujer o con mi hermano, era consciente de ello, pero me fastidiaba el modo en que sentía que ella se posicionaba contra mí. Y luego estaba el hecho de que Austin siempre había sido el consentido de mi padre y yo de mi madre, y eso siempre había beneficiado más a mi hermano que a mí.

—Ya casi llegamos. Mi padre es militar desde hace mucho tiempo —le dije.

Kael era soldado, no necesitaría más explicaciones.

Asintió a mi lado y miró por la ventanilla del copiloto.

—¿Cuánto tiempo llevas tú en el ejército? —le pregunté.

Oí que tragaba saliva antes de responder.

—Poco más de dos años.

Quería preguntarle si le gustaba, pero ya estábamos estacionándonos delante de la casa de mi padre.

—Ya llegamos —le advertí—. Es como un auténtico fiasco. Tres platos. Mucha plática insustancial y un café. Dos horas, como mínimo.

—¿Dos horas? —preguntó perplejo.

—Ya... Puedes esperar en el coche, si quieres.

Kael abrió la puerta y se inclinó para hablar conmigo mientras yo seguía en el asiento.

Revisé mi cabello en el espejo. Ya casi estaba seco. El aire era denso y húmedo, y se notaba.

Tomé el celular. Austin no había vuelto a llamar.

—Sólo te digo que, si crees que va a ser horrible, te aseguro que va a ser aún peor.

—Mmm —me pareció oírlo decir.

Levanté la vista justo cuando cerraba la puerta. Empezaba a ser consciente de que traer a un desconocido a la cena de los martes había sido una muy mala idea.

CAPÍTULO 20

Estaba inquieta y me sequé las manos en los pantalones. Siempre hacía eso cuando estaba nerviosa.

—Deja que hable yo —le dije a Kael mientras nos aproximábamos a la puerta—. Les explicaré por qué llegamos tarde. Bueno, por qué llegué tarde.

Entonces me di cuenta de con quién estaba hablando. Con el soldado que no tendría ningún problema en quedarse callado.

Entramos en la cocina, que estaba inundada con el aroma a miel y a canela, y a lo que podría ser jamón. Olía a vacaciones.

—Siento haber llegado tarde —declaré—. Tuve que quedarme un poco más en el trabajo y, eh..., y tuve que ayudar al amigo de Elodie. —Me volteé para presentar a Kael.

Mi padre estaba sentado presidiendo la mesa cuando llegamos. No leía el periódico ni escuchaba la radio. Sólo esperaba. Lo miré allí sentado, con su rostro arrugado y su escaso cabello blanco. Ya le clareaba mucho, y su piel era también cada vez más fina. Todos en la familia de mi padre encanecían y palidecían pronto. Era algo que quedaba muy bien en las mujeres, al menos en las fotos que yo había visto, aunque siempre había esperado haber salido a mi madre en ese sentido. Supongo que ya se vería.

Mi padre apartó los ojos de mí y miró a Kael, que dio un paso atrás. Por instinto o por nervios, no sé. A pesar de que medía poco más de un metro sesenta, mi padre intimidaba. Podía ser blando cuando quería. Y, cuando no quería, podía cortar como un cuchillo.

—Martin, encantado de...

Mi padre le estrechó la mano a Kael. Yo estaba esperando el regaño por haber llegado tarde cuando Estelle entró a la cocina portando una cacerola de la que sobresalía una gran cuchara de madera.

—¡Hola! —me saludó como solía hacerlo. Emocionada. Falsa.

Estelle siempre vestía versiones ligeramente diferentes del mismo conjunto: jeans un poco acampanados y una blusa de botones con algún estampado. Siempre. La blusa del día era de rayas azules y rojas. Y, como todas las demás, ésta tenía pinzas en la cintura y el pecho para, como ella solía decir, «crear una silueta más estilizada». No podía interesarme menos el corte de la ropa de Estelle (ni nada relacionado con ella, la verdad), pero un día me estuvo contando que le encantaba comprar estas blusas entalladas porque le realzaban la figura. Giraba el torso como una modelo cuando lo decía, como si estuviera divirtiéndose al estrechar vínculos con la hija del que entonces era su novio. Fue horrible.

Se me hacía raro que Estelle no cambiara nunca de estilo. Me gustaba la constancia, pero no en ella. No quería nada de ella.

—Uy, vaya..., hola. ¡Hola! Soy Estelle. —No se le estaba dando muy bien ocultar su sorpresa por el cuerpo extra que había en la estancia.

Kael esperó a que dejara la fuente en la mesa antes de alargar la mano.

—Verán, eh..., Kael es un amigo del marido de Elodie. Regresó de su misión ayer —expliqué mientras evitaba mirar a mi padre—. Cenará con nosotros, ¿de acuerdo? No puede entrar a su coche.

Estelle invitó a Kael a sentarse junto a mi padre en su trono, pero yo me senté ahí primero para que él pudiera acomodarse a mi lado. No había necesidad de ponerlo en la línea de fuego.

—¿Has hablado con tu hermano? —preguntó mi padre.

Saqué el celular.

—Me llamó, pero no le contesté a tiempo.

—Viene en camino.

—¿Qué?

Mi padre dio un largo y lento trago de agua.

—Anoche lo arrestaron.

Me levanté de la silla.

—¿Qué? ¿Por qué?

Los ojos de mi padre eran idénticos a los de mi hermano. Él era igual que él, y yo igual que mi madre. Nos lo habían dicho toda la vida. Eso no significaba que fuera cierto. Ejemplo: su arresto.

—No lo sé exactamente. Los de la comisaría no me dijeron. —Mi padre estaba nervioso, frustrado y decepcionado.

Se notaba y sabía que sentía que había fracasado como padre. No podía estar más de acuerdo con él en eso.

—Y ¿cómo va a venir? —pregunté.

—Conduciendo. Debería llegar dentro de un par de horas.

Kael se limitaba a mirar hacia la mesa, tamborileando de forma discreta con los dedos.

—¿Dónde va a quedarse?

—Aquí —respondió mi padre con seguridad.

Suspiré.

—Y ¿él lo sabe? —Tomé el celular y llamé a mi hermano, pero salió directamente el buzón de voz. No dejé ningún mensaje.

Mi padre frunció su poblado ceño.

—¿Acaso importa? Se está metiendo en líos. Esto ya no es un juego de niños, Karina. Ya son adultos.

—¿Somos? —me burlé—. No es a mí a quien arrestaron. Y Austin ni siquiera está aquí para defenderse, así que tampoco es justo para él.

Estelle rodeaba a mi padre mientras hablábamos. Siempre lo hacía. Estaba literalmente sirviendo a mi padre mientras discutíamos sobre el dudoso futuro de su único hijo varón. Nosotros alzábamos la voz, pero ella actuaba con la normalidad y la alegría de siempre. Kael se movía incómodo en su asiento.

—¿Quieres un poco de jamón? —le preguntó Estelle a Kael.

Era justo lo que mi padre necesitaba. Alguien que pasara por alto el caos y que interpretara el papel de esposa abnegada en la segunda mitad de su vida. Mi madre era un huracán, y Estelle no era ni una llovizna.

—El glaseado es una receta familiar. Vamos, prueba un poco. —Levantó una pequeña salsera de estilo colonial llena de líquido oscuro y meloso.

Cuando la compró en eBay, las palabras que utilizó fueron que procedía de «una casa colonial auténtica», como si fuera algo de lo que estar orgulloso.

Kael le agradeció que le sirviera. Le dije a mi padre que

sabía que no deberíamos haber mandado a mi hermano lejos, que era culpa suya. Él me dijo que toda la culpa era mía.

—No tengo hambre —le expliqué a Estelle cuando me pasó el jamón.

Las tripas me rugieron y me hicieron quedar como una mentirosa.

—No seas infantil —soltó mi padre.

Me sonrió, en un lamentable intento de suavizar sus palabras.

—Acabas de decir que soy una adulta. Y ahora me llamas infantil. ¿En qué quedamos? —Odiaba discutir así, pero mi padre sacaba lo peor de mí. Sobre todo cuando el tema era mi hermano—. Lo que no entiendo es por qué actúas como si no tuviera importancia —añadí—. Porque sí la tiene. Tiene mucha importancia.

—Lo sé, Karina, pero no es la primera vez.

—Sólo es la segunda —le espeté—. No es que sea un delincuente profesional.

—No nos preocupemos por él hasta que llegue, ¿de acuerdo? No hay nada que ninguno de los dos podamos hacer desde aquí. Es un hombre de veinte años.

La reacción de mi padre ante el segundo arresto de mi hermano era racional, casi hasta el extremo.

Ojalá yo pudiera dejar a un lado mis emociones de esa manera. Me costaba la vida cambiar el chip. Mi padre podía alternar rápidamente entre emociones extremas, como mi madre. Ella era peor en eso. O mejor. Supongo que todo dependía del cristal con el que se mirara.

Me rugieron las tripas de nuevo, así que cedí y empecé a servirme. Kael se estaba llevando un tenedor lleno de puré de papa a la boca. Supongo que vio que nos estábamos calmando y regresando a la normalidad. Aunque estaba segura de que pronto discutiríamos de nuevo.

Dejé el celular sobre la mesa con la pantalla hacia arriba, por si Austin enviaba algún mensaje o algo. Y después me esforcé por no pensar en él conduciendo hasta allí solo, asustado por el arresto, asustado por tener que enfrentarse a nuestro padre.

—Dinos, Kael, ¿volviste para quedarte? —Estelle, la directora de escena, desviaba la conversación de nuestro drama familiar.

Esa vez casi lo agradecí.

—Eso creo. Aún no estoy seguro, señora.

Sus modales eran impecables. Quería saber más sobre ese chico. Seguro que su madre era amable. No recuerdo la última vez que oí a alguien de mi edad llamar a alguien «señora».

Lo observé mientras respondía con gentileza a todas las preguntas que ella le lanzaba: ¿a qué batallón se le había asignado? ¿Dónde estaba su campamento en Afganistán? Sus respuestas eran cortas pero sinceras, y sus labios envolvían cada palabra que pronunciaba. Ojalá le gustara hablar más de lo que parecía.

Para cuando estábamos comiendo el postre, había olvidado que habíamos llegado tarde. El arresto de Austin había desviado toda la atención de mí. No era la primera vez que eso había actuado en mi favor.

CAPÍTULO 21

—Bueno, ha sido una velada muy agradable —comentó Estelle.

Estaba allí plantada, algo incómoda, esperando a que la abrazara. A veces lo hacía, y a veces no.

—Avísame cuando llegue Austin. Me quedaría a esperarlo, pero tengo que trabajar por la mañana.

Mi padre asintió.

Kael estaba en el umbral, mitad fuera, mitad dentro.

Mi padre me abrazó.

—¿Qué planes tienes para este fin de semana? Vamos a ir a Atlanta, por si quieres...

—Trabajo.

Me encantaba Atlanta, pero no pensaba ir con ellos. Además, ¿no iban a cambiar sus planes ahora que Austin iba a venir?

—Ha sido un placer conocerte, Kael. Cuidado en la carretera. —Estelle sonrió.

Me preguntaba si creería que era mi novio. Jamás lo habría presentado de esa manera, pero estaba demasiado sonriente y nos miraba de un modo demasiado curioso cuando le di a Kael con el codo para que abriera la puerta.

Me apresuré a salir al porche y prácticamente corrí por el camino de acceso sin darle a nadie la oportunidad de decir nada más.

—Carajo, odio estas cenas.

Incluso después de todo lo que habíamos soportado, Kael seguía sin tener nada que decir.

—¿Tú tienes familia? —Di por hecho que no respondería, pero cualquier cosa era mejor que el silencio.

—¿Que si tengo familia? —repitió.

—Bueno, es evidente que tienes familia, de lo contrario no existirías. Pero ¿son así? —Hice un gesto hacia la casa.

—No —contestó mirando por el parabrisas del coche—. Qué va.

—¿En el buen o en el mal sentido? —pregunté.

—En ambos. —Se encogió de hombros y se abrochó el cinturón.

—Creo que me afecta tanto porque Estelle es muy distinta de mi madre. Era muy divertida cuando yo era pequeña. Mi madre, no Estelle —aclaré sin que me lo hubiera pedido—. Se reía mucho y escuchaba música. Bailaba por la sala escuchando a Van Morrison, agitando los brazos como un pájaro o una mariposa. Parece que ya pasó una eternidad.

Me detuve a pensar en esa otra versión de mi madre, aquella de cabello largo y suelto que se mecía con el viento. Ahora era igual de despreocupada, pero no tenía nada que ver con la de entonces.

—Levantaba las manos, se las pasaba por el cabello y luego lo dejaba caer. Me hacía cosquillas en la cara y yo me echaba a reír, y entonces ella sacudía el cabello y bailaba a mi alrededor.

Lo único que podía oír era el ruido del motor atravesando el denso aire de Georgia. Nunca me había fijado en esos sonidos antes; no había tenido tiempo.

—¡Y mis fiestas de cumpleaños...! Lo daba todo en ellas. Era algo grande, la celebración duraba más bien toda la semana. No teníamos mucho dinero ni nada, pero era muy creativa. Un año decoró toda la casa con aquellas luces de Spencer, ¿te acuerdas de esa tienda?

Asintió.

—Tenían unas luces de discoteca, y mi madre las puso por toda la sala y la cocina. Vinieron todos nuestros amigos. Bueno, sólo tenía unos tres, la mayoría vino por Austin. Nuestra casa siempre estaba llena. Y tenía un novio..., creo que se llamaba Josh. Y me trajo un pan de elote. Ése fue mi regalo de cumpleaños.

No sabía por qué estaba dándole tantos detalles, pero estaba tan sumida en mis propios recuerdos que continué.

—No sé por qué me trajo un pan de elote. Quizá su madre lo tenía en casa, no lo sé. Pero recuerdo que también me regalaron un aparato de karaoke y me pareció el regalo más maravilloso del mundo. Mi madre se metió a su cuarto y cerró la puerta para que nos sintiéramos más mayores de lo que éramos y no tuviéramos la sensación de estar vigilados todo el tiempo. Cómo no, acabamos jugando a uno de esos estúpidos juegos de fiestas y tuve que besar a un chico que se llamaba Joseph, que precisamente murió de una sobredosis de heroína hace unos meses...

Sentía que Kael me estaba mirando, pero era una sensación muy extraña. No podía parar de hablar. Estábamos en un semáforo en rojo. El cielo estaba oscuro y la luz roja se reflejaba en su piel oscura.

—Vaya, estoy hablando mucho —le dije.

Me miró.

—Tranquila —repuso con voz suave.

¿Quién era ese tipo? Tan paciente, tan callado pero tan conectado con el momento. Intenté imaginar al marido de Elodie, Phillip, manteniendo una conversación con él. Phillip era alegre y afable, y Kael..., bueno, no sabía qué demonios pensar de él.

Había pasado mucho tiempo desde la última vez que había mantenido ese tipo de conversación con alguien, si es que alguna vez lo había hecho. Mi hermano era la única persona con la que rememoraba a mis padres. Pero incluso él había dejado de querer revivir nuestra infancia conmigo.

—Mi madre nos crio a mi hermana y a mí en Riverdale —dijo Kael de repente, ahogando el ronroneo del motor y el sonido del viento.

—Me encanta esa serie —le dije, y él sonrió.

Atrapé su sonrisa antes de que se desvaneciera. La archivé.

—No está mal.

—¿La serie o la ciudad? —pregunté.

—Las dos cosas. —No sonrió.

—¿Cuántos años tiene tu hermana? —Pensé que sería mejor que aprovechara ahora que estaba extrañamente hablador.

—Es más pequeña que yo.

—Mi hermano también. —Quería preguntarle la edad exacta, pero ya estábamos llegando a mi casita blanca—. Unos seis minutos.

La mayoría de las personas se reían cuando les decía eso. Kael no dijo nada pero, una vez más, sabía que me estaba mirando.

El viento llenó de tierra mi parabrisas mientras me estacionaba en el camino de acceso. Pavimentar el acceso estaba escalando posiciones rápidamente en mi lista de cosas por hacer. Me estacioné y me disculpé de nuevo por discutir con mi padre delante de él. Kael asintió y murmuró su versión de: «No pasa nada».

Alargué la mano entre los dos para tomar mi bolso del suelo de detrás de mi asiento.

—Al menos no tendrás que volver a pasar por ello. Yo, en cambio, tendré que regresar el martes que viene a las siete de la tarde en punto. —Si llegaba tarde a la cena de la semana siguiente, el sermón de mi padre no tendría fin.

La calle estaba tan oscura las noches de luna nueva como aquélla, que costaba distinguir el porche. Kael encendió la linterna de su celular e iluminó la puerta.

—Tengo que instalar algunas luces aquí.

Kael no dejaba de moverse a mi lado. Observó el jardín, volteó para echar un vistazo al camino de acceso, miró hacia la calle más allá del jardín. No paraba de girar el cuello con brusquedad. No era un movimiento alarmante, sino una simple inspección del entorno. Intenté imaginármelo en Afganistán, con un fusil pesado cruzado sobre su cuerpo y el peso del mundo libre sobre sus hombros.

—Por cierto, mi hermana tiene quince años —dijo mientras pasaba por delante de mí y entraba en la casa.

CAPÍTULO 22

Elodie estaba dormida en el sofá, con su cuerpo menudo desparramado en una postura incómoda. Dejé la bolsa en el suelo, me quité los zapatos y la tapé con su cobija favorita. Se la había confeccionado su abuela cuando era sólo una niña. Ahora estaba muy gastada, casi raída, pero dormía con ella todos los días. Su abuela había muerto hacía unos pocos años; Elodie se ponía a llorar cada vez que hablaba de ello.

Me preguntaba si extrañaría a su familia. Estaba tan lejos de ellos, y embarazada, con un marido en la guerra. No hablaba mucho de sus padres, pero tenía la impresión de que no les hacía mucha gracia que se hubiera ido a Estados Unidos con un soldado joven al que había conocido a través de internet.

Y no me sorprendía. Elodie se movió un poco cuando apagué la televisión.

—¿Querías ver eso? —le pregunté a Kael. Había olvidado que él dormiría allí afuera y me planteé despertar a Elodie para que viniera a mi cama.

—No, tranquila.

Vaya, el hombre de muchas palabras.

Continué:

—Bueno, voy a dejar este pay en el refrigerador y me voy a la cama. Tengo que trabajar por la mañana. Y si necesitas algo de la tienda, anótalo en la lista del súper que hay en el refrigerador —ofrecí.

Kael asintió y se sentó en mi sillón rojo. ¿Iba a dormir ahí?

—¿Necesitas una cobija? —pregunté.

Se encogió de hombros y respondió:

—Si tienes una —casi para sí.

Saqué una cobija vieja del clóset del pasillo y se la llevé. Me dio las gracias y le deseé buenas noches de nuevo. Estaba totalmente despierta cuando me acosté. Pasé la noche pensando en el comportamiento de Kael con mi padre y con Estelle, en cómo había conseguido hacer que la cena fuera más soportable. Pensé en cómo se había ofrecido amable e inesperadamente a llenarme el tanque de gasolina y, cómo no, como le daba demasiadas vueltas a todo, pensé en que debería pagarle la gasolina, aunque él no quisiera que lo hiciera.

Estaba muy inquieta. Me di la vuelta, tomé una almohada y me la puse entre las piernas, abrazándola. Pensé en que sería muy agradable tener un cuerpo caliente a mi lado en la cama. Por lo menos, tendría a alguien con quien hablar cuando no pudiera dormir. A menos que fuera Kael. La idea me hizo sonreír, al pensar en que si fuera él el que estuviera en mi cama...

Me detuve antes de ir más allá.

¿Qué diablos me pasaba y por qué estaba imaginándome a Kael en mi cama? Necesitaba contacto físico, ése debía de ser el motivo por el cual, por más que intentara pensar en cualquier otra cosa, o persona, no podía dejar de imaginármelo acostado a mi lado, mirando al techo del mismo modo en que había estado mirando a través del parabrisas durante todo el trayecto de vuelta a casa.

Había pasado casi un año desde la última vez que había tenido contacto humano no relacionado con el trabajo aparte de con mi familia y con Elodie. Tampoco es que estuviera acostumbrada a tenerlo en dosis altas o consecutivas, pero Kael estaba haciendo que soñara despierta con él y conmigo. La gente de mi edad conocía a chicos en los bares o en clase o a través de algún amigo, pero yo no tenía mucha experiencia con nada de lo mencionado. Brien y yo estuvimos terminando y regresando durante un tiempo. Seguíamos cogiendo en su coche después de que me prometiera a mí misma que jamás volvería a hablarle. La última vez que dejé que sucediera fue en su habitación del cuartel, cuando me di la vuelta y me clavé algo en el costado.

Un arete. Me sentí como si estuviera en una película porque, uno, ¿quién pierde un arete cogiendo y no se da cuenta? Y, dos, yo había estado interpretando el papel de la chica solitaria y desesperada que sabía que su chico estaba acostándose con otras, pero que necesitaba encontrar un horrible arete de aro para reconocérselo a sí misma.

Discutimos sobre ello. Él respondió que debía de ser el arete de la novia de su compañero de habitación y no tuvo nada que decir cuando le recordé que había visto a su compañero metiéndose con muchas personas y que ninguna de ellas era una mujer.

Tomé mi teléfono para entrar a mis redes sociales y quitarme así a Brien de la cabeza. Tecleé el nombre de Kael en la lista de amigos de Elodie, pero no había resultados, así que lo busqué directamente. Encontré un perfil con menos de cien amigos, cosa que me pareció extraña. Yo no hablaba con el noventa y nueve por ciento de los «amigos» que tenía, pero aun así tenía más de mil. Parecía algo excesivo, dar acceso a mí a mil personas con las que no hablaba.

En su foto de perfil, Kael estaba acompañado de otros tres soldados más. Todos vestían el uniforme reglamentario del ejército y estaban de pie delante de un tanque. Kael sonreía en la imagen, puede que incluso estuviera riendo, así de brillante era su sonrisa. Se me hacía raro verlo así, rodeando con el brazo a uno de los chicos. Pero, aparte de su foto de perfil, no pude obtener ninguna otra información de su página. Todo era privado. Estuve a punto de enviarle una solicitud de amistad, pero me parecía algo acosador enviarle una solicitud de Facebook mientras lo tenía durmiendo en el sillón de mi sala.

Salí de su perfil y empecé a revisar mi lista de amigos, eliminando de ella a gente a la que apenas conocía. Borré a unas cien personas antes de quedarme dormida.

CAPÍTULO 23

Me desperté completamente vestida, con el celular sobre el pecho. Tenía la sensación de que la calefacción estaba encendida, y yo nunca la encendía. Miré la hora: casi las cuatro de la madrugada. Tenía que levantarme a las ocho para poder ir al supermercado antes de empezar a trabajar a las diez. Conecté mi teléfono al cargador y me senté. Me dejé la camiseta puesta, pero me desabroché el brasier y me quité los jeans. Hacía un calor horrible y tenía la garganta seca. Sentí el sudor en el cuello al recoger mi densa melena rizada con una liga.

Pensé en ponerme unos pantalones antes de ir a la cocina por agua, pero eran las cuatro de la madrugada, y Kael y Elodie estarían dormidos. Hacía tanto calor que ni me pasaba por la cabeza ponerme una pijama gruesa sobre los muslos en ese momento, así que me aseguré de que todo estuviera en silencio al salir al pasillo y dirigirme a la cocina. Dejé la luz del pasillo apagada y me guie por las lucecitas de noche enchufadas en los contactos de la cocina para ver.

Saqué la jarra de agua del refrigerador y bebí hasta que ya no pude más. Cerré el refrigerador y a punto estuve de soltar un grito al ver a Kael sentado a la mesa de la cocina.

—Carajo, qué susto me diste. —Me sequé la boca con el dorso de la mano.

Después me sentí mal porque había hecho que se sintiera mal.

—Perdona si te desperté. Hace muchísimo calor —le dije.

—Estaba despierto.

Me acerqué a él y vi que estaba barriendo mi cuerpo con la mirada, hasta mis muslos, y entonces recordé que andaba en calzones. Intenté cubrirme el trasero con las manos, pero no sirvió de nada. Debería haberme puesto pantalones. O unos calzones con los que no se me quedara media nalga fuera.

—¿Por qué estás despierto? ¿Estabas aquí sentado, en la oscuridad? Siento no haberme puesto nada encima, pensaba que estarías dormido.

Kael ladeó la cabeza un poco, como si lo confundiera lo que estaba diciendo, y me miró las piernas. De inmediato sentí una oleada de inseguridad al pensar en mi celulitis. Volvió a mirarme a la cara.

—¿Me das un poco de agua? —me preguntó.

Me ruboricé. No porque aún siguiera medio desnuda, sino porque me había visto beber agua directamente de la jarra de cuatro litros.

Asentí y abrí el refrigerador.

—Es agua de la llave. Compro una de éstas —levanté la jarra etiquetada como «agua de manantial»— de vez en cuando y la relleno con agua de la llave. Así que no es agua de manantial de verdad.

¿Por qué divagaba tanto?

—He pasado meses en Afganistán, creo que podré soportar un poco de agua de la llave de Georgia.

Su sarcasmo me tomó por sorpresa. Le sonreí, y él me devolvió la sonrisa. Otra sorpresa. Tomó la jarra de mi mano y se la llevó a la boca sin tocarla con los labios.

—Bueno, ¿qué haces despierto? ¿Aún te estás adaptando a la diferencia horaria? —pregunté.

Me devolvió la jarra y bebí otro sorbo. Todavía tenía calor, pero en la cocina se estaba mucho más fresco que en mi dormitorio. El frío tacto de los azulejos del suelo resultaba agradable bajo mis pies.

—No duermo mucho —respondió por fin.

—¿Nunca?

—Nunca.

Me senté enfrente de él.

—¿Es a causa de donde has estado?

Se me empezó a hacer un nudo en el estómago desde el ombligo hasta la garganta al pensar en él, en aquel chico callado, despertándose en una zona de guerra a causa de los proyectiles, los misiles o cualquiera que fueran los horrores que hubiera tenido que vivir.

Asintió.

—Se me hace raro estar de vuelta.

Entre su sinceridad y la vulnerabilidad que ensombrecía su rostro, pensé que debía de estar soñando.

—¿Tienes que regresar? —pregunté, esperando que respondiera que no.

En algún lugar recóndito de mi mente resonaba una sirena para alertarme, o tal vez a Kael, de lo que estaba empezando a sentir hacia él. No hacía ni veinticuatro horas que lo había conocido, pero ya quería protegerlo, evitar que regresara allí.

—No lo sé —contestó, y ambos nos quedamos callados.

—Espero que no. —Las palabras escaparon de mi boca antes de que pudiera preocuparme cómo sonarían.

Una parte de mí sentía que estaba traicionando mi infancia, mi linaje familiar de soldados y aviadores, pero supongo que no era tan patriótica como se esperaba de mí.

Cuando Kael apoyó la cabeza sobre sus brazos cruzados y dijo «Yo también», todo mi cuerpo suspiró. La vida militar era tan injusta a veces... Quería preguntarle si era consciente de dónde se estaba metiendo o si, como la mayoría de los soldados jóvenes que conocía, se había visto obligado a alistarse por la pobreza que lo rodeaba y la promesa de un sueldo mensual estable y un seguro de salud.

—Lo sient... —empecé a decir, pero tenía los ojos cerrados.

Me quedé observándolo en la oscuridad durante unos segundos hasta que un leve ronquido escapó de sus carnosos labios.

CAPÍTULO 24

—¿Siempre usas tu uniforme? —le pregunté en el pasillo de los cereales.

El carro que habíamos elegido tenía una rueda rota a la que le gustaba quedarse atascada al girar. Le había dado a Kael mi lista del súper en el estacionamiento y le había encargado que no la perdiera. No respondió nada, así que lo tomé como un «sí».

—No —contestó sorprendiéndome.

Lo miré, instándolo a continuar.

—Pues parece. —Traté de suavizar mis palabras sonriéndole, pero no me miró.

—No puedo acceder a mi ropa.

«Mierda».

—Ay, perdón. No lo había pensado. ¿Dónde está? ¿Necesitas que te lleve por ella?

Tomó una caja de Cinnamon Toast Crunch. Al menos tenía buen gusto para los cereales. Estaba dejando sus artículos en la cesta de delante del carro, donde suelen sentarse los niños mientras los padres intentan mantenerlos entretenidos.

—No sé dónde está. —Parecía confundido.

Cada día que pasaba se me daba mejor entenderlo. Bueno, sólo había sido un día, pero aun así. Estaba logrando que se abriera de manera lenta pero segura. Lo cierto era que su rostro resultaba bastante expresivo.

—Pensaba ir al centro comercial después. O a Kohl's. A donde sea.

Pasamos por delante de un anciano que se nos quedó mirando a Kael y a mí demasiados segundos. Noté cómo su persistente mirada oscilaba entre él y yo y se me pusieron los pelos de la nuca de punta. El hombre desapareció por la esquina. Cuando fui a mencionárselo a Kael, empecé a preguntarme si no serían paranoias mías y decidí no concederle a aquel anciano gruñón más atención de la que ya le había prestado.

—Trabajo hasta las cuatro, pero puedo llevarte a comprar algo de ropa después —me ofrecí.

El establecimiento estaba atestado, como siempre. No valía la pena soportar ese agobio por los bajos precios de los supermercados libres de impuestos. Preferiría hacer un turno extra a esperar tras carritos del súper llenos a rebosar.

Kael señaló el siguiente pasillo, donde empezaba la zona de los congelados.

—Sabes que existe Uber, y los taxis y eso, ¿verdad?

Lo fulminé con la mirada.

—Intentaba ser amable.

—Lo sé. Estaba bromeando. —Su voz era desenfadada, tenía un tono diferente.

Sentí un cosquilleo en la piel y aparté la mirada.

—Ja. Ja —bromeé también.

Me dolía la garganta. Siempre recordaría eso, el modo en que hacía que me dolieran partes que nunca antes había sentido. Y siempre le estaría agradecida por ello.

—Bueno, entonces ¿te llevo o no? ¿Puedes tomar esas pizzas de ahí? La caja roja —señalé detrás de él.

—Si quieres... En fin, ya duermo en tu sillón, acudo a tus cenas familiares y me como tus barritas de granola.

—¿Te comiste mis barritas de granola?

Se echó a reír. Si no me hubiera volteado, me lo habría perdido de lo breve que fue.

—Te compraré otra caja. —Estaba claro que no le gustaba deberle nada a nadie.

—Normalmente diría que no hace falta por ser amable, pero la factura de la luz llegó altísima este mes, así que adelante. —Le di un empujoncito en el hombro y se tensó a mi lado. Fue un cambio muy sutil, pero lo percibí.

Kael se alejó un paso de mí mientras continuábamos hablando. La música que sonaba por las bocinas del techo estaba más alta que de costumbre, o eso me parecía. Me sentía incómoda. Avergonzada. Era como si algo se hubiera partido en dos la noche anterior. Supongo que es la sensación que una tiene cuando mantiene una plática en calzones a las cuatro de la madrugada. Kael estaba distinto. Más abierto, casi conversador. Aun así, me preguntaba si él pensaba que estaba coqueteando conmigo. La verdad era que no lo había visto de esa manera, pero daba esa impresión.

—Lo siento —acabé diciendo un minuto después.

Estábamos en el pasillo de las cosas de picar, y estaba decidiéndome entre los *pretzels* de sabores o los Doritos Cool Cream Cheese cuando Kael tomó una bolsa de aros de cebolla Funyuns y la echó al carro.

—Eso me encantaba cuando era pequeña —le dije—. Mi mejor amiga, Sammy, y yo los comíamos todo el tiempo. Madre mía, comíamos eso y bebíamos Mountain Dew. Mi madre no me dejaba beberlo, pero la madre de Sammy siempre tenía la versión de Kroger, que la verdad es que estaba aún más buena.

No paraba de parlotear.

Kael parecía más relajado que unos segundos antes. No lo miré, por más que quería hacerlo, ni le dije lo mucho que añoraba a Sammy desde que se casó y se mudó a la otra punta del país. No por haberse casado, sino por haberse mudado lejos de aquí.

No volvimos a hablar hasta que pasamos por caja, cada uno con lo suyo. Ambos tuvimos que mostrar nuestras identificaciones, la suya de servicio activo y la mía de dependienta. Fue un caballero y me ayudó a meter las bolsas en el coche, las cargó hasta mi casa e incluso me preguntó si podía ayudarme a guardar. Detestaba que mi cerebro estuviera intentando averiguar por qué estaba siendo tan amable. Era como si no fuera capaz de aceptar gestos o cumplidos amables de los demás, como si no los mereciera.

Pero, por más confundida y algo paranoica que me hiciera sentir, empezaba a gustarme cómo me sentía estando a su lado. Siempre y cuando él no esperara que fuéramos a involucrarnos. No había mencionado a ninguna novia ni a nadie de su vida en absoluto, aunque tampoco se había mostrado muy comunicativo al respecto. Pero no estábamos haciendo nada malo. Nada. Sólo habíamos ido a comprar y estábamos compartiendo techo durante unos días.

Si yo hubiera sido su novia, no me habría hecho mucha gracia que se quedara en una casa con dos mujeres, y me habría dado igual que una de ellas estuviera embarazada.

¿Por qué estaba dando por hecho que tenía novia? ¿O incluso que yo pudiera gustarle?

Carajo, ni siquiera lo conocía lo suficiente como para que me gustara de esa manera, y él parecía la clase de hombre por la que todas las mujeres se sienten atraídas. Me di cuenta de que me sentía algo más interesada en él de lo que era capaz de admitirme a mí misma. Estaba agobiándome, y él estaba sentado a mi lado. Notaba su mirada fija en mi rostro.

—¿Está todo bien? —preguntó una vez guardados todos los productos.

Con su ayuda, tardamos la mitad de tiempo, y no tuve que decirle que reciclara el papel y el plástico.

Ahora ambos estábamos sentados a la mesa. Él estaba mirando algo en su celular, y yo comiéndome mi segunda barrita de granola y preparándome para ir a trabajar. A través del pasillo se oía el sonido de la regadera, de modo que sabía que Elodie se había levantado. Menos mal. No podría decirle a Mali que iba a llegar tarde otra vez.

A través de las pestañas, intenté mirar a Kael sin que él se diera cuenta. Pero como el buen soldado que estaba convencida de que era, se dio cuenta de inmediato. Sentí que las palabras se formaban en mi garganta y no quise detenerlas. Tenía que saberlo.

—¿Tienes novia? —solté.

—No. ¿Y tú? ¿Tienes novio..., bueno, o novia?

Negué con la cabeza. Sentí que los dedos me temblaban contra el frío respaldo de la silla.

—No, ni una cosa ni la otra.

Exhaló y se puso de pie. Seguí con la mirada sus movimientos desde el refrigerador hasta el clóset para tomar un vaso, y de nuevo hasta el refrigerador. Se sirvió algo de leche y derramó un poco en el suelo. Si hubiera podido desear algo en ese momento habría sido que dijera algo, lo que fuera. Sentía que me ardía la garganta. Me ardía todo el cuerpo.

—Bueno, estaremos fuera hasta la tarde, pero siempre tenemos el celular conectado en el trabajo. Si viene mi hermano, déjalo entrar.

Kael asintió. Lo observé mientras limpiaba la leche derramada que había dado por hecho que se secaría en el suelo junto al resto de las cosas derramadas que se habían ido acumulando desde que había trapeado hacía unas dos semanas.

Elodie se acercó por el pasillo. Su cabello corto mojado empapaba los hombros de su camiseta gris.

—¡La regadera por fin funciona!

—¿Qué quieres decir? —Atravesé el pasillo en dirección al baño.

—¡La temperatura! ¿Llamaste para que la arreglaran? —preguntó.

Pasé a su lado negando con la cabeza. Entré al baño, dejé correr el agua y salió caliente al instante. Le di al agua fría e inmediatamente salió fría. Incluso había más presión, como en una regadera normal. Qué lujo.

—No tengo ni idea de cómo se arregló, pero me alegro de que así sea, porque... —empecé a decir.

Mi mirada aterrizó en Kael, y él se lamió los labios y giró un poco la cara.

—¡Tú! —Me di cuenta—. ¿La arreglaste tú?

Sabía que sí, aunque era un concepto extraño para mí.

Él asintió con timidez.

—No era para tanto. Sólo había un tubo suelto. Me llevó menos de cinco minutos.

Elodie se acercó a él con el cabello goteando a su paso.

—¡Qué lindo eres! ¡Ay, ya quiero contárselo a Phillip! ¡Gracias! ¡Gracias! —le dijo, aferrándose a uno de sus brazos.

Primero la gasolina, y ahora la regadera. Era muy amable por su parte, pero, por otro lado, hacía que me sintiera como una inútil.

—Eso. —Me fastidiaba que ambos se hubieran percatado de ello—. Bueno, me tengo que ir o llegaré tarde. Te veo a las once.

Abracé a Elodie y me dirigí a la puerta.

No volteé para mirar a Kael al salir. Sabía que me sentiría culpable si lo hacía. Había hecho algo bueno por mí. Algo considerado y práctico. Y se lo agradecía, de verdad, pero tampoco quería que me tratara como si necesitara que me ayudaran a arreglar las cosas. Había comprado esa casa para demostrar que no era ninguna damisela en apuros.

CAPÍTULO 25

Mi mañana transcurrió como de costumbre: dos ancianos retirados y un soldado casado que venía a la misma hora casi todas las semanas. Nunca reservaba cita, pero siempre le guardaba la hora para él. Era simpático y fácil de complacer, dejaba buena propina y no gruñía ni gemía mientras hacía mi trabajo.

Ahora tenía un «rato libre» para ayudar a limpiar el centro de bienestar y evitar así a los clientes improvisados, en la medida de lo posible. No me gustaba la incertidumbre que me provocaban. Siempre estaban incómodos y casi nunca regresaban. Incluso los cuerpos más en forma sacaban a relucir sus inseguridades en mi habitación. Resultaba reconfortante y descorazonador saber que otras personas sentían hacia sus cuerpos lo mismo que yo hacia el mío.

Estaba sacando mi segunda tanda de toallas de la secadora cuando me detuve a pensar en cómo tenía que abrillantar la cubertería cuando trabajaba de mesera en un asador. Supongo que todos los trabajos conllevan tareas extra.

—Vino ese chico preguntando por ti —me dijo Mali mientras doblábamos toallas.

—¿Qué chico?

—Ese que te gustaba —aclaró.

Su tono al decir «gustaba» me hizo sentir como una niña.

«Ah. Brien. Genial».

—¿Cuándo?

—Unos diez minutos antes de que llegaras.

Dejé caer la toalla sobre el montón antes de doblarla.

—¿Qué? ¿Por qué no me lo dijiste?

Soltó una risita.

—Porque temía que le llamaras, y no podemos permitirlo. —Se encogió de hombros.

Me quedé mirándola con la boca abierta, tomé la toalla y se la aventé.

—Pues no lo habría llamado.

Puede que me acabara de poner un poco a la defensiva. Pero, bueno, no creo que lo hubiera llamado, ni aunque tuviera curiosidad por saber qué quería. Sabía que yo no había dejado ningún arete en su cama, eso seguro. Pensé que quizá le llamaría después del descanso para comer.

Bueno, sí, puede que Mali tuviera razón.

—Mmm... —asintió con los labios hacia fuera sarcásticamente.

Las marcadas arrugas de su piel bronceada la hacían parecer muy seria, pero sabía que estaba bromeando. Nunca le había gustado Brien, e incluso había cortado la luz del vestíbulo cuando vino a verme por primera vez después de nuestra ruptura. En su defensa, yo estaba llorando y él me estaba acusando de algo que yo ni siquiera recordaba ya. Eso significaba que debía de ser inocente, ¿no?

Lo cierto era que no estaba tan triste como todo el mundo creía que debía estarlo después de terminar. Y lo cierto era que lo había utilizado para llenar algo que se había roto

120

en mi interior. A eso es a lo que la mayoría de las relaciones se reduce.

Mali interrumpió mis amargos recuerdos de Brien.

—Vino alguien sin cita —anunció.

Estaba encorvando la espalda para mirar la pequeña pantalla de la televisión de seguridad. No se distinguía si era un hombre o una mujer, pero sabía que Elodie acababa de empezar con su cita de las dos y media y sólo estábamos dos hasta las cuatro, cuando tres masajistas más llegarían para el turno de la tarde.

—Yo me encargo. Hoy ya no tengo más citas —me ofrecí.

La verdad era que esperaba que no entrara ningún cliente improvisado y poder lavar sábanas, limpiar la habitación y ayudar a Mali con la contabilidad en lugar de dar un masaje, pero ése era mi trabajo. Eso era lo que yo había elegido. Y eso era lo que me decía cada vez que me dolían los dedos o que me mareaba con el olor a cloro de las toallas justo después de haberlas lavado.

Aparté la cortina del vestíbulo y me encontré con Kael paseándose por la pequeña estancia. Sólo había unas pocas sillas, pero, junto al mostrador, ocupaban mucho espacio. Observé cómo se desplazaba de un lado a otro antes de retirar completamente la cortina.

—Hola —lo saludé con un nudo en el estómago.

—Hola.

Nos quedamos así parados, aspirando el denso olor a incienso y bajo las tenues luces de la sala. La vieja torre de la computadora en el suelo zumbaba entre nosotros.

—¿Todo bien? —Al preguntarle, me di cuenta de que podía haber venido por algún motivo.

—Sí, sí. La verdad es que vine para hacerme un masaje.
—Levantó las manos.

—¿En serio?

—Sí. ¿Puede ser? —preguntó con voz suave y vacilante.

Asentí y me llevé la mano a la boca. No sabía por qué sonreía, pero lo hacía y no podía evitarlo.

CAPÍTULO 26

Retiré la cortina que daba a mi habitación.

—Voy a dejarte dos minutos para que te desvistas y ahora regreso —le dije.

Kael estaba junto a la mesa, cruzado de brazos. Sus pantalones se pegaban a su cadera y su piel resplandecía bajo la luz de las velas. No recordaba cuándo había sido la última vez que me había gustado mirar a alguien tanto como me gustaba mirarlo a él. Y eso me fascinaba. Kael me fascinaba. No sabía qué era, pero cada vez que lo miraba me resultaba más atractivo.

Salí a la oscuridad del pasillo y respiré hondo. Me dije a mí misma que no sería raro. Lo había hecho todo el día, todos los días. No era sino un cliente más, un desconocido, en realidad. Apenas lo conocía y, además, ya le había hecho un masaje. Saqué el celular del bolsillo para ver si Austin me había devuelto la llamada ya. Nada. Le envié un mensaje a mi padre. Lo que fuera con tal de distraerme.

Oía que Mali estaba hablando con su marido al otro lado del pasillo. Decía algo sobre ampliar una promoción de piedras calientes que estábamos aplicando ese mes. Siempre estaba intentando idear promociones nuevas y publicidad semigratuita para su pequeño negocio. Era impresionante ver cómo mantenía ese lugar lleno de una clientela fija, aunque había centros de masajes casi en cada cuadra. La mayoría costaban unos treinta dólares, unos más y otros menos. Algunos eran algo turbios, y otros no.

Apareció un mensaje de mi padre en la pantalla:

Austin está bien. Está durmiendo ahora.

Me guardé de nuevo el celular en el bolsillo del uniforme. Debían de haber pasado dos minutos, si no más.

—¿Puedo entrar? —Toqué la cortina.

—Sí.

Estaba acostado boca abajo sobre la camilla para masajes, con la cabeza en el agujero y la sábana blanca cubriéndolo hasta la cintura.

—¿Recuerdas qué es lo que te gustó y lo que no te gustó de la última vez? —le pregunté, sobre todo por mi propio interés.

—Todo estuvo bien.

—Bueno, entonces ¿aplico la misma presión y veremos a partir de ahí? —pregunté de nuevo.

Kael asintió.

Tomé la toalla y empecé con los movimientos. La toalla caliente se deslizó con facilidad por las plantas de sus pies. Se había dejado los pantalones puestos otra vez, y la tela negra asomaba por debajo de la sábana blanca. Estuve a punto de subírselos para frotarle los tobillos mejor, pero algo me dijo que no lo hiciera. Se los había dejado puestos por una razón, y, aunque me moría por saber cuál era, no quería incomodarlo ni traspasar ningún límite.

Presioné con el pulgar en la parte carnosa del pie que está debajo de los dedos y gruñó. Suavicé la presión y su cuerpo tenso se relajó. Le giré el tobillo para liberarlo de la sensación. Era un punto doloroso para mucha gente.

—Lo siento. Suele liberar la tensión.

Caminé hacia la parte delantera de la camilla, donde tenía la cabeza, y tomé los aceites.

—Nada de menta, ¿verdad? —le pregunté.

—No, gracias. Detesto cómo huele.

«De acuerdo».

—Usaré uno sin olor. ¿Te parece bien?

Asintió.

Me froté el aceite caliente en las manos y empecé a masajearle el cuello. Tenía los músculos de la clavícula y alrededor de los hombros muy tensos. En cierto modo, parecía alguien hecho para luchar, para proteger, pero a veces actuaba de un modo pueril, incluso tonto, como alguien a quien se le debe mantener fuera de peligro.

—Elodie está aquí —le dije.

Él permaneció callado mientras deslizaba mis manos por su suave piel. Sus hombros estaban algo menos tensos que el día anterior. ¡Madre mía, sólo había pasado literalmente un día desde que había venido buscando a Elodie!

—La conocí en las prácticas para sacar la licencia de masajista. Acababa de llegar de Francia tras buscar programas para esposas de militares.

Recuerdo lo marcado que me resultaba su bonito acento entonces.

—Estaba muy decidida y se tomó el primer día muy en serio. Me llamó la atención casi de inmediato —le expliqué.

Soltó una leve risotada. Sus hombros se sacudían con una ligera diversión.

—Phillip es tan simpático como creo, ¿verdad? —le pregunté, ya que hablábamos del tema.

Él permaneció callado durante unos segundos.

—Es un buen tipo.

—¿De verdad? Porque la hizo venir aquí desde otro país, sin amigos y sin familia. Me preocupo por ella.

—Es un buen tipo —repitió.

Tenía que dejar de interrogarlo y limitarme a hacer mi trabajo. No paraba de pensar en cosas que decirle. Pero él no había venido para hablar conmigo. Había venido a recibir un tratamiento para su cuerpo adolorido.

Descendí por su espalda y subí hasta sus brazos, regresando a mi rutina normal. Hacía lo mismo en casi todos los tratamientos, presión media y un poco más de aceite del que usaban la mayoría de los masajistas. La canción que estaba sonando era una antigua de Beyoncé, y dejé que la música inundara el ambiente silencioso durante unos veinte minutos, hasta que le pedí que se diera la vuelta.

Cerró los ojos cuando se volteó, y yo me tomé la libertad de analizar su rostro. La afilada línea de su mandíbula, la ligera barba incipiente bajo su barbilla. Inspiró hondo cuando metí las manos bajo su espalda y masajeé su piel hacia arriba, presionando y estirando los músculos de la zona.

Abrí la boca para preguntarle acerca de las compras de aquella tarde, pero volví a cerrarla.

Segundos después estuve a punto de preguntarle qué le apetecía cenar. Después casi le dije que me encantaba la canción que estaba sonando y, en mi cabeza, le estaba contando que Mali me dejaba poner mi propia música en mi sala. Tenía algo que me impulsaba a hablar. Casi.

No sabía qué pensar de aquello.

Suspiré.

No podía estar de platicona con él durante todo el tiempo que estaba en mi camilla. No era profesional. Me lo repetí unas cuantas veces.

Miré la hora. Sólo habían pasado dos minutos desde que le había pedido que se diera la vuelta. Carajo. Quería decirle que el tiempo pasaba muy despacio. O preguntarle si percibía el olor a pay de dulce de las velas que había encendido al abrir.

—¿Todo bien? —pregunté por fin.

Asintió.

—¿Cómo está tu hermano? —Su pregunta me tomó por sorpresa.

—Pensaba que vendría a mi casa en cuanto llegara a la ciudad, pero al parecer me equivoqué —repuse—. Está durmiendo en casa de mi padre en estos momentos. Todavía no he podido hablar con él a solas. Es tan frustrante... Antes estábamos muy unidos.

Kael mantuvo los ojos cerrados mientras yo le masajeaba los hombros y los brazos con los puños. Apretó los párpados con fuerza.

—Siento estar hablando tanto. Al parecer, lo hago a menudo. —Me reí, pero mi risa sonó muy falsa, probablemente porque lo era.

Kael abrió los ojos durante un segundo e inclinó la cabeza forzando el contacto visual.

—No pasa nada. No me molesta.

Aparté la mirada y él volvió a recostar la cabeza.

—Gracias, supongo —bromeé, y justo en ese momento el estómago se me inundó de mariposas al ver que en su rostro se dibujaba la mayor sonrisa que le había visto hasta el momento.

CAPÍTULO 27

Estaba esperando a Kael cuando recibí un mensaje con un enlace de Buzzfeed. Era la reina de los *tests* tipo «¿Es culpa tuya que estés soltera?», y de los artículos como «¿Están adueñándose las mujeres del sector del autoempleo?». Éste concretamente era «25 cosas que tienes que saber sobre Target». Estaba a punto de hacer clic para descubrir algo nuevo sobre Pringles y las cápsulas de Ariel, o algún consejo sobre cómo detectar la caja más rápida, cuando Kael apareció en el vestíbulo.

—Hola —dije—. Espero que te haya gustado.

—Sí, gracias —respondió.

Marqué el precio en la terminal y le pasé el recibo para que lo firmara. Nunca antes había sentido tantos nervios al ver a un cliente garabateando su nombre sobre esa delgada línea negra, de modo que eso era nuevo. Y, para no variar, Kael no decía ni pío, así que mi mente iba llenando los espacios de silencio. Primero me pregunté si regresaría para hacerse otro masaje. Y después llegó el «¿qué pasará cuando deje de dormir en mi sofá?».

Me dejó una propina de doce dólares para un masaje de cuarenta y cinco. Era más que generosa. Desde luego, era más de lo que solía recibir. Me sentí un poco rara al respec-

to, era como si me estuviera dando limosna o algo parecido. O pagando por mi tiempo, lo que supongo que era.
Pero necesitaba el dinero, así que lo acepté con una sonrisa. Bueno, era una sonrisa forzada, pero él no se dio cuenta. O, al menos, eso creo.

Pensé en mi constante parloteo durante su masaje.
Dudo que aquello hubiera contribuido a una experiencia
muy relajante.

—Siento haber hablado tant...

Kael me interrumpió antes de que pudiera terminar.

—Tranquila —dijo, y se encogió de hombros con un gesto amigable—. No pasa nada.

Estaba aprendiendo a interpretarlo, pero seguía sin saber si estaba mintiendo o no. ¿No debería estar al menos un
poco molesto por mi nerviosa plática? Bueno, él me había
hecho una pregunta o dos, pero había sido yo la que no
había parado de hablar de mis turnos y del estrés que me
estaba causando el segundo arresto de mi hermano. Pasé
los siguientes minutos hablando casi exclusivamente de mi
hermano y de lo preocupada que estaba por él, pero, por
una vez, no quería que esto se centrara en Austin. Estuve a
punto de hablarle a Kael de ello, pero me detuve. Puede que
quisiera parecer más madura de lo que era, o tal vez quería
proteger a Austin de la opinión de un desconocido. Fuera
cual fuera la razón, pasé a otra cosa.

—¿De qué color debería pintar estas paredes?

—¿De qué color quieres pintarlas? —respondió.

Y...

—¿Te parece que la decoración es excesiva? —pregunté.

—No me había fijado —contestó.

Y...

—¿Te da la sensación de que estás en un spa caro de una gran ciudad en lugar de aquí, en un centro de una calle pequeña?

Se encogió de hombros.

Kael respondía con una palabra o dos de vez en cuando, pero era sobre todo mi voz la que llenaba la habitación. Ahora estábamos en el vestíbulo, no precisamente un espacio terapéutico, pero seguía haciéndose el tipo duro y silencioso.

—¿Quieres una copia? —dije al leer el mensaje en la terminal.

—Por supuesto —repuso, y extendió la mano.

—¿Por supuesto? Cuánta seguridad por un simple recibo —bromeé.

Empezaba a encantarme hacerlo. Cada vez que lo hacía reaccionaba de una manera diferente. Era fascinante.

—Soy responsable —señaló.

Casi sonreía mientras guardaba la copia en la cartera. Era de piel apiñonada y estaba muy usada.

—Ya —bufé—. Lo que tú digas.

—Esperemos que no les hagan una inspección. —Esta vez no hubo sonrisa, pero levantó una ceja con aire burlón.

Mali observaba la escena con atención. Cuando Kael había salido al vestíbulo después de la sesión, ella estaba ocupada, tarareando para sí mientras limpiaba las huellas de la puerta de cristal. Pero ahora, por fin, había dejado de fingir que limpiaba.

—¿Te veo esta noche? —pregunté.

—Sí, claro.

Se despidió de mí con la mano y luego lo hizo también educadamente de Mali, llamándola «señora» y todo eso. La puerta se cerró y mi jefa dirigió la atención hacia mí.

—¿Mmm? —Sabía lo que estaba pensando.

—Mmm, ¿qué? —Cerré la caja registradora y me guardé la propina en el bolsillo.

Dirigió la mirada de nuevo hacia la puerta con una sonrisa como la del gato de Cheshire.

—Ah, nada.

—No seas chismosa —le dije, y desaparecí por el pasillo.

CAPÍTULO 28

Por una vez, ya quería regresar a casa cuando el sol todavía brillaba. Por eso no me quedé a limpiar tan concienzudamente como de costumbre. No obstante, metí un montón de toallas en la secadora y abrí un par de cajas de producto y lo dejé todo colocado, aunque mis colegas también podrían colaborar un poco más.

La calle estaba llena de gente cuando me fui. Bradley estaba ayudando a un cliente a cargar colchones extragrandes en la parte trasera de una camioneta cuando me saludó con la mano, tan afable como siempre.

Saqué el celular para abrir Instagram y justo entonces el nombre de mi hermano apareció en la pantalla.

—Austin, ¿qué demonios está pasando? ¿Estás bien?
—No me molesté en decir «hola», no tenía tiempo para formalidades.

—Estoy bien. Todo está bien, Kare, no es para tanto. Sólo fue una pelea.

—¿Una pelea? ¿Con quién?

Suspiró un segundo.

—Con un tipo. No lo sé. Estaba por ahí y ese tipo estaba pasándose con una chica del bar.

Puse los ojos en blanco y me pegué contra los árboles

que bordeaban la calle para que una vagoneta llena de niños pudiera pasar.

—¿Me estás diciendo que todo esto ha sido a causa de tu caballerosidad?

A Austin se le daba fenomenal darles la vuelta a las cosas. Sería un publicista fantástico para algún famoso que fuera un desastre..., o para un marido horrible.

—Sí. Eso es exactamente lo que estoy diciendo —repuso riéndose.

Su voz era como un bálsamo, como si escucharas una antigua canción que habías olvidado que te encantaba. Lo había extrañado mucho.

—Bueno. Y ¿hasta qué punto estás en un lío?

—No lo sé. —Hizo una pausa. Me pareció oír que prendía un encendedor—. Papá pagó mi fianza..., lo cual es una mierda, porque ahora le deberé dinero.

Increíble. Ojalá tuviera su capacidad para mirar hacia otro lado y no preocuparme por las cosas. Sabía que nuestro padre lo arreglaría, o que otra persona lo arreglaría por él, antes de que el asunto se pusiera de verdad serio.

—Sí, porque deberle dinero a papá es el mayor de tus problemas.

—No he matado a nadie, ¿sí? Fue la típica pelea de bar.

Me eché a reír. Ya estaba con sus trucos. Casi empezaba hasta a parecerme bien lo de su arresto, y la tinta de los papeles de su puesta en libertad aún no se había secado siquiera.

—Y ¿cómo demonios entraste a un bar? Aún te falta un mes para cumplir los veintiuno.

Ahora era su turno de reírse.

—Bueno ya, no hablas en serio.

—¡Claro que sí! —Pero estaba bromeando, bueno, más o menos.

Había una delgada línea entre mi preocupación por mi hermano y querer pasarla bien con él. Yo no era una persona perfecta ni superresponsable; sencillamente estaba a años luz de mi hermano gemelo. La diferencia era muy evidente.

Sabía que el fracasado de mi tío estaba llevando a Austin a bares con sus espantosos amigos, y que casi con seguridad le estaba presentando a mujeres que bebían demasiado alcohol, llevaban demasiado maquillaje y tenían demasiada experiencia..., demasiado de todo.

—Te preocupas en exceso. Igual que papá.

Gruñí. No quería preocuparme. No quería ser la hermana «seis minutos mayor» pesada. Y, desde luego, no quería parecerme en nada a mi padre.

—No me compares con papá. Bueno ya. Es sólo que no quiero que te metas en líos.

Ya casi había llegado a casa.

—Sí, no deseo arruinar mi brillante futuro. —Pretendía que fuera una broma, pero sus palabras destilaban cierta tristeza.

—¿Por qué no vienes esta noche? Te extraño.

—Esta noche no puedo. Quedé con alguien. ¿Y si nos vemos mañana? Papá y Estelle se van a Atlanta el fin de semana, así que tendré la casa para mí solo.

—¡Fiestaaa! —Reí al recordar todas las fiestas fallidas que Austin intentó hacer durante la preparatoria.

La mayoría de los chicos de nuestra edad tenían demasiado miedo de la policía militar como para ir a fiestas que se organizaran en la base, pero el hecho de que hubiera menos personas las hacía, de hecho, más divertidas.

—Desde luego.

—Era una broma. No vas a hacer una fiesta en casa de papá.

—Eh..., sí. Sí voy a hacerla.

No podía estar hablando en serio. Nuestro padre se volvería loco si Austin hiciera una fiesta en su casa. No podía ni imaginarme las consecuencias.

—Para nada. En serio, ¿vas a hacer una fiesta dos días después de que te arrestaron? Pero ¿a ti qué te pasa? ¡Ya no estamos en la preparatoria!

Esas cosas eran las que me hacían volver a mi teoría de la familia, que consistía en que Austin era el que había heredado todo el encanto de nuestra madre. A mi hermano pequeño se le daba bien la gente. Podía meterse en cualquier tipo de situación y arrastrar a la gente consigo. ¿Cómo era el dicho? ¿De tal palo tal astilla? Él tenía toda la astilla. Yo, en cambio, era lo contrario. Revoloteaba alrededor de la gente como Austin, y me dejaba encandilar con facilidad, como mi padre.

—Habla por ti.

—¿Cómo es posible que conozcas a tanta gente como para hacer una fiesta? Porque...

—Oye, tengo que dejarte. Te veo mañana en algún momento. Deberías venir. Te quiero.

Colgó sin que pudiera añadir nada más.

«Ay, Austin. Te quiero, pero a veces tomas decisiones de mierda».

CAPÍTULO 29

Me sorprendió un poco encontrar la puerta cerrada. Busqué la llave y entré, no sin antes recoger el correo del buzón. Mi pequeño buzón se estaba cayendo. Otra cosa que tenía que arreglar. Eché un vistazo a los sobres y vi que encima de todos ellos había un folleto de una inmobiliaria que vendía casas de lujo en Atlanta. Busqué a la sonriente agente. Sandra Dee, se llamaba. El precio de una casa en Buckhead con una brillante alberca era de dos millones de dólares. Sí, ojalá, Sandra.

Hasta que ganara la lotería o alguna de mis ideas de abrir una cadena de spas de calidad superior pero a precios razonables triunfara, me quedaría con mi casita con el buzón rojo cayéndose. Al entrar, la casa estaba en absoluto silencio. Revisé el resto del correo: nada interesante; sobre todo deudas y folletos. Todavía olía a las palomitas de Elodie, y me rugieron las tripas, de modo que agarré unos *pretzels* de la despensa.

Mi casa parecía otra sin ningún sonido. Se me hacía raro no oír el nombre de Olivia Pope cada pocos minutos. Estaba completamente sola. Sin Elodie. Sin Kael. No habíamos quedado a ninguna hora ni nada, pero supongo que había dado por hecho que estaría en mi casa cuando saliera de trabajar.

¿Adónde iba a ir, si no?

Calenté en el microondas las últimas sobras que nos había traído Mali. Lavé un montón de platos. Me senté a la mesa de la cocina. Tomé el libro que estaba leyendo e intenté seguir por donde lo había dejado. No paraba de pensar en Kael y me preguntaba cómo se comportaría cuando fuéramos de compras. ¿Estaría más hablador o sería una excursión silenciosa?

Me encantaba torturarme a mí misma dándole mil vueltas a todo, de modo que ahora estaba pensando en que tal vez había malinterpretado la situación y que a Kael le había dado la impresión de que sólo iba a llevarlo y que lo dejaría para que comprara solo. Después me convencí a mí misma de que me había autoinvitado a ir de compras con él, y que pensaría que era rara o acaparadora. O las dos cosas. Diez minutos después volvía a la realidad. Dudaba mucho que Kael estuviera dándole vueltas a nuestra conversación, estuviera donde estuviera. Mi reacción era desmesurada.

Rumiar y obsesionarme. No eran precisamente dos cualidades que pudiera poner en mi currículum. Dejé el libro de nuevo sin haber leído ni una palabra. Entonces tomé el celular, abrí Facebook y tecleé «Kael Martin» en el cuadro de búsqueda. Ningún cambio en su perfil. Y seguía siendo incapaz de enviarle una solicitud de amistad.

Salí de su página y miré mi correo electrónico, como si esperara tener algún mensaje importante o algo. Empecé a caminar de un lado a otro de la casa sin darme cuenta, agobiándome. Me detuve de repente cuando me vi reflejada en el espejo. Con el cabello oscuro recogido y los ojos desorbitados, parecía mi madre, era alarmantemente igual que ella.

Me acosté en la cama y tomé el libro de nuevo, pero pronto tuve la necesidad de cambiar de escenario, de modo que salí a la sala y me desplomé en el sofá. Miré la hora en el celular. Eran casi las siete. Lo abrí en la última página doblada (nunca había sido una chica de marcadores) y dejé que la brutal historia de Hemingway me trasladara a la primera guerra mundial. Aunque no era la distracción que había esperado. Cuanto más cerca estaba de quedarme dormida, más veía la cara de Kael en múltiples personajes. Era el sargento instructor, el soldado herido, el conductor de la ambulancia. Me miró como si me reconociera.

Me desperté en el sofá; el sol brillaba en mi rostro. Eché un vistazo a la sala y me ubiqué.

Kael no había regresado.

CAPÍTULO 30

Pasarían tres días hasta que volviera a verlo de nuevo. Cuando por fin se cruzaron nuestros caminos, yo estaba sentada en el porche, intentando meter los pies en un par de zapatos que había visto en Instagram. Sabía que a la modelo a la que seguía seguramente le habían pagado por usarlos, pero aun así quise comprarme un par. Según el comentario, eran ¡Los mejores! y ¡¡¡SUPERcómodos!!! 😊. Tal vez para ella. Yo apenas había podido ponerme el primero. El maldito calzado se negaba a pasar del talón. Estaba jalando del zapato, inclinada hacia atrás como una especie de idiota, cuando Kael apareció con su monstruoso jeep. Qué oportuno.

Debía de haber ido de compras después de todo, ya que iba vestido de civil de los pies a la cabeza. Jeans negros rasgados en una de las rodillas y una camiseta de algodón blanca con las mangas grises que parecía casi idéntica a una que yo tenía. La diferencia era que en la mía decía To-MAHAWKS y tenía la imagen de un hacha de guerra.

Me la había regalado mi mejor amiga de Carolina del Sur. Era de su antigua escuela, en algún lugar de Indiana. Me preguntaba si su casa del Medio Oeste se parecería al lugar en el que había crecido mi madre, un pueblito que se vio seriamente afectado por los avances de la tecnología y que se vio obligado a cerrar fábrica tras fábrica. También conocía algunas historias escalofriantes de aquel lugar, como cuando llevaban a los alumnos hiperactivos de la escuela de excursión a los cementerios sagrados de los nativos americanos (lo que ellos llamaban *montículos indios*) y éstos los pisoteaban mientras aprendían la falsa historia de los peligrosos salvajes. No se les decía nada de que estas personas habían sido víctimas de un genocidio ni de que se les había robado su tierra y en la actualidad se les obligaba a vivir en la pobreza.

Pensándolo bien, ya no quería volver a ponerme esa camiseta.

Kael se detuvo justo delante de mi porche.

—Hola, desconocido —lo saludé.

Apretó los labios formando una línea recta y negó con la cabeza. Después asintió. Supongo que era su manera de decir «hola».

—¿Buscas a Elodie?

La futura mamá iba a pasar la noche del viernes en la reunión del Grupo de Preparación Familiar mensual de la brigada de Phillip. Estaba decidida a conseguir caerles bien a las demás mujeres antes de que llegara el bebé. No se lo reprochaba; necesitaba todo el apoyo que pudiera obtener.

—Le diré que pasaste por aquí.

—No. De hecho, es que... —Kael hizo una pausa—. Fui al centro a hacerme un masaje, pero no estabas trabajando.

Miró por la calle en dirección al centro de bienestar.

—Ah. —Vaya, eso sí que era una sorpresa.

Me hice a un lado para que se sentara a mi lado. Más o menos. Había estado soplando dientes de león entre acto y acto de mi función de *Cenicienta*, así que Kael tuvo que mover un montón de tallos pelados para poder sentarse. Los depositó suavemente en la palma de mi mano.

—No me caería mal pedir algunos deseos también —comentó.

—Hay más, si quieres. —Señalé hacia el jardín lleno de malas hierbas.

No era mi intención dejar crecer todos esos dientes de león, margaritas silvestres y demás, pero ahí estaban, bordeando el suelo de cemento del porche.

—Tranquila —dijo.

Parecía distinto vestido con ropa de calle.

—Veo que fuiste de compras. —Era evidente que él se sentía a gusto sentado en silencio, pero yo quería platicar.

Además, quería saber dónde se había metido.

Kael jaló su camiseta.

—Sí, lo siento. Tuve unos días de locos.

No pude contenerme.

—¿De locos? ¿Y eso?

Suspiró y se agachó para tomar un diente de león de los escalones.

—Es una historia muy larga.

Me incliné hacia atrás apoyándome en las palmas de las manos.

—Ya.

—¿Cuándo regresas a trabajar? —preguntó un momento después.

Un avión nos sobrevoló justo cuando empezaba a responder:

—Mañana. Pero sólo un par de horas. Voy a cubrir a alguien.

—¿Tienes algún rato libre?

Me estaba mirando, y sus largas pestañas enmarcaban sus ojos oscuros.

—Puede.

—¿Puede? —Levantó las cejas y me eché a reír.

Ese día tenía un buen día. Me gustaba esa versión relajada de él. Kael el civil.

—Esta noche voy a una fiesta —le dije—. Es en casa de mi padre.

Hizo un gesto.

—Sí, exacto. Pero es peor que eso, porque mi hermano es un idiota y va a hacerla mientras mi padre y su mujer están en Atlanta, en el Marriott, comiendo langosta y bebiendo vino caro. —Puse los ojos en blanco.

Mi padre nunca había llevado a mi madre a ningún sitio así. Nunca tuvieron momentos de adultos sin mi hermano y sin mí. Una de las muchas razones por las que lo suyo no funcionó. Eso y que eran las dos personas más incompatibles del mundo.

—Tu padre no parece la clase de tipo que quiere que se celebre una fiesta en su casa —observó Kael—. Sobre todo si él no está.

«Si tú supieras...».

—Ah, no, no lo es. Por eso voy a ir. Para vigilar.

Emitió un sonido, algo entre un gruñido y una carcajada. La situación le resultaba realmente divertida. Y a mí me estaba gustando eso, el modo en que empezaba a interpretar su rostro y a adivinar lo que estaba pensando.

—¿No eres un poco joven para hacer de madre vigilante?

—Ja. Ja. —Le saqué la lengua... y cerré la boca de golpe en cuanto me di cuenta de lo que acababa de hacer.

¡Estaba coqueteando con él! Y no sabía cómo parar. ¿Quién era esa persona sacando la lengua como un niño?

—Y ¿cuántos años tienes tú, don experto en discriminación por edad?

—La discriminación por edad no consiste en eso —me corrigió con una sonrisa.

Me burlé de él. Estaba encantada y sorprendida en partes iguales.

—Bueno, don sabelotodo, ¿cuántos años tienes?

Sonrió de nuevo.

«Qué lindo».

—Tengo veinte.

—¿En serio? —salté—. ¿Soy mayor que tú?

—¿Cuántos tienes tú? —preguntó.

—Cumplo veintiuno el mes que viene.

Lamió sus labios rosas y se mordió el inferior. Me había fijado en que tenía la manía de hacerlo.

—Yo cumplo veintiuno mañana. Yo gano.

Abrí la boca formando una «O».

—No puede ser. Enséñame tu identificación.

—¿En serio? —me preguntó.

—Sí, en serio. Demuéstralo. —Y, entonces, no pude evitar añadir—: Quiero los recibos.

Sacó la cartera del bolsillo de atrás de los jeans y me la entregó. Lo primero que vi fue una foto de dos mujeres. Una era un par de décadas mayor que la otra, pero ambas se parecían.

Lo miré y me disculpé por la falta de privacidad. Era evidente que la foto era antigua e importante, de lo contrario no la habría llevado en la cartera. Enfrente de la foto de las mujeres estaba su credencial del ejército. Consulté su fecha de nacimiento y, efectivamente, su cumpleaños era al día siguiente.

—Entonces eres un mes mayor que yo —cedí.

—Te lo dije.

—No presumas.

Me incliné hacia él y repetí el incómodo gesto del supermercado de chocar el hombro con el suyo. Sólo que esta vez no se apartó de mí ni se puso tenso. Esta vez, en mi soleado porche, con sus jeans rotos y sus ojos cálidos, empujó su hombro contra el mío.

CAPÍTULO 31

—Hacía mucho tiempo que no me sentaba en el porche. Es muy agradable.

Estábamos Kael y yo solos, y de vez en cuando pasaba algún coche.

—Cuando me mudé a esta casa me sentaba aquí fuera casi todos los días. No podía creerlo. Era mi porche. Mi propia casa. —Hice una breve pausa—. Me hace sentir bien, ¿sabes? Ver la calle que tengo enfrente y saber que mi casa está a mi espalda.

Hablar con Kael era algo parecido a escribir un diario.

—Siempre me ha gustado sentarme fuera. No sólo aquí. ¿Te fijaste en el columpio que había en el porche de mi padre? No sé si llegaste a verlo, pero, cuando éramos pequeños, ese columpio no se separó de nosotros allá adonde fuéramos. Fue de base en base y de casa en casa, como el sillón reclinable de mi padre.

Sentía que Kael me escuchaba, animándome a que prosiguiera.

—Cuando nos mudamos a Texas por primera vez, el porche no era lo bastante grande, de modo que lo guardamos en el cobertizo. Es de madera maciza... tiene algunas partes astilladas y los descansabrazos están gastados. No es como esos muebles de exterior de plástico que se venden ahora. ¿Cómo se llama... *rosina*?

—Resina —dijo, ayudándome a encontrar la palabra.

—Eso, resina. —Me acordé de mi madre, del modo en que se sentaba en el porche en la oscuridad mientras contemplaba el cielo—. Mi madre prácticamente vivía en nuestro porche, durante todo el año. Una vez me dijo que creía que Dios estaba compuesto de todas las estrellas y que cuando una se extinguía, una pequeña parte del bien en el mundo moría con ella.

Kael me miraba, y yo era consciente del calor que se extendía por mis mejillas. El modo en que hablaba... era como si pensara en voz alta. Apenas era consciente de ello. Sabía que sonaba cursi. Había leído cosas por el estilo en libros o las había visto en las películas, y me parecía algo imposible. Un cliché. Y ahí estaba yo, abriéndome con un extraño.

—O sea, que es más complicado que eso, obviamente. Ésta es la versión corta. Había civilizaciones cuyas religiones se basaban en toda la galaxia de planetas y estrellas. Mi madre me hablaba de ellas. La verdad es que tiene sentido, ¿no? Ellas estaban aquí antes.

Kael por fin habló:

—¿Lo estaban?

Sus palabras, al ser tan escasas, parecían importantes. Supongo que, por eso, cuando me hacía alguna pregunta, quería meditar bien mis respuestas.

—No estoy segura del todo —dije—. ¿Tú qué opinas?

Negó con la cabeza.

—A mí me parece que está bien —contesté—. Hay tantas religiones diferentes... demasiada gente para ponerse de acuerdo en una misma cosa. Creo que está bien tomarse algo de tiempo, aprender un poco más. ¿Tú no? —Era una pregunta muy seria, y venía envuelta en un lazo de lo más informal.

Suspiró, y exhaló un soplo de aire. Pude oír el susurro de sus palabras al formarse, pero era incapaz de distinguirlas. Cuanto más meditaba su opinión, lamiéndose lentamente los labios, mordiéndose el interior de la mejilla, más anticipaba su respuesta. El tiempo se derretía mientras esperaba.

—Supongo que sí —dijo por fin—. Sólo quiero ser una buena persona. Conozco a mucha gente religiosa y no religiosa, y en ambos grupos hay gente buena y gente mala. Hay tantas cosas que son más grandes que nosotros... Preferiría centrarme en cómo hacer mejor las cosas en lugar de preguntarme cómo llegamos hasta aquí. Al menos por ahora. —Su tono de voz sonaba muy seguro.

Continuó con su explicación. Era la ocasión en que más había hablado desde que nos habíamos conocido. Normalmente era yo la que no paraba de divagar.

—Todavía no sé en qué creo —aseguró.

Se hizo un largo silencio antes de que volviera a hablar. La puerta de un coche se cerró de golpe y mi teléfono sonó al recibir un mensaje de Elodie. Iba a casa de alguien, una tal Julie, para que todas, menos ella, tomaran unas copas. Reduje el brillo de la pantalla del celular y lo dejé boca abajo en el suelo de cemento del porche.

—No lo sé —repitió—, aunque lo que sí sé es que tengo mucha mierda que compensar.

Le tembló un poco la voz al final, pero mi cerebro captó sus palabras. El peso de lo que estaba diciendo me remordía. La garganta me ardía, y tragué saliva, intentando aliviarla, aunque no funcionó. Me dolía físicamente pensar en la clase de cosas que Kael habría visto a su edad... a nuestra edad. Era más fácil no sentir nada en absoluto, pero yo era incapaz de hacerlo.

Siempre he sido una persona muy emotiva, incluso de pequeña. O me enojaba o me sentía felíz, pasaba de un extremo al otro.

«Karina es muy sensible —decía mi madre—. Se toma las cosas muy a pecho».

Kael se aclaró la garganta. Deseaba con todas mis fuerzas preguntarle qué era lo que tenía que compensar, a pesar de que sabía que él preferiría que no lo hiciera. Percibía su presencia a mi lado, cavilando, y aun así me dediqué a mirar el cielo. Parpadeé al ver cómo el azul se tornaba naranja. Me lo imaginé con un fusil cruzado en el pecho y con una sonrisa juvenil. No sabía lo que había vivido allí, pero esa mirada ausente... tenía que decir algo.

—No creo que funcione así. Creo que estás a salvo.

Mis palabras sonaron algo débiles al pronunciarlas, pero si Kael hubiera podido sentir lo que yo sentía por él en aquel momento, habría sabido que no había nada más lejos de la realidad.

—¿A salvo? —preguntó mientras las nubes se movían sobre nosotros—. ¿De quién?

CAPÍTULO 32

No oí música fuerte ni vi luces brillantes al estacionarme. Y no había nadie tirado en el pasto. Eso tenía que ser buena señal.

—No parece que vaya demasiado mal —dije.

La casa estaba justo al final de una tranquila calle sin salida, con un campo en la parte trasera y rodeado de casas. Tuve que estacionarme en la calle, porque ya había tres coches en el camino de acceso, dos de los cuales no reconocía. Aparte de la camioneta de mi padre, una monstruosidad fea y blanca que no había tocado desde hacía casi un año. Había llegado a odiar ese auto. No siempre había sido así, pero los agradables recuerdos de nuestro viaje en coche a Disney hacía tiempo que habían sido reemplazados por intensas discusiones y resentimientos que salpicaban desde los asientos delanteros.

Mis padres no tenían las típicas broncas a gritos entre marido y mujer. Cuando era pequeña, recuerdo haber deseado un poco de esa rabia sincera que había escuchado en otras familias. Lo suyo era peor. Mi madre empleaba un tono de voz átono para asestar sus golpes. Golpeaba con fuerza, y sabía instintivamente dónde tenía que hacerlo para causar el mayor daño posible. Yo era una niña dependiente que necesitaba su ira para saber que le importaba. Creo que mi padre también la anhelaba, pero ella no podía o no quería concedérnosla. Y mi padre y yo gestionábamos nuestras derrotas de manera diferente.

El celular de Kael se iluminó en su mano. Echó un vistazo y se lo metió en el bolsillo. Me sentí importante, por soberbio que pudiera parecer.

Nos acercábamos por el pasto cuando alguien a quien no conocía salió de la casa en dirección hacia la calle. Vi que Kael no le quitaba el ojo de encima hasta que estuvimos a salvo en el interior. No fue algo evidente, la cabeza apenas ladeada, una inspección casi imperceptible del lugar en que se hallaba aquel tipo y de lo que hacía. Ante aquel gesto me pregunté qué habría vivido Kael, y qué podía temer. Intenté no permitir que la idea de lo que podía haber visto en Afganistán afectara a mi estado de ánimo. Estaba convencida de que eso era de lo último que querría hablar la noche anterior a su cumpleaños.

Guie a Kael hasta el interior de la casa de mi padre por segunda vez en una semana. Brien sólo había estado allí un total de tal vez tres veces en nuestros cuatro meses de relación. A él le caía bien mi padre... Bueno, le gustaba intentar impresionarlo mientras le miraba las tetas a Estelle. Ella era nueva en ese entonces; sus tetas, también.

Agh. Brien era la última persona del mundo en quien debería estar pensando. Miré a Kael para quitármelo de la cabeza, y también para comprobar que seguía detrás de mí. Se oía música procedente de la tele. Era una canción de Halsey, así que supe que al menos me caería bien una de aquellas personas desconocidas. Empecé a relajarme un poco. Austin se estaba comportando con la fiesta, al menos de momento. Sólo había unas diez personas, y todo el mundo parecía haber terminado ya la preparatoria, gracias a Dios. Y no había ni rastro de Sarina ni de ninguna de sus amigas y, por lo que yo sabía, era el único ligue de la prepa de Austin. Tampoco había ni rastro de Austin, lo que significaba que estaría fuera fumando o con alguna chica en alguna habitación. Mientras no fuera en mi antiguo cuarto y la chica fuera mayor de edad, me daba igual.

Había cinco o seis personas desperdigadas por la sala. El resto estaban en la cocina, apiñadas junto a la bebida que había sobre la barra. No había gran cosa: una botella de vodka, una botella mucho más grande de whisky y montones de cerveza. Nos quedamos en la cocina. Esquivamos a una pareja que parecían estar en plena discusión y pasamos junto a un hombre que traía un gorro de lana gris. No le veía el cabello, pero por su constitución supuse que era soldado. Mi hermano siempre se sentía atraído por los militares, incluso cuando estábamos en la prepa.

Cuando éramos pequeños, Austin y yo pactamos que ninguno de los dos se alistaría jamás, pero él sentía una atracción innata hacia la vida militar. No sabía si sería por costumbre, si el ambiente hacía que estuviera cómodo con lo que siempre había conocido. A veces, su curiosidad me asustaba.

Kael estaba cerca de mí junto al fregadero de la cocina, sin tocarme y sin hablar, pero lo bastante cerca como para que pudiera percibir el olor de su colonia en su camiseta. Era un aroma dulce, e hizo que me preguntara si tenía otros planes para la noche. No era ninguna ingenua. Sabía que los clubs locales como el Lone Star y Tempra estaban plagados de solteros y de «solteros por una noche». Pero no quería imaginarme a Kael en ninguno de esos locales. Tomé un vaso de plástico y vertí un poco de vodka y un montón de jugo de arándanos en él.

—¿Quieres uno? —le pregunté a Kael.

Negó con la cabeza. Parecía tenso. No sé si más tenso de lo acostumbrado o no. Me miraba como si quisiera decirme algo pero no pudiera. Centró la mirada en el vaso y en mi mano.

—Sólo voy a tomar una; tengo que conducir —me justifiqué, a la defensiva.

No tenía motivos para sentirme culpable, ya que podía acostarme en mi antigua cama si fuera necesario.

—No me gusta mucho el alcohol. —No necesitaba ninguna explicación, pero aquello hizo que me preguntara qué era lo que lo ponía tan nervioso.

Era como si quisiera estar presente, pero su mente no paraba de vagar entre la cocina y algún otro lugar. Intenté adivinar cuál, e incluso me planteé preguntárselo directamente, pero la idea me aceleraba el corazón.

—Me tomaré una cerveza —dijo Kael.

Le pasé una lata de la cubeta que tenía delante, junto a la división entre la sala y la cocina. Numerosas fotos de veinte por veinticinco de mi padre y Estelle, y de mí y Austin cuando éramos pequeños nos devolvían la mirada desde las estanterías. Mi madre hacía tiempo que había desaparecido de los registros.

Kael estudió la cerveza durante unos instantes, girándola en la mano antes de jalar la tapa.

—Natural Light, ¿eh? —dijo, y levantó las cejas.

Eran tan pobladas que ensombrecían sus profundos ojos y lo ayudaban a esconderse del mundo, como si lo necesitara.

—Sí. Lo mejor de lo mejor. —Bebí un sorbo de mi bebida con vodka.

Enseguida empecé a notar cómo mis mejillas y mi estómago entraban en calor.

Kael dio un trago a su cerveza aguada. Levanté el vaso y lo choqué con su lata.

—¡Feliz cumpleaños! Dentro de tres horas podrás beber legalmente —bromeé.

—Y tú dentro de un mes —dijo.

Bebió otro trago y puso cara de asco. Normal. Yo prefería mil veces el vodka al montón de burbujas de la cerveza. Siempre recurría a él cuando bebía. Bebe menos, siente más.

Otra de las ventajas del vodka era que sabía exactamente cuánto podía beber antes de emborracharme demasiado. Dominaba el vodka. Lo tomaba desde que Austin y yo fuimos a esa fiesta exclusiva para alumnos de último año en Carolina del Sur.

Con toda probabilidad Austin y yo éramos los únicos alumnos de primero. Inspeccionamos el lugar al llegar, pero Casey, una diecisieteañera muy popular, no tardó en acercarse a Austin. Era una de las chicas populares de último año. «Popular». Odiaba esa palabra. Pero Austin no. Él sabía que era su manera de encajar allí. Le bastó con alabar las pestañas de Casey (fue algo patético, algo tipo: «Tienes las pestañas más largas que he visto en la vida»). Cinco minutos después estaban comiéndose la boca y yo me quedé sola vagando por la fiesta.

La única persona que me habló fue un chico que se había manchado de mostaza la camisa. Tenía unos colmillos muy afilados, como un lobo, y olía a desinfectante de na-

ranja. Lo dejé en el pasillo junto al baño y encontré la botella de vodka en el congelador. Entraba solo. Y seguramente
por eso bebí tanto y con tanta rapidez. Demasiada cantidad. Demasiada rapidez. Corrí al baño tapándome la boca
con la mano para contener el vómito. Por desgracia, me
topé con el tipo del Lysol de nuevo, y me miró como si yo
fuera la patética. Quizá lo era. Al fin y al cabo, era yo la que
apartaba a la gente a empujones para llegar al baño.

Pero aquello fue entonces, y esto era ahora. Aquella
fiesta era diferente. Yo era diferente. Había aprendido a tolerar el alcohol. Ya no era la chica incapaz de alejarse de un
tipo raro sin cuestionarse a sí misma. Estaba a salvo con
Kael. Interesada e interesante. Como si fuera la alumna de
último año de la fiesta.

CAPÍTULO 33

Kael lo observaba todo. No de un modo obvio, pero se mantenía alerta. Analizando. Prestando atención.

Establecimos contacto visual y me sorprendió que fuera él quien rompiera el silencio entre nosotros.

—Justo como había imaginado que pasaría mi vigésimo primer cumpleaños —dijo dando otro trago a la cerveza. Y otro más.

Alguien puso una antigua canción de Usher y yo sonreí con el vaso en los labios. La gente tenía que traer una buena fiesta para poner eso. Me gustaba el grupo, aunque me esforzaba porque no fuera así. Era adicta a la nostalgia.

—Vaya. Usher. Bueno, quítale todo el sarcasmo a mi comentario —señaló Kael sonriendo.

No hacía mucho que lo conocía, pero, madre mía, me encantaba cuando era así, espontáneo y divertido. Me reí de él y él se me quedó viendo. Observó mi boca, mis ojos, y mi boca de nuevo. No era muy sutil.

¿Era consciente del modo en que me miraba?

Empecé a sentirme confundida y no era por el vodka.

—¡Kare! —Oí la voz de Austin por encima de todo y de todos, incluso de la licuadora que alguien estaba usando para hacer una especie de combinado de neón, que esperaba que no terminara en el suelo del baño de mi padre más tarde.

—¡Por fin viniste! —Me rodeó con los brazos.

Olía a cerveza. El pensamiento se fue tan pronto como había llegado. Me abrazó con fuerza y me besó el cabello.

—¡Mírate! —exclamó, levantando su vaso de plástico en el aire.

Sabía que estaba borracho. No estaba agresivo. No estaba beligerante. Pero estaba pedo.

—¿Te tomaste algo? —Los ojos verdes de Austin estaban inyectados en sangre.

Me recordé a mí misma que acababa de salir de la cárcel, y que seguramente necesitaba aquel trago.

El hecho de que la palabra *cárcel* formara parte de mi vocabulario ya era bastante fuerte, pero me negaba a tener otra actitud que no fuera la de estar relajada durante toda la noche. Había ido para integrarme y, ahora que Kael estaba allí, quería divertirme.

—Sí. —Levanté mi vaso y Austin asintió como queriendo decir «bien».

—¿Ya conoces a todo el mundo? —Arrastraba un poco las palabras al hablar.

Tenía el cabello revuelto, enmarañado, y le cubría la mitad de la frente.

—Aún no. Acabo de llegar.

—Pareces feliz. ¿Estás feliz? —me preguntó mi hermano gemelo.

Tenía las mejillas coloradas. Coloqué las dos manos sobre sus hombros.

—Pareces borracho. ¿Estás borracho? —Me burlé de él, con cariño, claro.

Estaba borracho. Yo estaba feliz. Pero no pensaba hablar de ello delante de una pareja que discutía y de Kael.

—Pues sí. Y tú deberías estarlo —me dijo Austin convencido—. Me alegro mucho de haber vuelto.

Levantó las manos en el aire. Su alegría era contagiosa, y me infundió una descarga de energía que hacía tiempo que no sentía.

Austin chocó su copa con la mía y después se dirigió a Kael. Tardó un segundo en darse cuenta de que no era una de las personas a las que él había invitado.

—Hola. —Austin extendió la mano hacia Kael.

Sentí pena ajena y deseé haberme servido el doble de vodka en la bebida.

—Hola. Soy Kael. Encantado.

Los dos se dieron la mano como si acabaran de cerrar un trato de mil millones de dólares.

—Kael. —Austin se mantuvo callado durante un segundo—. Me alegro de conocerte. Tenemos bebida y la pizza viene en camino. Ella sabe dónde está todo —dijo señalándome con el vaso—. Chicos, deberían venir conmigo a la sala.

Kael me miró y yo me encogí de hombros. Sabía que lo mejor, o lo peor, era seguir a Austin hasta la sala.

—Vamos, tomen otra bebida y vengan.

Intenté establecer contacto visual con Kael, pero él miraba a Austin, que le estaba preguntando cuánto tiempo llevaba en el ejército. Austin sabía que era militar. No hacía falta que nadie se lo dijera.

Sabía que Austin no me avergonzaría haciéndome demasiadas preguntas delante de Kael, pero también sabía, por el modo en que me miraba, que después me haría mil preguntas. La pareja que discutía desapareció por el pasillo, probablemente para tener sexo de reconciliación en el baño de abajo.

—Me alegro de que hayas venido —me dijo Austin de camino a la sala.

Miró a Kael de nuevo y puse los ojos en blanco. Austin y yo solíamos mantenernos al margen de la vida sentimental del otro. No es que hubiera mucho en lo que entrometerse por mi parte. Sólo había tenido un novio formal en quien había decidido no pensar esa noche y en todos estos meses. Me di cuenta de que no era una relación tan seria como creía. Me dijo «te quiero» una persona que no lo decía de verdad. Austin era diferente, se enamoraba cada semana. De alguna manera lograba ser honesto al respecto, canalizaba su necesidad y su soledad a través del contacto físico. Y si eso hacía que su vida fuera mejor, ¿quién era yo para juzgarlo? A mí me llamaba la atención igual que a él, sólo que no tenía quién me hiciera caso.

CAPÍTULO 34

Kael y yo quedamos apachurrados en un extremo del sofá. No apretados, no. Apachurrados. Austin y un tipo que se había presentado como Lawson ocupaban uno de los asientos del sofá, y Kael y yo, el otro.

—Tu cara me resulta familiar —le dijo Lawson a Kael al cabo de unos minutos.

Kael soltó una retahíla que sonaba a jerga militar y Lawson negó con la cabeza.

—No, no es de eso.

—Le dices lo mismo a todo el mundo —replicó Austin.

Después, tomó un control de la consola de una cesta que había bajo el mueble de la televisión.

—¿Quién quiere jugar?

—Yo no —respondió Lawson—. Me voy ya. Me levanto a las cinco, tengo turno.

Austin y él se pusieron de pie e hicieron ese choque de manos que hacen los chicos de darse una palmada y formar un puño.

Ahora que había más espacio, me aparté un poco en el sofá. Ya no estábamos apachurrados, pero seguía rozando a Kael con el muslo.

—¿Quieres jugar? —Austin levantó el control hacia Kael, que negó con la cabeza.

—No, no soy mucho de videojuegos.

Ay, menos mal.

—¿Quién quiere jugar? —preguntó Austin de nuevo, levantando el control para ver si alguien se apuntaba.

La puerta principal se abrió y apareció en el umbral una cara familiar. No me venía el nombre a la cabeza, pero lo conocía, y Austin solía salir con él antes de mudarse a casa de nuestro tío para «no meterse en líos». Claro, y el plan funcionó a la perfección.

—¡Mendoza! —Austin corrió hacia la entrada para recibir al tipo que traía la camiseta de los Raiders. Austin siempre congregaba gente a su alrededor, se le daba de maravilla.

Aquel tipo, el tal Mendoza, abrazó a Austin. Dirigió la mirada hacia mí mientras yo lo estudiaba y me sonrojé. Después miró a mi lado, a Kael.

—¡Martin! —exclamó, apartándose de mi hermano.

Se acercó al sofá y Kael alargó la mano que tenía entre nosotros. Tardé más tiempo de lo debido en darme cuenta de que se conocían y que Martin era el apellido de Kael.

—¿No decías que no ibas a salir hoy? —Mendoza dirigió sus ojos color miel hacia mí.

—Y no iba a hacerlo —respondió Kael.

Mendoza me miró de nuevo, y luego otra vez a Kael.

—Ya —replicó sonriendo.

—¿Se conocen? —preguntó Austin, señalándolos a ambos.

Yo permanecí sentada, observando. Confundida. Austin estaba tan sorprendido como yo.

—Sí, hicimos el entrenamiento básico juntos. Y luego nos enviaron...

—Mendoza, ella es Karina. —Kael me miró.

—Mi hermana —dijo Austin a ambos.

—Nos conocemos. No sé si te acuerdes —señalé.

No debería haberme puesto nerviosa el hecho de que Kael y ese tipo se conocieran, pero lo hizo. Las bases militares siempre parecían un sitio muy pequeño, pero en realidad eran pequeñas ciudades con cientos de miles de personas. Cuando alguien dice: «¡Vaya! ¿Tu padre es militar? Seguro que conoce a mi primo Jeff, ¡él también está en el ejército!», la verdad es que las probabilidades de que se conozcan son muy escasas. De modo que, el hecho de que Mendoza conociera a Kael y a Austin, y que me conociera también a mí, era una auténtica casualidad.

—Claro que sí. Nos hemos visto un par de veces. —Mendoza ladeó la cabeza—. ¿No fuimos al castillo una noche? ¿Qué fue, hace dos veranos? —Recordé el final de aquel verano, metidos en el coche de mi padre plagado de amigos de Austin. Íbamos totalmente apretujados.

—Así es —le dije—. Lo había olvidado.

Brien también estaba allí. Acabábamos de conocernos, de hecho. Pero no comenté nada al respecto.

—Tu hermano y ese puto castillo. —Se echó a reír.

Austin le hizo una seña con el dedo medio.

Kael nos miraba a ambos como si estuviéramos locos.

—¿Has oído hablar de él? ¿Del castillo de Drácula? —Sonaba ridículo dicho en voz alta.

Negó con la cabeza y yo se lo expliqué.

—En realidad no es un castillo, sino una gran torre de piedra que todo el mundo dice que está embrujada.

—¡Es que ESTÁ embrujada! —replicó Austin.

—Bueno, está embrujada —acepté, poniendo los ojos en blanco.

Había estado en el castillo de Drácula al menos cinco veces con Austin desde que nos mudamos aquí. No sabía si la historia de que un niño se había electrocutado en lo alto era cierta o no, pero la vieja torre tenía la reputación de estar ocupada por fantasmas. «Fantasmas de verdad», era lo que todo el mundo decía. Había todo tipo de historias respecto a ella.

—Pero bueno, es una torre, y la gente sube hasta allí en coche por la noche a beber e intentar no quedar atrapada en ella —le expliqué a Kael.

—Ahora se hace la valiente, pero siempre era la primera en regresar corriendo al coche. —Austin levantó su bebida hacia Kael y Mendoza, riendo.

—Oh, vete al carajo. —Lo fulminé con la mirada, y oí unas risas.

—¡Uuuh! —Mendoza empezó a burlarse de Austin—. Parece que tu hermanita ha crecido desde la última vez que la vi —dijo, y tomó la botella de licor oscuro de la mesa—. ¿Alguien quiere un *shot*? —preguntó a la habitación.

CAPÍTULO 35

Todo el mundo bebió un *shot* del licor cálido. Todos excepto Kael, por supuesto. La gente gritaba: «¡Por Austin!» y también «¡Bienvenido, hermano!». Austin hizo una reverencia de broma a modo de agradecimiento hacia aquellos amigos que celebraban su regreso. No sabía si alguno de ellos sabría que lo habían arrestado. Eché un vistazo a mi alrededor y, bueno, no estaba segura de si a alguno de ellos les preocuparía algo tan trivial como una noche en la cárcel. Pero puede que los estuviera juzgando con demasiada severidad.

Migramos todos a la cocina para brindar por el regreso de Austin a Fort Benning. Dejé el vaso de mi *shot* en el fregadero y agarré unos cuantos más. Un tipo que traía una camiseta azul eléctrico con el lema «Bottoms Up!» me quitó su vaso de las manos y se dispuso a rellenárselo. Se notaba que era soldado. Iba acompañado de un chico de apariencia más joven que traía una camiseta café que decía «MURPH», también soldado. Olvidaba lo mucho que me había alejado de la vida en la base. Evidentemente seguía viendo a soldados en el trabajo y en el supermercado. Seguía sonriéndoles al atravesar la entrada al «Gran Lugar», pero no tenía ningún amigo soldado. Ni uno.

No, a menos que contara a Stewart, eso sí. Era lo más cercano que tenía a una amiga en el ejército. Pero, aunque me caía bien y la respetaba, aunque me sentía cercana a ella, en realidad no podía considerarla una amiga. Como Mali solía recordarnos, los clientes no son amigos.

Abrí la llave de agua caliente y enjuagué algunos vasos de *shot* por hacer algo. Me alegré de que Austin no me viera. Me habría hecho algún comentario acerca de ser «tan responsable», y no lo diría en plan cumplido precisamente. Carajo, se me hacía tan raro tenerlo de vuelta, estar en casa de mi padre, rodeada de toda esta gente... No había dudas al respecto: éste era el mundo de Austin, y yo sólo estaba de visita.

Pero ya no era la misma que cuando se fue. Me sentí bien al recordarme eso. Y Austin, bueno, por mucho que congregara a la gente a su alrededor, también se colgaba de ella. Lo cual, en su caso, era arriesgado porque por lo general era él el que huía, como nuestra madre. Y solía dejar unos cuantos corazones rotos a su paso, al igual que ella.

Me acerqué a los chicos: Kael, Austin y Mendoza.

—¿Otro? —preguntó Mendoza.

—Para nada. —Negué con la cabeza y levanté la mano, el símbolo universal para «no, gracias».

El estómago aún me ardía mientras el tequila se asentaba. Tenía un sabor muy fuerte, bastante bueno, pero muy fuerte en comparación con el vodka barato rebajado con jugo de naranja que solía beber.

—Vamos, ¿nadie quiere?

Austin miró a Kael, que también dijo que no. Él no necesitaba levantar la mano ni negar con la cabeza. Al parecer, a un chico le basta con responder que «no».

166

Austin volteó hacia Mendoza y le rellenó el vaso.

—Está intentando tomarse tantos *shots* como pueda antes de que su mujer lo mande a la cama —lo bromeó Austin.

Por el modo en que Mendoza sonrió ante la broma de mi hermano pude ver que estaban muy unidos. Era un buen tipo, el tal Mendoza. Lo sabía. No era fácil predecir a qué clase de personas iba a conocer a través de mi hermano, porque no tenía un tipo de persona favorita. Solían ser soldados, pero eso podía tratarse más de una cuestión geográfica. La mayoría era gente solitaria, y la mayoría era gente amigable. Pero todo rebaño tiene su oveja descarriada.

—Bueno, esta semana no lo ha dejado salir —bromeó otra voz masculina.

Me volteé y vi que se trataba del tipo de la camiseta de «Bottoms up!». Sostenía su vaso de *shot* de un modo que resultaba ligeramente amenazante. Tenía la cara cuadrada, unos labios finos y un mal corte de cabello, rapado por los lados y más largo en la parte superior.

Mendoza rio, pero la risa no alcanzó sus ojos. No como cuando bromeaba con Austin. El tipo de la camiseta de «MURPH» soltó una risita mientras le pasaba una botellita de cerveza Bud Light a Mendoza.

—¿Cuántos hijos tienes ya? —formuló la pregunta con el semblante muy serio.

—Tres —respondió Mendoza, sin atisbo de humor.

Algo había cambiado en la habitación. Lo sentía. Kael se puso tenso. Austin se acercó poco a poco a los dos cabrones.

—¿Tres? ¡Es verdad! Me pareció verte salir del almacén con unos diez...

—No tienes ni puta gracia, Jones. Ni tú tampoco, Dubrowski. La comedia no es lo suyo. Y ahora, ya, largo —saltó Austin, señalándoles la puerta con la barbilla.

Sus ojos podrían estar vidriosos, pero estaba al tanto de todo. No iba a tolerar sus estupideces.

La estancia quedó en silencio, excepto por la irritante musiquita de la *intro* del videojuego que no paraba de reproducirse en *loop*.

—Cálmate, ya nos íbamos de todos modos —contestó el de la camiseta de «Bottoms Up!».

Nadie emitió sonido alguno mientras Jones y Dubrowski dejaban sus cervezas sobre el banco, abrían la puerta trasera y se largaban. Mendoza y Austin se quedaron mirándose el uno al otro durante un segundo. Yo intenté no mirar, pero no pude evitar fijarme.

—¿Quiénes eran ésos? —pregunté a Austin cuando la puerta se cerró.

—Están en mi nueva compañía —respondió Mendoza—. Creía que eran buenos tipos, y me sentía mal por ellos porque son muy jóvenes, y acaban de llegar y no tienen familia aquí.

—¡Deja de ser tan bueno, carajo! —Austin le dio una palmada a Mendoza en la espalda y todos nos echamos a reír—. Mira adónde te ha llevado. Anda, vamos a beber y no malgastemos más tiempo ni tequila con esos pendejos.

—Esto no es un tequila cualquiera, amigos míos. —Mendoza levantó la botella—. Es un añejo, madurado a la perfección. Suave como la mantequilla.

Me mostró la etiqueta y asentí al tiempo que leía lo que podía mientras él me observaba, y después se la mostró a Kael.

Añejo o no, sabía que no debía beber mucho más. Incluso a pesar de haber heredado la tolerancia de mi madre por todos los vicios, ya sentía el alcohol en mi torrente sanguíneo. Tenía las mejillas coloradas, lo notaba.

Pero Kael estaba menos borroso por alguna razón.

¿Ubican esos momentos en los que alguien simplemente les parece diferente? ¿Como si al pasar el dedo un filtro cubriera la imagen y todo lo referente a esa persona se volviera de un color un poco más vivo, más intenso?

Kael estaba apoyado en la barra de la cocina de mi padre, respondiendo a las preguntas triviales que le hacía mi hermano, cuando eso pasó. Había algo en el hecho de verlo allí, con Austin, en el modo en que estaba de pie con la espalda recta, los ojos un poco más salvajes que de costumbre. Seguía siendo la encarnación de la compostura, pero algo emanaba de él en aquel momento.

Algo poderoso y oscuro. Tenía que ver más.

CAPÍTULO 36

—¿De dónde eres?

—De la zona de Atlanta. ¿Y tú? —Kael bebió un trago de cerveza. Y luego otro.

Recordaba que había dicho que era de Riverdale. Supongo que era más fácil decir que era de Atlanta. Me gustaba saberlo, como si hubiera compartido uno de sus secretos conmigo.

Austin se cruzó de brazos.

—De todas partes. De Fort Bragg, de Texas y de un par de sitios más. Ya sabes, un niño del ejército.

Kael asintió.

—Entiendo, no me lo puedo ni imaginar, hermano.

Sonó el timbre de la puerta.

—¿Será la pizza? Espero que sí. No he comido nada en todo el día.

Austin desapareció de la cocina.

—¿Tienes hambre? —le pregunté a Kael.

—Un poco. ¿Y tú?

Asentí.

—¿Vamos? —Hice un gesto hacia la sala.

Asintió, me sonrió y tiró su cerveza a la basura.

—¿Quieres otra? —pregunté, mirando mi vaso casi vacío y debatiéndome entre rellenármelo o no.

—No. Uno de los dos tiene que conducir —replicó.

—Ah —contesté, mordiéndome el labio inferior. Kael me rozó el hombro con el suyo. Estaba muy cerca de mí—. Yo puedo quedarme aquí.

Sus ojos se abrieron un poco.

—Tú también puedes. Hay sitio de sobra.

Habíamos dejado de caminar, pero no recordaba en qué momento nos habíamos detenido. Él me miraba y yo a él. Recuerdo la curva de sus pestañas sombreando sus ojos castaños. Su aroma a canela. Por primera vez, aquella esencia no me recordaba a nada más que a él. Mi cerebro empezaba a hacer cortocircuito, incapaz de conectar mis pensamientos con mi lengua.

—Bueno, no tienes por qué quedarte. Puedes llevarte mi coche, o pedir un Uber. Lo que quieras. Sólo lo sugerí porque es evidente que yo no voy a conducir, y tu coche... —Kael se inclinó hacia mí.

Tuve que esforzarme mucho para recobrar el aliento.

—Voy por otra cerveza —me susurró.

Se detuvo ahí, tan cerca de mi boca que sentí dolor en el fondo de mi estómago.

Se apartó, como si nada, y tomó otra cerveza. Tragué saliva y parpadeé perpleja.

¿Que si pensé que iba a besarme?

Pues sí.

Eso debía de explicar por qué respiraba como si acabara de subir corriendo un tramo de escalera.

Recobré la compostura lo más rápido que pude.

—Ah, sí. Yo también —dije con un tono de voz ronco y claramente incómoda.

Abrí el congelador y saqué unos cuantos cubitos de hielo. Sentí alivio al notar el aire frío sobre mi rostro caliente. Me quedé quieta unos segundos antes de meter los hielos en el vaso.

Kael me esperaba junto a la pared, dando sorbos a la cerveza que acababa de abrir. Mi cuerpo no se decidía. Carajo, tan pronto me sentía nerviosa como tranquila.

Ambos nos dirigimos a la sala en silencio. Parecía haber el mismo número de personas en la casa, menos los dos patanes aquellos, pero, por alguna razón, el grupo se veía más denso ahora que todo el mundo estaba apelotonado en la sala. El hecho de que mi corazón latiera con fuerza contra mi caja torácica no ayudaba, por más que me esforzara en calmarme.

Austin hablaba con el repartidor de pizzas. Vi cómo le entregaba algo de dinero y se metía un fajo en el bolsillo. Que yo supiera, Austin sólo había trabajado unas pocas horas en un Kmart, que complementaba pidiéndole a mi padre dinero de vez en cuando. Para mi hermano el dinero no era su especialidad. Incluso cuando trabajaba en verano, se gastaba su pago el día en que la recibía. Yo no era mucho mejor que él en ese aspecto, así que no era quién para juzgarlo, pero ¿de dónde había sacado todo ese dinero? No me cuadraba.

—¡Kare! ¡Trae algunos platos! —me gritó Austin mientras pasaba las cajas de pizza al grupo.

No sabía qué estaba pasando, pero mi cerebro ya no podía soportar nada más aquella noche. Sólo quería divertirme, dejar de preocuparme por las cosas que escapaban a mi control. Llevaba años intentándolo sin éxito. ¿Y si por fin lo lograba esa noche?

CAPÍTULO 37

Los jeans negros son el mejor amigo de las chicas; destacan frente a los típicos índigo, hacen que tus piernas parezcan más largas, y ese lavado oscuro es ideal cuando tienes una cita y necesitas limpiarte en algún sitio los dedos grasientos de pizza. No, no tenía una cita. ¿Tenía una cita?

El modo en que Kael me miraba me hacía dudar. El hecho de que hubiera accedido a venir a la fiesta me hacía dudar. Pero no estaba segura. Como con todo lo que respecta a Kael, no podía estar segura. Seguíamos sentados el uno junto al otro en el sofá. El plato vacío de Kael descansaba en una servilleta sobre su regazo. El plato estaba limpio, y la servilleta impoluta. Mi plato tenía un trozo de masa dura del borde y una rodaja de pepperoni que se me había caído. Mi servilleta de papel estaba manchada de salsa de tomate. Pero en mis jeans negros no se veían mis huellas grasientas. Qué alivio. No era una persona limpia y ordenada. No era como Kael. Y, desde luego, no era como Estelle, la perfecta ama de casa cuyo retrato colgaba en un grueso marco negro sobre nosotros. Un nubarrón negro, más bien. No podía verle la cara, pero sentía su presión sobre mí. Conocía bien esa fotografía, se la habían tomado en uno de sus numerosos viajes. Mi padre estaba junto a

175

ella mostrando una inmensa sonrisa y luciendo un bronceado de Florida. Parecía un cuadro gótico estadounidense frente al mar.

Kael se inclinó hacia delante para tomar una caja de pizza.

—¿Me pasas una servilleta? —preguntó.

Cualquier otro podría haber hecho alguna broma sobre la masacre de salsa roja que tenía en las manos, pero él no dijo nada. Se limitó a tomar una porción de pizza y servilletas y volvió a acomodarse en el sofá. Podía sentir el calor que emanaba, y eso hizo que mi imaginación se activara. Y mi cuerpo también.

—¿Quieres un poco? —quiso saber.

Me ofreció su plato, en el que había dos gruesas porciones relucientes con queso.

Negué con la cabeza y le di las gracias.

—Ya veo que tienes un nuevo gemelo. —Austin señaló a Kael y casi todo el mundo se paró a mirarlo, y después a mí.

Traía una camisa y unos jeans prácticamente idénticos a los míos. Me detuve a pensar de nuevo en la fotografía de mi padre y Estelle, el uno junto al otro con las mismas camisetas hawaianas de Old Navy y colorados como cangrejos. Pero Kael sonrió. Era una sonrisa diminuta, pero presente.

—Ja. Ja —dije, y puse los ojos en blanco—. Has estado un tiempo fuera, así queee...

La sala estalló en risas.

—Me parece justo. —Austin dio un bocado a un trozo de pizza de pepperoni.

El queso fundido se escurrió de la porción y él lo atrapó con la lengua. A veces se comportaba como un adolescente, como si hubiera dejado de madurar después del último curso de prepa. Eso formaba parte de su encanto, supongo, su inocencia. Tenía un buen fondo y eso se notaba. Era la clase de chico que podía provocar un incendio para después rescatarte.

Me preguntaba si su nueva chica sabía dónde se metía, si sabía que jugaba entre la maleza en un día caluroso. Era guapa y morena, con algunas pecas en las mejillas. El color de su holgada blusa campesina resaltaba sus ojos de un azul casi marino, y el estilo de la prenda imitaba su cabello, con unas mangas onduladas que caían sobre sus brazos al igual que sus largos rizos. Estaba sentada en el suelo, a los pies de Austin, mirando hacia arriba como una flor en busca del sol. La atracción que sentía por él era evidente. El modo en que casi anhelaba que se volteara hacia ella, que le dijera algo, lo que fuera. La forma en que dirigía sus hombros hacia él, bien estirados para exponer su cuello largo y fino. No tenía las piernas cruzadas como todos los demás que estaban en el suelo. Esa incómoda postura infantil no era para ella. Había doblado una pierna sobre la otra, tobillo sobre rodilla, y estaba inclinada hacia un lado de manera que sus piernas formaban una flecha que señalaba a mi hermano. Esta chica era vulnerable y abierta. Y también calculadora.

El lenguaje corporal podía llegar a ser muy obvio.

¿Sabía Austin que estaba planeando su primer beso, su primera cita?

El plato de papel que él tenía en las manos se le resbaló, y ella lo levantó de una esquina. Él la miró, le sonrió y le dio las gracias. Después, ella puso los labios en forma de beso y se arregló el cabello. Era impresionante. Incluso para mí, que ni siquiera era el objetivo. Aparté la mirada de mi hermano y de la chica. Ya había visto antes esa película.

CAPÍTULO 38

—Mendoza parece simpático —le digo a Kael.

—Sí. Lo es. —Kael miró a su amigo, que le ofrecía su tequila especial a alguien que acababa de llegar.

Pensaba que había visto a ese chico antes. En la cocina, creo. Recordaba su camiseta de cuadros blanca y negra. Por cómo olía a tabaco era evidente que acababa de salir a fumar. Al menos ese grupo de amigos era lo bastante respetuoso como para no fumar dentro de casa, a diferencia de algunos que tuvo en el pasado.

—¿Está casado? —pregunto.

Kael arrugó la frente con las cejas levantadas y asintió.

—Genial. —Ya no sabía de qué hablar.

Podría haber hablado del tiempo o de los Falcons, pero habría parecido muy desesperada. Estaba algo peda por el alcohol y el silencio de Kael empezaba a ponerme paranoica. Y bueno, podía estar ansiosa, pero no estaba desesperada. No pensaba ser la típica chica dependiente en una fiesta. Una fiesta en casa de mi padre, ni más ni menos.

Kael asintió y después... nada. Debería estar acostumbrada a las barreras que interponía, a la distancia entre nosotros, pero había bajado un poco la guardia desde que llegamos a la fiesta. Tanto era así que empezaba a olvidar que en algún momento hubiera existido. Pero ahí estaba de nuevo, alzándose a mi lado.

Y por eso no me gustaban las citas. O lo que fuera eso.

Sabía que era absurda. Es decir, sólo habían pasado veinte minutos desde que había decidido reconocerme a mí misma que me sentía atraída por él. Habíamos estado de pie el uno junto al otro en la cocina y había sentido su calor. No importaba que no nos tocáramos. Me sentía atraída por él. Era una atracción intensa, de una intensidad casi animal. Me perdí en lo físico por un momento, y después mi cerebro tomó las riendas y empezó a analizar las razones por las que a él no le gustaría yo, o por las que esto no funcionaría. Vaya romántica que soy.

Eché un vistazo a la sala, al amigable Mendoza sirviéndoles a Austin y a la morena de cabello rizado un *shot*. A los tres chicos sentados en el suelo y a las voces que provenían de la cocina. Todo el mundo estaba activo a su manera, hablando, escuchando, bebiendo, riendo, jugando con el celular. Todos excepto la única persona con la que yo quería conectar.

La frustración crecía y crecía en mi mente y, cuando Austin y la chica empezaron a besarse (no tardaron ni cinco minutos), no pude seguir ahí sentada. Necesitaba que me diera el aire.

Me levanté del sofá y si Kael se dio cuenta, no se molestó en demostrarlo.

CAPÍTULO 39

Me senté en el columpio de mi madre y sentí el peso de la situación con Kael. No era la primera vez que lo consideraba un columpio emocional. Era una broma que tenía conmigo misma. Aunque no me hacía gracia.

Había perdido la cuenta de la cantidad de veces que había salido al porche. Si me sentía ansiosa y sola, si quería considerar algo o simplemente soñar despierta, me dirigía al columpio. Salía mucho allí después de que se fue mi madre; a veces pensé que tal vez la encontraría allí sentada. Y cuando mi padre hablaba de enviar a Austin a vivir con nuestro tío el rey del porno, me habrían encontrado en el columpio. Hay algo reconfortante en el modo en que se balanceaba adelante y atrás. Podía estar a punto de tener un ataque de pánico, pero, tras pasar unos cuantos minutos en el columpio, mi respiración se relajaba y me tranquilizaba. Al menos funcionaba la mayoría de las veces.

Cuando Brien y yo teníamos problemas, me plantaba allí e intentaba ver las cosas con perspectiva. Pero, en más de una ocasión, Estelle me seguía para ver en qué podía ser de ayuda. Me miraba con una expresión que ella creía de compasión, pero a mí me parecía muy rara. Era como si intentara venderme algo. Un coche de segunda mano, tal vez. Una madrastra de segunda mano, más bien.

Decía cosas como: «Yo también fui joven, ¿sabes?». Imagino que esperando que respondiera: «Mujer, todavía eres joven, y muy guapa». Pero no pensaba darle el gusto. No le habría dado lo que esperaba ni aunque hubiera sido verdad. Entonces me decía que todo iba a ir bien, que iba a ser duro, pero que entendía cómo me sentía. Eso era lo que más me fastidiaba. ¿Cómo iba a poder entender cómo me sentía si no me conocía y ni yo me conocía a mí misma?

Y ahí estaba yo de nuevo, sentada en el porche de mi padre, sin saber muy bien lo que sentía. Quería acercarme más a Kael, pero me escocía su silencio. Quería pedirle que viniera conmigo al columpio, pero me daba vergüenza. Quería... quisiera lo que quisiera, no lo obtenía, así que me había ido enojada como una niña pequeña.

Estaba empezando a balancear los pies para hacer que el columpio se moviera cuando la puerta de casa se abrió y Kael salió al porche. Se apoyó en el barandal y me observó con ojos vidriosos. No sé por qué, pero parecía mayor. Y no estaba segura de si eso me gustaba.

El farol zumbaba mientras iluminaba tenuemente el patio de la casa de mi padre. Podía distinguir coches, árboles, casas, pero tan sólo sus contornos. No estaba segura de si era porque estaba anocheciendo o porque estaba borracha. Y tampoco me importaba. Había pasado un rato desde que tomé algo más que un vodka y sentía una especie de resplandor neblinoso. De hecho, me sentía bastante bien.

Mientras me balanceaba con suavidad adelante y atrás, era consciente de que mi respiración se sincronizaba con el ritmo del columpio, y eso me facilitó fingir que no había advertido la presencia de Kael. No pensaba ser la primera en decir algo. Mantuve la boca cerrada y mis pensamientos para mí misma. Carajo, no había manera de entender a este chico.

Puede que fuera el modo en que se comportaba conmigo; su manera de observar sin juzgar. Eso era poco frecuente. A menudo sientes que la gente te evalúa e intenta hacerse una idea de ti. De quién eres y de qué tienes que yo quiera. Kael no. Él sólo prestaba atención. Eso me gustaba. Pero por alguna razón no me parecía justo. Sabía mucho sobre mí, y yo casi no conocía nada de él. Podía contar las cosas que sabía con una mano. Y, casi por acto reflejo, eso es lo que hice.

Una: era encantador, porque era fuerte y callado.

Dos: había algo magnético en él que atraía a la gente.

Tres: hacía que quisieras saber qué pensaba de ti (¿o eso me pasaba sólo a mí?).

Cuatro: actuaba como si tuviera algo muy importante que decir.

Cinco:

No había cinco. Sabía muy poco de él.

Todo cuanto concernía a Kael parecía complicado y simple al mismo tiempo. No me había dicho gran cosa mientras estábamos dentro, aparte de si quería una porción de pizza, pero era obvio que me había seguido afuera. De modo que ¿por qué se quedaba ahí plantado con ese campo de fuerza a su alrededor, cambiando el peso de un pie a otro y mirándome como si las palabras fueran una carga demasiado pesada? Iba a decir algo para cortar la tensión, pero me detuve a tiempo. No se lo pondría fácil. Le daría a probar de su propia medicina, a ver si le gustaba.

CAPÍTULO 40

El crepúsculo cedía el paso a la noche. El cielo oscurecía y se plagaba de preciosas estrellas. Sé que todo el mundo cree que son diamantes mágicos que penden en el cielo y todo eso, pero a mí me parecen tristes. Las estrellas parecen tan intensas y brillantes, pero cuando llegan a nosotros están a punto de morir, casi extintas. ¿Y las más grandes? Ésas son las que arden más rápido, como si su intenso fulgor fuera insoportable para ellas. Carajo. Ahí estaba yo poniéndome sensible. Siempre pienso en la fragilidad de las cosas cuando bebo. Puedo pasar de la belleza a la desesperación en un abrir y cerrar de ojos. O en lo que tarda en titilar una estrella. Como ya dije: carajo.

—¿Puedo sentarme contigo? —preguntó Kael.

¿Había visto que mi expresión se tornaba sombría?

Asentí y me moví a un lado para hacerle sitio.

—¿Éste es el columpio? —preguntó.

Asentí de nuevo. Aún tenía un par de dosis de su propia medicina que darle. En realidad no. Sólo intentaba hacerme la dura. Si iba a cuestionar mis decisiones, al menos lo haría con la cabeza bien alta.

—¿No se lo llevó consigo? —preguntó en el aire nocturno.

Volteé rápidamente y lo miré a la cara.

—¿Qué?

—Cuando se... —Era consciente de que había tocado un tema delicado, pero ya no podía echarse atrás.

Parpadeé. Se estaba refiriendo a mi madre, claro. Para ser tan reservado, le gustaba hacer preguntas que metían el dedo en la llaga.

—¿Fue? —Terminé la frase por él—. No, no se llevó nada.

«Ni siquiera a nosotros».

«Ni siquiera a mí».

No me gustaba mucho hablar sobre mi madre, pero me alegraba que me hubiera preguntado, me alegraba que se acordara de lo del columpio. Tenía que admitir que sabía escuchar. Nos quedamos ahí sentados, sin nada más que las estrellas entre nosotros durante un rato, y me pareció bien. Lo único que quería era estar sentada al lado de Kael, saber que estaba allí. En ese momento, con eso bastaba.

La paz no duró mucho.

—¡Oye, lo destruiste!

—¡No! ¡Oye, Austin! ¡Mira...!

—Estás loco. En serio. ¡QUÉ MIERDA!

Era sólo un estúpido videojuego, pero puso a Kael en alerta máxima. Costaba no fijarse en lo hiperconsciente que era del espacio que lo rodeaba. No podía ni imaginar lo duro que debía de ser eso, ser incapaz de relajarse. Debía de ser agotador. Se volteó para decir algo, pero unos fuertes gritos provenientes del interior de la casa lo interrumpieron.

—¡Lo tienes! ¡Mátalo de un disparo!

—¡Carajo! ¡Mátalo!

Negué con la cabeza. Kael apretaba la mandíbula.

Al menos estábamos de acuerdo en algo.

CAPÍTULO 41

—Me comporto de un modo extraño, ¿verdad? —preguntó Kael mientras se quitaba pellejos de los dedos.

¿Y cómo diablos esperaba que le respondiera a eso?

—¿Tú crees que te comportas de un modo extraño?

El mejor modo de evitar una pregunta era repetirla. Lo había aprendido de mi padre.

Exhaló.

—Sí, ¿tal vez? —dijo, y sonrió.

Me encantaba el modo en que su rostro se transformaba cuando sonreía.

No pude evitar reír.

—Bueno, yo no diría *extraño*. Pero de repente me ignoras y enseguida...

—¿Te ignoro? —preguntó sorprendido.

—Sí —expliqué—. Me has evadido un poco.

Parecía verdaderamente sorprendido. Casi dolido.

—Pues no era mi intención. —Vaciló—. Me cuesta adaptarme a estar aquí de nuevo. Ha pasado sólo una semana y es todo tan... ¿diferente? No sé cómo explicarlo. No recuerdo haberme sentido tan raro la última vez.

—No me lo puedo ni imaginar —le dije, porque era la verdad.

—Son las pequeñas cosas. Cosas como esas cafeteras de capsulitas, o poder bañarme todos los días y lavar la ropa en una lavadora de verdad con cápsulas de detergente.

—Supongo que no hay muchas cápsulas en el ejército —dije.

Mi padre siempre había odiado las cápsulas, de modo que incluso cuando estaba de vuelta y podía utilizarlas, se negaba a hacerlo. Le gustaba el antiguo detergente en polvo y a mí me ponía mal.

—A veces. Las esposas envían paquetes a sus maridos y todos nos beneficiamos —explicó. Quise saber si había alguien que le enviara paquetes, pero no se lo pregunté.

Bromas aparte, si quería conectar con ese chico y averiguar quién era, tal vez debería dar yo el primer paso. Dejar de eludir el asunto. Tender puentes. Buscar un punto en común y todo eso.

—¿Sabes qué? —le dije—. Mi padre, cuando volvía, siempre se comportaba como si acabara de regresar de *Supervivientes*. En casa bromeábamos al respecto. Aunque en realidad no era gracioso. —Eso se me daba fatal. Estaba demasiado preocupada por lo que salía de mi boca.

—Tranquila. —Sonrió claramente entretenido por mis tonterías y, entonces, me miró a la cara—. En serio, Karina. Tranquila. Eres estupenda.

Continué, ya más relajada, más segura.

—Y bromeábamos sobre los antojos que le daban por las cosas más inverosímiles. Podía comer en Taco Bell durante una semana seguida cuando regresaba a casa.

Kael asintió muy despacio, chupándose los labios hacia dentro.

—¿Cuántas veces ha estado fuera?

—Cuatro.

—¡Vaya! —resopló—. Y aquí estoy yo quejándome por dos. —Rio débilmente.

—Pero ya son muchas. Y tienes mi edad. Aquí estoy yo quejándome por nada.

—¿Te has planteado alistarte alguna vez?

Negué con la cabeza deprisa.

—¿En el ejército? No. Ni hablar. Austin y yo siempre decíamos que jamás lo haríamos.

Sonaba como uno de esos gemelos que aparecen en los libros cursis, que se hacen raras promesas el uno al otro. Uno vive en la sombra y el otro tiene que vivir el legado del primero. Prefería no saber qué papel me correspondía a mí en esa saga.

—¿Por qué no? ¿Porque no es lo suyo? —me preguntó Kael.

—No lo sé —contesté.

«Cuidado, Karina», me advertí. No quería ofenderlo, pero mi boca tenía la costumbre de expulsar palabras sin la aprobación de mi cerebro.

—Un día sencillamente lo acordamos. Ni siquiera recuerdo a causa de qué, pero mi padre estaba lejos en su tercera misión y...

Podía visualizar la nube de humo por el pasillo. Olí el fuego antes de verlo.

—Y mi madre... en fin, digamos que mi madre destrozó la sala. La achicharró.

Kael me miró desconcertado.

—Dijo que había sido con una pistola de silicón, como las que se usan para hacer manualidades. Pero fue con un cigarro. Se quedó dormida en el sofá con un cigarro encendido en la mano, y acababa de despertarse cuando bajé corriendo la escalera y me encontré la sala llena de humo. Fue una locura —le expliqué.

Algunas personas salieron de la casa. Otras entraron. Tránsito de la fiesta. Dejé de hablar. El último chico en salir traía una camiseta blanca con una mancha roja en el pecho. Dejé que mi imaginación convirtiera una mancha de pizza en otra cosa. Kael no me quitaba los ojos de encima. Me clavaba la mirada de un modo muy intenso. Sentí un dolor en el estómago y tuve que interrumpir el contacto visual con él. El chico de la mancha de pizza bajó los escalones y se metió a su coche. Lo había visto antes en la cocina. Era uno de los amigos callados de Austin. Los callados siempre son los que se van primero.

—¿Y qué pasó después? —Me alentó a seguir.

—Ella se dirigía hacia la puerta, iba directa. Iba hacia la puerta como si fuera a comprar leche o jugo de naranja. No gritó para avisarnos. No intentó buscarnos. No hizo nada de nada.

Kael se aclaró la garganta. Estudié su expresión para comprobar que no se sentía incómodo con tanto detalle.

—¿Sabes esos cuestionarios en los que te preguntan qué salvarías si tu casa se incendiara?

—No, la verdad —respondió.

—Supongo que es una cosa de Facebook. Te preguntan qué objetos salvarías si tu casa ardiera, y se supone que tu respuesta revela tu personalidad. Si dices que salvarías el álbum de fotos de tu boda, eso revela una cosa sobre ti. Pero si respondes que salvarías tu colección de vinilos, revela algo muy diferente.

Kael levantó las cejas, como si fuera lo más absurdo que había oído en su vida.

—Ya, ya lo sé. —Proseguí con mi historia—. En fin, una locura. Pero cada vez había más humo y, mientras subía la escalera para ir por Austin, recuerdo que pensé: «Ese cuestionario es la cosa más absurda del mundo. ¿Quién pensaría en objetos en un momento como ése?». Pero yo estaba pensando en ese estúpido cuestionario, así que, ¿qué revela eso sobre mí?

—Creo que revela que tu mente evitaba que entraras en pánico. Creo que revela que tienes buenos instintos.

Asimilé su comentario durante unos instantes antes de continuar.

—Bien, pues subí corriendo a la habitación de Austin y lo sacudí para despertarlo. Bajamos la escalera corriendo juntos. Ahora él iba delante y me tomaba fuerte de la muñeca y, cuando salimos al jardín, nuestra madre estaba ahí plantada, mirando el humo. No era que hubiera intentado incendiar la casa a propósito, en absoluto. Era más bien como si ni siquiera fuera consciente de lo que pasaba.

—Karina...

—Era como en una de esas películas antiguas en las que una loca provoca un incendio y luego se queda fascinada contemplándolo, como si entrara en trance. —Me eché a reír, no quería incomodarlo—. Lo siento, todas mis historias son horribles.

—Karina... —Dios, me encantaba el modo en que pronunciaba mi nombre.

—Tranquilo, ya... —Iba a decir que ya lo había superado, que estaba bien.

Era lo que siempre decía cuando contaba esa historia. No era que lo hiciera a menudo. Pero el caso era que, ahí sentada en la oscuridad con Kael a mi lado, animándome a continuar, escuchando, sin juzgar... En fin, sabía que no estaba bien. No estaba bien en absoluto. Podría haber muerto. Austin podría haber muerto. No estaba bien bajo ningún concepto. Pero las cosas que no estaban bien solían formar parte de mi realidad.

CAPÍTULO 42

—Se te da muy bien contar historias.

Fue muy amable al decir eso y no «Carajo, tu madre parece una loca». Se me da bien contar historias. Me gustó cómo sonó eso. Me gustó la seguridad con la que lo dijo.

—Así que... ya no me acuerdo de qué estaba hablando...

Me pasaba eso muchas veces. Contaba historias largas con un montón de desviaciones y un montón de minihistorias entre medias.

—Me estabas explicando por qué no querías alistarte en el ejército —me recordó Kael.

—Ah, sí. —Me recompuse—. Bien, el caso es que mi padre pasaba mucho tiempo fuera y cuando regresaba a casa tenía que seguir entrenando mucho. Nunca estaba en casa y era muy infeliz. Mi madre también. Ese estilo de vida acabó con ella, ¿sabes?

Asintió.

—De modo que, tras ese incendio, mi hermano y yo nos prometimos que nuestra vida no sería así.

—Normal —dijo Kael.

Después, observó el jardín y volvió a mirarme.

—¿Quieres oír mi historia?

Negué con la cabeza, de broma. Sonrió.

—Entiendo lo que dices, en serio. Pero, en mi caso, un niño negro de Riverdale, unirme al ejército cambió la trayectoria de mi vida. Fue lo que cambió a toda mi familia. El padre de mi bisabuelo era un esclavo y aquí estoy yo, ¿entiendes? El único trabajo que conseguí fue embolsando comestibles en Kroger, y ahora tengo un coche decente y puedo ayudar a mi madre... —Se detuvo abruptamente.

—No pares —le urgí.

Con eso me gané una gran sonrisa.

—Bueno, ya sabes. Y sí, es duro. Carajo, a veces es muy duro, pero es el único modo de poder permitirme ir a la universidad, vivir por mi cuenta sin una educación.

Me quedé callada, digiriendo sus palabras. Sus argumentos eran tremendamente válidos. Era alucinante lo distinta que resultaba su experiencia con el ejército a la que tenía yo.

—Te entiendo —contesté.

—Todo tiene dos caras.

Asentí, y susurré:

—Sí. Dos caras cuando mucho.

—¿Tu madre está orgullosa de ti? —pregunté.

—Sí, por supuesto. Le cuenta a todo el de la iglesia que la quiera escuchar que su hijo es soldado. En mi ciudad, eso es algo muy importante. —Ahora se mostraba tímido y me parecía adorable.

—Eres una celebridad —me burlé al tiempo que me apoyaba en su hombro.

—Sí. —Sonrió—. No como Austin —bromeó mientras mi hermano gritaba de nuevo.

—Uf, deberíamos entrar. Tengo que recordarle que la policía militar podría pasar de un momento a otro y, que yo sepa, nadie tiene la edad legal para consumir alcohol, excepto Mendoza.

Saqué el celular del bolsillo y revisé la hora. Eran casi las once y media.

—Bueno, aún faltan treinta minutos —bromeé.

CAPÍTULO 43

El ambiente de la fiesta se había relajado. La mesita de café estaba llena de botellitas de cerveza y vasos de plástico; el control de la consola descansaba ocioso delante de la televisión. Había cuerpos desparramados sobre el sofá y algunos invitados se habían acomodado en el suelo. Casi todos eran chicos, e imaginaba que también casi todos militares, excepto la chica que se había besado con Austin. Ahora estaba sentada sola en el suelo, meciéndose al son de la música, bailando sinuosa con los hombros. Básicamente hacía lo que cualquiera hace cuando está sola en una fiesta y quiere dar a entender: «No pasa nada, estoy bien, todo va bien».

—¿Quieres otra bebida? —le pregunté a Kael.

Él me mostró su botella vacía de cerveza y la agitó.

—Sí, por favor.

Salimos de la sala sorteando con cuidado traseros y piernas cubiertos de jeans. La cocina estaba desierta. Los patéticos intentos de Estelle de lo que ella calificaba como decoración «campiña francesa» (un paño de cocina en el que se leía «Café»; un gallo de cerámica, y un cartel muy feo de latón en el que decía Boulangerie, que Elodie dijo que Estelle pronuncia mal, sobresalían entre las botellas vacías y las cajas de pizza. No obstante, al ver a Kael ahí, rodeado de tantas cosas familiares, y sentirlo a mi lado irradiando ese maldito calor... la cocina parecía minúscula. Parecía haber aumentado de tamaño; se me hacía enorme y, al pasar por delante de él, casi le doy con el codo en la caja torácica. Se apartó un par de milímetros de mí, hacia el refrigerador. Y, por supuesto, yo tenía que tomar hielo de la bandeja del congelador.

—Perdón —dijo, y casi me pisa al intentar apartarse de mi camino.

—Tranquilo —me apresuré a contestar.

Me ponía tan... nerviosa. Tal vez no fuera ésa la palabra. No sentía tensión ni pánico, las sensaciones que suelen acompañar a los nervios. Sólo me hacía sentir como si todo estuviera mucho más cerca de la superficie, crudo y más vivo. Cuando estaba con él mi cerebro lo procesaba todo con rapidez, pero todo parecía tan sereno a la vez, tan tranquilo a través de las grietas que se formaban cuando se abría a mí. Me sentía brillante y ágil y estable y calmada. ¿Cómo era esa expresión? ¿A todo rendimiento? Así me sentía.

Mi corazón se aceleró cuando volteé y lo caché mirándome mientras sus largos dedos jugueteaban con la cadena que llevaba en el cuello. Puede que fuera el efecto del vodka, pero, mientras me rellenaba el vaso, notaba su mirada sobre mí, como si me observara de la cabeza a los pies. No lo hacía de ese modo sucio con el que te suelen evaluar de forma descarada algunos chicos. No. Cuando Kael me miraba era como si me viera, a la auténtica yo; era como si viera quién era en realidad, no quién intentaba ser. Sostuvo mi mirada por un instante y después bajó la vista. Sentí mariposas en el pecho. ¿Qué digo, mariposas? Esto eran colibríes. Colibríes grandes y brillantes que batían las alas con tanta fuerza que hacían que mi corazón levantara el vuelo. Respiré profundo para calmarme. Sentí que volvía a mirarme e intenté pasar por alto la tensión que percibí en el fondo del estómago. Apoyé la botella de nuevo en el banco y añadí jugo de manzana al combinado. Alguien se había acabado el de arándanos.

—¿Cómo estará eso? —Ahora estaba de pie justo detrás de mí.

No sabía si se había movido o no. Vi su sombra en la pica de metal y supliqué con todas mis fuerzas que no oyera los fuertes latidos en mi pecho.

Me volteé lentamente para mirarlo. Estaba muy cerca.

—Pues buenísimo, o no. —Me encogí de hombros.

Retrocedió medio paso. Mi cuerpo no se calmaba.

—¿Y estás dispuesta a correr ese riesgo? —preguntó, sonriendo tras su bebida.

Quería decirle que no necesitaba esconderla; me refiero a su sonrisa. Que me gustaba mucho cuando hacía bromas y me tomaba el pelo. Pero necesitaría unos cuantos *shots* más para alcanzar ese nivel de atrevimiento.

—Sí, supongo que sí. —Metí la nariz en el vaso para olerlo.

No estaba tan mal. Bebí un sorbo. No era horrible. ¿Tal vez debería meterlo en el microondas y hacer ver que era sidra?

—Bien —dijo.

—Ya —respondí. Levanté el vaso entre ambos—. ¿Quieres probarlo?

—No, gracias. —Negó con la cabeza y brindó en el aire con su cerveza.

—¿Siempre bebes cerveza? —le pregunté.

—Sí, principalmente. Aunque hacía tiempo que no bebía —contestó, sonriendo y a la vez intentando no hacerlo—. Porque estaba fuera. Bueno, porque estaba donde estaba —aclaró.

—Ahhh, claro, porque estabas fuera. —Me costó un segundo entenderlo y darme cuenta de cuántas veces habíamos dicho la palabra «fuera»—. Claro. Sí. Fuera. Allí. —Parecía idiota repitiendo todo lo que él decía—. Vaya. Claro, tiene que ser raro volver a adaptarse.

Cada vez que me recordaba que su vida era tan drásticamente diferente a la mía, me sentía fatal. Sus ojos se tornaron vidriosos de nuevo..., sus preciosos ojos cafés. Tal vez sólo estaba tan borracho como yo. Me incliné hacia Kael para preguntarle si estaba borracho, para preguntarle si estaba bien. Y justo en ese momento, Austin irrumpió en la cocina seguido de Mendoza. Vaya corte de inspiración.

—¡Hola, chicos! La cosa está muy tranquila por aquí —informó mientras daba unas palmadas como si estuviera intentando asustar a algún animalito.

Kael y yo nos apartamos el uno del otro de forma instintiva.

—Amigo. —Chocaron los cinco—. ¿Ya te vas? —Mendoza asintió—. Gracias por venir. Sé que no es fácil para ti salir.

—Sí. —Mendoza se volteó hacia Austin, y después hacia Kael.

Tenía la sensación de que algo importante estaba sucediendo delante de mí, pero no era capaz de descifrarlo.

—La próxima tráete a Gloria —dijo Austin mientras tomaba la botella de tequila, y añadió—: ¿Una más antes de que te vayas?

Mendoza consultó el grueso reloj blanco que traía en la muñeca y negó con la cabeza.

—No puedo, amigo. Tengo que irme a casa. A los bebés les da hambre y Gloria está cansada. El pequeño no la deja dormir en toda la noche.

—No me refería a ti. —Austin tocó las llaves del coche de Mendoza, que pendían de la presilla de su pantalón—. Sino a mí.

Mendoza vertió una buena cantidad de tequila en el vaso de Austin. No era mi responsabilidad preocuparme por mi hermano. Ésta era su fiesta y no pensaba hacer de madre. No esa noche.

—Fue un placer volver a verte —le dije a Mendoza cuando se despidió de mí.

—Cuida a mi chico —me susurró.

Después abrazó a Kael, salió por la puerta y me dejó con la duda de qué demonios había querido decir.

CAPÍTULO 44

—Carajo, me encanta ese tipo. Es un tipo increíble.

Austin estaba demasiado alegre, incluso para ser él. Eso me puso un poco nerviosa. No es que me preocupara que pudiera meterse en líos. No era eso. Es que me costaba verlo ahí de pie tambaleándose de esa manera.

—¡Hermana! Mi preciosa gemela. —Austin me envolvió con los brazos.

Sus movimientos eran fluidos y sus pálidas mejillas estaban coloradas. Estaba borracho.

—¿A poco no es guapa? —le preguntó a Kael.

Me quedé helada. Detestaba cuando Austin hablaba de mi aspecto.

Kael asintió, claramente incómodo.

—Te convertiste en una persona adulta. Te compraste tu propia casa y eso. —Me abrazó—. Quiero decir que ahí estás, con un trabajo estable y eso. Pagando deudas...

—¿Y eso? —terminé por él.

—*Essacto* —dijo.

Algo en el puente de su nariz me llamó la atención. Me incliné hacia él.

—¿Te rompiste la nariz? —le pregunté, y acerqué la mano a su rostro.

Él se apartó de golpe y empezó a reírse.

—No me la rompí, sólo... eh... sólo se movió un poco. —Después se volteó hacia Kael con una sonrisa de bobo en la cara—. Ten cuidado con ella, hermano. No voy a ser el típico chico que va por ahí amenazando a los novios de su hermana ni nada por el estilo. No. Sólo te diré que, mi hermana, en fin..., si se queja de ti... —Se pasó los dedos por la garganta como si fueran un cuchillo.

Kael bajó la vista al suelo sin dar muestra alguna de lo que pensaba sobre lo que acababa de oír.

—Es una broma. Es magnífica. Es una hermana magnífica, ¿a poco no lo eres?

Definitivamente, estaba muy ebrio.

La cocina empezó a llenarse de gente con la intención de servirse más bebida, como si hubieran anunciado el cambio de turno o algo parecido. En el momento en que Kael me miró, me sentí como una niñita. Era probable que pareciera muy inmadura, intentando quitarme de encima a mi hermano, que estaba ebrio. Y eso.

—Bueno. Gracias por informarnos —dije, zafándome de su brazo—. Tu nueva amiguita te está esperando. Parecía sentirse sola. —Señalé con la barbilla hacia la sala.

—Ah, ¿sí? Es guapa, ¿no? Está estudiando para ser enfermera —nos anunció con orgullo.

Kael puso cara de estar impresionado, pero yo no estaba tan borracha como Austin y noté que lo hacía para seguirle la corriente. Después escondió la boca tras la oscura botellita de cerveza.

—¿Quieres decir que esa niña quiere ser enfermera de grande? ¿Cuando deje la escuela y salga al mundo real?

—Así era con Austin, lo molestaba.

Formaba parte de nuestra dinámica de gemelos. No teníamos esa cosa mítica de leer la mente del otro o de sentir el dolor del otro. No teníamos nada raro de ese estilo. Sí lo entendía a un nivel muy superior que la mayoría de la gente. Y percibía una proximidad con él que no podía explicar; pero muchos hermanos sienten eso, en especial si han pasado por el divorcio de sus padres y todo el caos que eso conlleva. Pero no tenía nada que ver con el hecho de ser gemelos.

De modo que, en realidad, mi comentario no tenía nada que ver con la chica. Simplemente era nuestra manera de comportarnos el uno con el otro. Como el comentario que él le había hecho a Kael. (El comentario por el que decidí no obsesionarme hasta más tarde, cuando estuviera sola).

—Tiene diecinueve, ¿sí? Y ya está en la facultad de Enfermería. —Austin se llevó el vaso de plástico a la boca y apuró hasta las últimas gotas de lo que fuera que había estado bebiendo toda la noche.

—Seguro que sí. —Puse los ojos en blanco—. Y la próxima Barbie será...

Tardé un momento en percatarme de que todo el mundo estaba mirando hacia algo detrás de mí. «La policía militar», pensé por un instante. «Mierda. Estamos jodidos». Me volteé para mirar a los oficiales, para inventarme algún tipo de excusa o intentar algún tipo de negociación. Pero, cuando me di la vuelta, no había ningún policía. Era la chica con el top de olanes, y lo había oído absolutamente todo.

Mierda. Yo era la única que estaba jodida.

CAPÍTULO 45

La chica miró al suelo. Yo miré al suelo. Y nos quedamos ahí plantadas en silencio. Quietas. Como dos ciervos frente a los faros de un coche.

Acababa de insultarla al afirmar no sólo que todavía estaba en la prepa, sino que encima la noche del día siguiente mi hermano estaría metiéndose con otra. Lo cual no sólo dejaba a mi hermano como un maldito, sino que además era un comentario tremendamente irrespetuoso hacia ella.

Sus ojos se inundaron de lágrimas.

—Lo siento... —dije—. Lo siento mucho..., no era nada contra ti. Sólo decía que... —Se le veía tan joven llorando así, con el labio inferior temblándole...

Carajo. No quería darle una disculpa a medias, ni inventarme algo para hacer que se sintiera mejor. Pero no podía decirle que lo cierto era que parecía que estuviera en la prepa y, desde luego, no podía decirle que, con toda probabilidad, mi hermano se besaría con otra persona, si no al día siguiente, al otro.

Me quedé en la puerta durante un segundo, sin mirar al grupo, preguntándome si debía disculparme con ella y cómo. Y pensando en cómo suavizar las cosas también con

Austin, aunque probablemente no estaría tan enojado conmigo. Conoce mi sentido del humor mejor que nadie. Y él paga con la misma moneda.

Austin habló primero.

—Muy bonito, Kare —declaró—. Muy bonito. —Se acercó a la chica y la rodeó con el brazo para consolarla—. Ella es mi hermana, Karina —me presentó, apretándole el hombro—. Karina, ella es...

Ella lo interrumpió.

—Puedes llamarme Barbie —dijo con voz entrecortada.

La cocina estalló en carcajadas. Carcajadas fuertes, sonoras e hilarantes. Un punto para Barbie. ¿Y quién era la guapa que iba a reprochárselo? Yo no, desde luego. Me permití exhalar.

Todo habría acabado bien si lo hubiéramos dejado ahí. En un momento incómodo resuelto. «Muévanse, no hay nada que ver aquí». Pero Austin tuvo que abrir la bocota.

—No le hagas caso —respondió, señalando con la barbilla en mi dirección—. Está enojada. Siempre está enojada —se corrigió.

Pronunció la palabra con malicia. Abrí la boca para decir algo, pero, al parecer, no había acabado todavía.

—Le gusta hacer de hermana mayor. La única adulta de la habitación. Ignórala.

Me dolió como una bofetada. Fuerte. Sabía que había herido los sentimientos de la chica, y me sentía muy mal por ello. Pero no lo había hecho a propósito. No era más que una patética broma entre hermanos, con la mala suerte de que las cosas se habían torcido. Pero lo que Austin había dicho de mí me dolía. Me dolía mucho.

Quise decir algo en mi defensa, lo que fuera, pero no quería armar una escena. Si me enojaba delante de todos, le daría la razón a Austin, y todo el mundo pensaría que estaba loca o que «siempre estaba enojada». Salí de la cocina con un creciente dolor en el pecho. Ahora me tocaba a mí llorar.

CAPÍTULO 46

«Carajo, Austin. ¿Desde cuándo pensabas que estaba siempre enojada? Que me preocupara por ti no significaba que estuviera borracha. Alguien tenía que hacerlo, ya que obviamente a ti no te preocupaba nada tu futuro, puesto que acababas de salir de la cárcel y lo primero que hacías era hacer una fiesta con un montón de alcohol y menores. En la base. En casa de papá».

Ésos eran los pensamientos que se arremolinaban en la mente mientras subía la escalera hacia mi antigua habitación. El ambiente en la casa era denso y se estaba volviendo aún más denso. Tenía que alejarme. Necesitaba un respiro de Austin. Del vodka. De la fiesta. No estaba segura de si necesitaba un respiro de Kael y, por un momento, casi había olvidado que él estaba allí.

«Por un momento.

»Casi».

Era imposible que no hubiera presenciado la escena. Era muy probable que pensara que estaba siendo maliciosa, que era una perra. No era verdad. De verdad que no. Intentaba hacerles la vida más fácil a otras chicas. Bastante difícil lo tenemos ya, con las hormonas, la regla, los brasieres con varilla, la doble moral y los tipos patanes. Necesitá-

211

bamos permanecer unidas, no atacarnos las unas a las otras. Y de verdad que creía en eso. Pero..., siempre hay un pero, ¿verdad? No podía evitar hacer esa evaluación inmediata de otras mujeres. Hacerles una especie de inspección para tratar de determinar quiénes eran y dónde encajaban en nuestra invisible jerarquía. Suena mezquino al expresarlo así, pero no es que las compare a ellas conmigo. Al contrario, yo me comparo con ellas.

La chica del top de olanes era más guapa que yo. Tenía una bonita piel clara, era delgada y tenía las piernas largas. Su cabello era increíble. Sabía sacarse partido con la ropa, destacar sus mejores rasgos. Yo me vestía con lo que tenía (más o menos) limpio o con cosas de rebajas. No estaba compitiendo con Katie, Barbie o como quisiera llamarse. (Bueno, eso sí que era propio de una perra.) De verdad que no. En primer lugar, ella estaba en una liga completamente diferente a la mía y, en segundo lugar, su objetivo era mi hermano. Eso estaba claro desde el principio. De modo que esa comparación, esa competencia... no tenía nada que ver con los chicos.

Si así fuera, ¿por qué iba a compararme con las chicas de Instagram o de la televisión, como lo hacía cuando Madelaine Petsch de *Riverdale* me miraba a través de la pantalla? Era perfecta. Incluso en mi tele de ultra alta definición tenía la piel lisa como una muñeca de porcelana. Ni una sola imperfección, ni un grano ni un poro. Casi me daban ganas de hacerme vegana, si eso era lo que hacía falta para ser así.

Pensaba mucho en estas cosas, e intentaba averiguar de dónde salían. De dónde salían todas mis inseguridades. Lo cierto era que no me importaba que los chicos miraran a otras chicas más que a mí. Era sólo que algunas chicas hacían que me sintiera inferior. No sabía explicarlo, pero me costaba quitármelo de la cabeza. Y el caso era que sabía que no sólo me pasaba a mí. Pensé en Elodie, mi preciosa amiga parisina rubia de preciosos pómulos y ojos de ciervo. Se sentaba con un espejo en las piernas a toquetearse la cara y se quejaba de lo horrible que era su piel, y que sus ojos estaban desnivelados y que tenía la nariz chueca. ¿Hacían eso todas las mujeres?

Era en ocasiones como ésta cuando más extrañaba a mi madre. Habría estado bien poder hablar con ella de esas cosas, tener a alguien a quien hacerle esas confidencias y que escuchara sin juzgar. «¿Siempre ha sido así?», le preguntaría. Y ella me respondería: «No, antes no era tan exagerado, pero las redes sociales, las selfies y las Kardashian han hecho que todo sea mucho peor». O diría: «Sí, siempre ha sido así. Yo me comparaba con uno de los Ángeles de Charlie en su momento», y entonces me sacaría un antiguo álbum de fotos suyo y nos reiríamos juntas de su cabello ochentero.

¿A quién quería engañar?

Eso jamás habría sucedido.

CAPÍTULO 47

La puerta de mi habitación estaba cerrada. ¿Había alguien dentro? No me habría extrañado nada encontrarme a algún soldado durmiendo crudo en mi cama o a alguna pareja cogiendo. A Austin y a Katie no. Ellos seguían en la cocina, seguramente hablando de mí. Katie ya habría superado la ofensa y, lista como era, le habría dado la vuelta a la situación a su favor, la habría usado para acercarse más a mi hermano. Unidos contra un enemigo en común y todo eso. Y Austin debería saber que tenía la cogida asegurada, así que imaginaba que seguiría diciéndole lo insufrible que era yo y que siempre había sido una entrometida. Tenía dos caras, una que me defendía a toda costa, pasara lo que pasara, y otra que me usaba como un puntal, como un pedestal que lo elevaba a su estatus de tipo genial. No hacía falta ser muy lista para saber cuál de las dos estaba en esos momentos en la cocina.

Por más que lo intentara, era incapaz de abandonar el hábito de imaginarme lo que los demás estaban pensando o diciendo sobre mí. Lo hacía todo el tiempo, aunque sabía que no obtendría nada bueno de ello. Era como jalarse los pellejos hasta sangrar. Y supongo que eso era lo que estaba haciendo en esos momentos, imaginarme a todos en la cocina, preguntándome lo que estarían diciendo o pensando. Incluso aquellos que no sabían mi nombre me verían como una remilgada que había insultado a la dulce Katie. Alguien preguntaría quién era yo y dirían: «Ah, es la hermana de Austin», y entonces me recordarían como la chica que iba por ahí recogiendo las botellas y las cajas de pizza vacías, como si estuviera haciendo el turno de noche en Friday's.

Uf.

Odiaba el modo en que trabajaba mi cerebro. Intenté convencerme de que no había hecho nada demasiado espantoso, que la gente entendería que era una broma. Jamás habría dicho algo así de saber que ella estaba presente, aunque fuera verdad.

Ahora me daba cuenta.

¿No era irónico que la gente siempre exigiera la verdad, y que después no fuera capaz de aceptarla? Seamos justos, yo era igual. Exigía la verdad, pero me aferraba a las mentiras. Resultaban útiles cuando querías protegerte de la verdad; las mentiras, digo.

Me detuve por un momento delante de mi habitación. La verdad era que no creía que hubiera nadie dentro; esta reunión era mucho más tranquila que la mayoría de las fiestas que Austin había hecho en el pasado, antes de que fuera a vivir con nuestro tío. Y tenía que admitir que mi hermano ahora parecía distinto, más estable. O puede que sólo quisiera que se hubiera relajado y pensar eso me protegía de ver la realidad.

Toqué y esperé un momento antes de abrir la puerta a lo que resultó ser un dormitorio vacío.

Me detuve unos instantes antes de entrar, asimilándolo todo. Hasta el olor. Carajo, qué nostalgia, era como el olor de mi antigua vida. Me había esforzado tanto por iniciar un nuevo capítulo, por pasar página..., lo que fuera que la gente hacía cuando intentaban avanzar en su vida y valerse por ellos mismos. Me quedé ahí plantada, observando mi viejo cuarto mientras pensaba en mi nueva habitación. Vaya diferencia.

Estaba como lo dejé. La misma colcha morada repleta de florecitas blancas. Las mismas cortinas a juego con una quemadura de cigarro en una esquina del único día que fumé. Afortunadamente, mis padres no vieron la quemadura, pero olieron el humo de tabaco que se extendía por el pasillo y me castigaron. Después de eso me prohibieron ver a Neena Hobbs, la única chica de mi curso que se rasuraba las piernas, y que hizo que yo quisiera fumar, como hacía ella.

El tocador estaba repleto de los típicos objetos de una chica adolescente. Viejos tubos de brillo labial con diamantina que llevaban años caducados. Montones de diademas y ligas del cabello. Notas de mi mejor amiga, Sammy. Plumas de gel de todos los colores imaginables. Y cada objeto contenía un recuerdo. Y, en algunos casos, más de uno. Era incapaz de tirar nada. No podía deshacerme de las diademas que había usado durante años con múltiples colores de cabello y múltiples cortes horribles. Y tampoco de los pegajosos brillos labiales que mi madre me había regalado a escondidas cuando mi padre decía que no me maquillaría hasta que estuviera en la preparatoria. Los tomé y los giré en mi mano. Tenían nombres como FRAMBUESA MAGNÉTICA, FUCSIA CAUTIVADOR y DULCE IRRESISTIBLE. Lo gracioso era que, una vez puestos, todos tenían prácticamente el mismo tono rosado y el mismo brillo viscoso que hacía que se me pegara en el cabello.

No hacía tanto tiempo que me había mudado a mi casa nueva, pero esta habitación ya era como una cápsula del tiempo. No había vuelto a dormir aquí desde el día en que me mudé. Ahora que lo pienso, ni siquiera había estado aquí. A veces tenía la sensación de que me había ido hacía años, otras parecía que sólo fueron días. Pasé el dedo por el polvo del tocador. Estelle se aseguraba de que todas las habitaciones de la casa estuvieran limpias menos ésta. Me pregunté qué haría con la habitación de Austin. ¿Aplicaría sus trucos de Martha Stewart allí? Probablemente. Tenía reglas distintas para hombres y mujeres.

No era consciente de que no había cambiado ninguno de los muebles tal vez desde que estaba en séptimo grado. Recuerdo estar sentada en ese puf morado cuando Josh, el chico al que le regalé pan de elote para su cumpleaños, terminó conmigo. Me dijo que su madre le había dicho que tenía que mejorar las calificaciones, de modo que si quería perseguir su supuesta carrera como futbolista tenía que mantener la mente despejada y alejarse de las chicas. Fui tan idiota que me lo tragué. Pero al día siguiente empezó a salir con una de las chicas populares. En el colegio se corrió la voz de que me había dejado a mí por ella. A partir de séptimo mis inseguridades no hicieron sino aumentar.

Ese puf era el equivalente en el interior al columpio del porche; estaba cargado de drama y de evocadores recuerdos. Apuesto a que habría un montón de lágrimas adolescentes en esa tela morada.

Sobre mi buró había una buena pila de libros. El libro de texto de economía de mi último año de prepa y una copia en tapa dura de *You*, de Caroline Kepnes, estaban ahí llenándose de polvo. Me volví a comprar *You* cuando me di cuenta de que lo había olvidado en casa de mi padre y no quería regresar en unos días. Papá y Estelle no llevaban mucho tiempo casados y odiaba estar cerca de los recién casados. Eso hacía dos ejemplares, tres, si contamos el audio. Lo compré para oír a los personajes cobrar vida en una voz distinta a la mía. Era uno de mis libros favoritos y siempre he querido tener un ejemplar en ambas casas. Era una de las pocas historias que nos encantaban tanto a mi padre como a mí. Lo tomé y lo abrí al azar. No me iría mal la distracción.

Entras a la librería y mantienes la mano en la puerta para asegurarte de que no se cierre de golpe. Sonríes, avergonzada por ser una buena chica. Tienes las uñas sin pintar, llevas un suéter beige de cuello en «V» y es imposible saber si llevas brasier, pero no creo que...

Casi me da un infarto al oír unos golpes en la puerta.
—¡Mierda!
—¿Karina?
—¡¿QUÉ?! —sonaba enojada por el susto que me había dado.
—Karina, ¿estás bien? —preguntó Kael—. ¿Puedo pasar?
—Adelante —contesté.
Y asentí a la vez, como si pudiera verme a través de la rendija de la puerta. Entró despacio y, una vez en el interior, cerró suavemente la puerta. El leve clic del resbalón al encajarse sonó muy intenso. Muy definido.
—¿Estás bien? —preguntó mientras se aproximaba.
Se detuvo a escasos centímetros de la cama.

Suspiré.

—Sí. —Me encogí de hombros y cerré el libro.

—¿Siempre lees en las fiestas?

Cuando dijo eso, me recordó a un libro que había leído el año anterior. Tenía una relación de amor-odio con esos libros, pero en esos momentos estaba esperando a que saliera el siguiente de la serie. De modo que en ese período predominaba el amor.

—No yo..., no sé. Me agobié. Esa chica... —Levanté una mano en el aire mientras sostenía el libro en alto—. Me oyó decir todo eso y ahora Austin se está comportando como un idiota y ella con toda seguridad se siente del carajo.

Kael asintió ligeramente.

—No sabías que iba a entrar.

—Da igual.

—Intenta no preocuparte por ello. Sé que te vas a torturar al respecto, porque tú eres así...

—¡¿Qué?!

Ahora era él el que se había dado un buen susto. Era evidente que no había querido decir lo que había dicho. O, tal vez, pretendía expresarlo de manera diferente. Se quedó con la boca abierta un momento.

—¿Qué quieres decir con eso de que «yo soy así»? —lo acusé.

Más le valía no haber querido decir lo que yo creía que había dicho.

Respiró profundo.

—Sólo decía que sé que te preocupas mucho por las cosas y que te presionas mucho a ti misma. Que tiendes a culparte demasiado.

Quise levantarme y decirle que se largara de mi habitación, pero me quedé ahí sentada, aferrada al libro, con las piernas cruzadas bajo mi cuerpo.

—¿Y sabes eso por...? —pregunté, sin querer saber en realidad lo que iba a responder.

Ya me había convertido en esa clase de chica para él, la clase de chica por la que tiene que preocuparse, o tal vez a la que tiene que cuidar. Detestaba la idea.

Yo no pensaba ser así.

Yo no era así.

—Vamos... —replicó.

Ya no parecía inseguro por lo que había dicho ni cómo, parecía enojado.

—Te comportas como si me conocieras. Y llevas aquí, ¿cuánto? ¿Una semana? Y la mitad del tiempo has estado desaparecido en combate.

—Entonces ¿te molestaste al ver que no regresaba? —preguntó.

¿Por qué estaba tan hablador de repente? ¿Y cómo podía hacer que parara?

—Eso da igual. El caso es que no me conoces, así que no digas que estoy haciendo algo o haciéndome la víctima o lo que sea. —Mi voz sonaba aguda y dramática.

—Yo no dije eso. —Suspiró, y se frotó las mejillas con ambas palmas—. Y desde luego no dije nada de que te hagas la víctima.

—Dijiste: «Te presionas mucho a ti misma».

—Olvídalo —repuso vencido—. Olvida lo que dije.

Estaba tan enojada, tan avergonzada y me sentía tan mal... No me daba cuenta de que me estaba desquitando con Kael. Al menos se había molestado en venir a mi cuarto para, imagino, ver cómo estaba. Eso era muy amable de su parte.

—Lo siento —me disculpé—. Estoy frustrada y me estoy desquitando contigo. Supongo que es normal, ya que —dibujé unas comillas en el aire— siempre estoy enojada.

—No deberías ser tan dura contigo misma. La gente mete la pata. Estamos diseñados para eso —me dijo.

Intentaba cambiar de tema, y lo agradecí, porque me sentía como una mierda. Se me había bajado completamente la borrachera, pero Kael me seguía pareciendo distinto a antes de esa noche, incluso sin el vodka que me había tomado.

—¿La gente mete la pata? Qué deprimente —exclamé.

Me gustaba cómo sonaba, por cínico que fuera.

Se sentó a mi lado en la cama y la estructura de metal rechinó. Era demasiado grande para mi cama. Parecía un adulto en una casa de muñecas. Tenía la sensación de que estaba a punto de sermonearme, o que tal vez fuera a preguntarme si había hecho la tarea. Sus ojos cómplices estaban fijos en mí y, extrañamente, no los apartó ni miró al suelo.

—Así es la vida —comentó sin dejar de mirarme.

—¿La vida es deprimente?

—Todas las vidas con las que me he cruzado —respondió.

No podía contradecirlo, aunque aquello hacía que todo cobrara mucho peso.

—Sí, supongo que tienes razón. —Fui yo la primera en apartar la mirada.

—Fuiste tú quien me dijo que cuando las estrellas se extinguen, lo bueno en el mundo muere. —Se rio con suavidad—. Es lo más deprimente que he visto y oído en muuucho tiempo —concluyó.

Me reí y lo miré a los ojos. Me sacaba una cabeza sentado, y sus jeans negros y su piel oscura contrastaban de maravilla.

Kael trasladó las manos hasta su pierna y sentí mariposas en el estómago al pensar que después pasarían a mí, que me tocaría. Pero lo único que hizo fue frotarse el muslo.

—¿Qué te pasa en la pierna? —quise saber.

A pesar de las voces en el piso de abajo, no oía nada más que la lenta respiración de Kael y el sonido del aire acondicionado soplando desde el techo.

—Me... —empezó a decir, pero vi cómo vacilaba—. A veces me duele. No es nada importante.

—¿Puedo preguntarte por ello? —dije, haciendo una pregunta.

Recordaba su primer masaje y el hecho de que se había dejado los pantalones puestos todo el tiempo. También recordaba verlo cojear, pero no estaba segura del todo.

—No tienes por qué contármelo. Pero igual... podría ayudarte, ¿sabes? —le expliqué.

Cerró los ojos y guardó silencio mientras dejaba pasar los segundos.

—No es necesario... —Empecé a disculparme por haber preguntado, pero entonces se inclinó, agarró el dobladillo de los pantalones y empezó a enrollar la tela.

Fue un momento muy intenso, todo se había detenido entre los dos.

Y, entonces, una llamada al celular interrumpió el silencio. Era el de Kael. Me tomó por sorpresa, y di un brinco. Kael soltó los pantalones, se puso de pie y sacó el teléfono del bolsillo. Su expresión cambió al mirar la pantalla y silenció la llamada. El corazón se me aceleró; latía con fuerza en mi interior.

—¿Está todo bien? —pregunté.

Su atractivo rostro frunció el ceño mientras miraba el número. Ignoró la llamada. Me pareció que le llegaba un mensaje, pero no estaba segura.

—Sí —contestó.

No lo creí.

Volvió a guardarse el celular en el bolsillo y me miró. Dirigí la vista inmediatamente a su pierna derecha y dio un paso atrás. Después inspeccionó mi dormitorio como si buscara algo.

—Tengo... eh..., tengo que irme —tartamudeó.

Se puso en marcha muy rápido, como un buen soldado, y abrió la puerta antes de que pudiera detenerlo. Su nombre se quedó atrapado en mi garganta cuando volteó para dirigirse a mí como si fuera a decir algo. Nos quedamos mirándonos a los ojos durante medio segundo, y entonces pareció cambiar de idea y se alejó de mí. No sabía qué pensar sobre lo que acababa de suceder. Habíamos estado tan cerca el uno del otro... Yo me había abierto a él, y él empezaba a abrirse a mí y, de repente, ya no estaba.

Me sentía tan abrumada por todo que ni siquiera entendía por qué me eché a llorar desesperada en el momento en que desapareció de mi vista.

CAPÍTULO 48

Me desperté con un dolor de cabeza como nunca antes había experimentado. Sentía la boca como el interior de la jaula de un hámster y las manos demasiado grandes para mi cuerpo. Me dolía hasta el cabello. Me di la vuelta y enterré el rostro en la almohada para no tener que abrir los ojos. Hurgué en la cama en busca del celular. ¿En qué momento me había metido a la cama y bajo las sábanas? Por fin sentí el frío cristal contra las yemas de los dedos. Me volteé lentamente. Y, aún más lentamente, abrí los ojos.

Dos llamadas perdidas y un mensaje de «¿Dónde estás?» de Austin.

Pero, cómo no, la persona en la que yo estaba pensando era Kael.

Genial.

Bastante malo era que fuera la última persona en la que pensaba antes de quedarme dormida. ¿Tenía que ser también la primera en la que pensara al despertarme? Me lo imaginaba ahí sentado, a mi lado. Casi podía sentir la huella que su cuerpo había dejado en la cama. Y podía visualizar su rostro cuando salió por la puerta, dejándome sola.

Tenía que hacer algo respecto a esta situación.

Tenía que mantenerme alejada de ese chico.

«Si piensa que voy a estar ahí esperándolo para cuando se le antoje regresar, qué listo». ¿Quién se creía que era, con toda esta mierda de aparecer y desaparecer a su antojo? Ese tipo estaba jugando conmigo. ¿A qué venía eso de «Entonces ¿te molestaste al ver que no regresaba?»? «Claro que me molesté, Kael. Me molesté, tal y como suponías que haría».

La noche anterior se había abierto a mí. Había bajado la guardia. Había hablado. Había escuchado. Había reído. E incluso empezó a subirse las perneras de los jeans... Estábamos acercándonos tanto..., y de repente se transformó de nuevo en el extraño que conocía el marido de Elodie.

No quería volver a verlo.

Necesitaba verlo.

No quería saber adónde había ido la noche anterior.

Necesitaba saberlo.

Jamás debí haber dejado que se quedara en casa la noche que Elodie lo trajo. Jamás debí haberlo llevado a la cena en casa de mi padre. Y, desde luego, jamás debí haberlo traído a esta fiesta.

No me gustaba toda esta ira y arrepentimiento. ¿Cómo se atrevía a hacerme sentir así?

«Lección aprendida. Acuérdate, Karina. Recuérdatelo a lo largo del día.

»¡Mierda! ¡El día!».

Tenía que irme a trabajar. Miré la hora rápidamente en el celular. Eran las nueve, y tenía que estar en el trabajo a las diez. Daba igual que me sintiera como una mierda. Nadie podría cubrir mi turno avisando con tan poco tiempo. Además, necesitaba las horas para pagar la factura de la televisión por cable, de modo que no me quedaba más remedio que aguantarme. Estaba acostumbrada. Menos mal que no tenía ninguna reservación hasta después de comer. Me tocaba a mí encargarme de los clientes que venían sin cita. Pero en esta ocasión me iba bien, porque la mayoría de los clientes nuevos no hablaban mucho durante su primer tratamiento. El que no se consuela es porque no quiere.

Salir de la cama fue lo que más me costó. Lo primero que más me costó, quiero decir. Más que salir, lo que hice fue arrastrarme boca abajo. Después, me puse con esfuerzo los pantalones y a continuación la camiseta. Tomé una de mis antiguas ligas del cabello que estaban en mi tocador y me recogí el cabello en una cola de caballo mientras reproducía en mi mente los acontecimientos de la noche anterior en *loop*.

No quería admitirlo, pero estaba empezando a sentir una atracción adictiva. Era una adicta. No había otra palabra para expresar lo que sentía. Su precioso rostro. Su cuerpo fuerte. Su voz, cargada de seguridad. Me encantaba el hecho de que pasara de hablar de banalidades, como si supiera por instinto qué era lo que importaba. Se notaba que los demás chicos lo admiraban. Pero ¿qué le pasaba? ¿Qué lo hacía pasar de ser un chico más en una fiesta tomándose una cerveza a un soldado hiperalerta y en guardia? ¿Qué había querido decir Mendoza sobre «su chico»?

Los ronquidos de mi hermano ahogaron la voz de Kael en mi cabeza cuando pasé por delante de su cuarto. Me alegré de que estuviera dormido. No quería hablar con él. Ni con nadie más, de hecho. Una pipí rápida y...

—¡Ay, mierda! Uy... Lo siento mucho. No sabía que hubiera alguien aquí. —Salí corriendo del baño intentando no mirar.

¿Qué acababa de pasar?

Caminé de reversa hacia el pasillo de nuevo, sin saber si debería irme o si debería esperar a que saliera. Estaba tratando de averiguar cuál era la etiqueta en una situación como ésta cuando la puerta del baño se abrió y apareció Katie.

—Desde luego, sabes cómo hacer una entrada triunfal, ¿eh? —Tenía un cepillo de dientes en la mano y llevaba el cabello perfectamente cepillado justo sobre los hombros.

—¡Vaya! Eh... ¡Hola! —Por si la situación no fuera lo bastante incómoda de por sí—. Oye, lo siento.

—Esto se está convirtiendo en un hábito. El que yo te sorprenda y tú te disculpes. —Se echó a reír. Supongo que era algo gracioso—. No te preocupes —aseguró—. En serio. No pasa nada. Anoche me tomó por sorpresa. Lo que dijiste, quiero decir.

—Ya, respecto a eso...

—No, no pasa nada, en serio. A ver, lo de que si todavía estaba en la prepa y eso no me gustó nada, pero en cuanto a todo lo demás, lo de tu hermano, no me dijiste nada que yo no supiera ya.

—¿Cómo? ¿Quieres decir que...?

—No soy idiota, Karina. He oído muchos comentarios sobre tu hermano. Pero, al igual que tú, no creo todo lo que oigo. —Tenía una mirada cómplice.

Centró sus ojos azules en mí. Ahora desde luego no parecía ninguna chica de preparatoria.

No sabía si era por la cruda o por la impresión de haberme topado con ella así, pero ¿qué demonios?

—¿Y eso qué significa?

—Tal vez en otro momento, ¿de acuerdo? Fue una noche muy larga. —Hizo una pausa para estirarse de manera

228

exagerada, haciendo que la camiseta demasiado grande para ella que llevaba puesta se le levantara lo suficiente como para ver que hacía tiempo que la enfermera Katie no se depilaba en la línea del bikini—. Estoy cansada, y quiero regresar a la cama. Además —añadió—, aquí hace frío.

Y, sin más, dio media vuelta y regresó junto a mi hermano.

CAPÍTULO 49

Elodie no estaba en casa cuando llegué. No recordaba si trabajaba o no. ¡Si había estado a punto de olvidar que yo trabajaba! Y tampoco me había fijado en si su coche estaba o no en el camino de acceso.

Me di un baño rápido, pero seguía agonizando cuando salí. Brien solía tener un kit contra la cruda en su habitación. Paracetamol extrafuerte para el dolor de cabeza. Benadryl para la hinchazón. Pedialyte para reponer los minerales esenciales y Alka-Seltzer para aliviar el estómago. Era como un *boy scout* depravado, siempre preparado. ¿Qué no daría ahora por un par de paracetamoles? «Quédate con el exnovio y dame los medicamentos». Sonaba genial. Busqué en toda la casa, pero no encontré nada. Incluso busqué en el cajón donde guardo las bolsitas de salsa de soya y los palillos, por si me encontraba algún sobre individual de paracetamol o de ibuprofeno. Me daba igual que estuvieran caducados. No había nada de nada, pero encontré una vieja galleta de la fortuna y la abrí.

No necesitas fuerza para pasar página.
Sólo necesitas comprensión.

231

«De hecho, querida empresa de galletas de la fortuna, en realidad lo que necesito es una aspirina».

Me hice un café y me senté a la mesa de la cocina, con la mirada perdida. Mi madre, mi padre, Austin, Kael..., todos los que causaban estrés en mi vida parecían ponerme a prueba. Dándome toquecitos en el hombro y jalando los músculos de mi espalda. Quería golpearme la cabeza contra la pared para llorar o gritar. Pero tenía que irme a trabajar y, como todo el mundo se empeñaba en recordarme, yo era la responsable.

«Adelante —me dije a mí misma—. Pon un pie delante del otro y haz lo que hay que hacer. Así superarás el día».

Y, tras ese pequeño discurso motivacional mental, salí de casa, recorrí la calle y llegué al salón de masajes. Las puertas estaban abiertas cuando llegué y el cartel de Abierto relucía en la ventana. Mali estaba tras el mostrador, atendiendo a un hombre y a una mujer de mediana edad que habían venido para un masaje en pareja. Me alegré de llegar en el momento en que los acompañaban a la cabina para no tener que encargarme yo de ellos. Ella parecía muy emocionada al respecto. Él, en cambio, parecía enojado, como si su mujer lo hubiera arrastrado hasta allí para trabajar en su relación o algo por el estilo. Siempre era tan evidente... Por eso, los masajes en pareja era lo que menos me gustaba hacer. Prefería frotar los talones callosos de un cliente, y eso que también lo detestaba.

—Buenos días, cielo —dijo Mali cuando regresó—. ¿O no tan buenos? —preguntó, escrutando mi rostro con la mirada.

Siempre era capaz de ver en tu interior.

—Cruda —confesé.

Pensé que lo mejor sería admitir al menos la mitad de mi problema.

Observó mi cabello mojado, mi cara y mis ojos hinchados.

—Mmm —fue todo lo que dijo.

El día se me iba a hacer muy largo si incluso Mali, sin ir más lejos, me ponía nerviosa.

—¿Está aquí Elodie? —pregunté.

No veía el calendario desde donde estábamos.

—Sí, y llegó a tiempo —respondió Mali, y asintió con aprobación hacia ella y tal vez con cierto reproche hacia mí, aunque no entendía por qué. Mi primer cliente era a la una.

—No siempre llega tard...

—Ya llegó tu cliente —me informó Mali, mirando hacia la puerta.

—No tengo ningún cliente hasta...

—No es verdad —repuso—. Mira. Mira el calendario.

Señaló el nombre garabateado sobre la delgada línea azul de las diez de la mañana.

—¿Alguien cambió su cita? No leo lo que dice —le pregunté a Mali.

Sonó el timbre a mi espalda y Mali se volteó para recibir al cliente con su dulce voz.

—¿Mikael? Una hora de tejido profundo a las diez. ¿Es usted?

Casi me ahogo con mi propia saliva al voltearme y ver a Kael.

Cómo no, ahí estaba, con una camiseta gris y unos pantalones de correr. Eran negros y ajustados, y tenían un gran logo de Nike en el muslo. Parecía agotado, o crudo. Igual que yo.

—Kael —saludé, como si tuviera que decirme a mí misma que de verdad estaba ahí.

—Hola —respondió.

¿Hola?

¿Había venido para hablar conmigo? ¿O para recibir un masaje? ¿O las dos cosas?

Me parecía demasiado.

Esperó pacientemente mientras yo me recomponía y revisaba su nombre en el calendario. Me quedé mirando a Mali hasta que se fue, a regañadientes, con una sonrisita en la cara. Miré a Kael y sentí que la cinta de las últimas veinticuatro horas se desenrollaba.

Me dije que no me gustaba. Que lo de la adicción era una tontería. Lo único que pasaba era que había transcurrido mucho tiempo desde la última vez que había tenido un contacto íntimo con la especie masculina, y por eso se estaba colando en mi cabeza. Me sentía sola, eso era todo. Todo el mundo se siente solo en algún momento. Es algo normal.

—Por aquí —dije con voz fría y profesional.

Él no era el único que podía mostrarse distante. Aparté la cortina para entrar en mi cuarto y, al hacerlo, Elodie asomó por la esquina como un muñeco sorpresa.

—¡Hola! —exclamó con voz aguda y alegre.

Me dio un susto de muerte y me alejé de un brinco de Kael.

—Me fui antes de que te levantaras. Tenía que... —Dejó de hablar al ver quién estaba conmigo.

—¿Kael? ¡Hola! —Le dio dos besos en cada mejilla y me aparté de ellos.

De hecho, apoyé la espalda contra la pared. Una metáfora más apropiada, pensé.

—Elodie. ¿Qué tal?

Hablaron durante un momento, una conversación amena e informal. Pero cuando vi que él posaba las manos sobre los hombros de ella (un gesto completamente amistoso y apropiado) sentí una oleada de ira. Entonces supe que había perdido completamente la cabeza.

—Tengo hambre a todas horas. Es como si nunca tuviera suficiente. —Elodie se rio.

Kael le sonrió y yo me sorprendí alegrándome de que no se hubiera echado a reír con ella. Sí. La había perdido por completo. Elodie me miró y evité sus ojos. Debía de preguntarse qué pasaba por mi cabeza.

¿Cómo podía explicárselo si ni siquiera yo lo sabía?

—Bueno, nos vemos —se despidió Elodie, y regresó junto a Mali.

Entré a la habitación sin mirar a Kael. Por lo general era mucho más amable con los clientes; jamás les habría dado la espalda. Pero ahora lo había hecho. Había dejado que él me siguiera. Quería que viera lo que se siente al ver a alguien desaparecer por una puerta.

CAPÍTULO 50

El cuarto estaba muy oscuro, de modo que encendí unas cuantas velas. Era una de esas tareas que me ayudaban a empezar bien el día, casi un ritual. Mali tenía un par de encendedores automáticos Bic en cada habitación, pero yo prefería los cerillos. Me encantaba escuchar el sonido de la cabeza de fósforo deslizándose por la superficie rugosa del rascador y la pequeña explosión que hacía que la llama cobrara vida. Era mucho mejor que el irritable clic, clic, clic de esos encendedores.

Era consciente de que Kael estaba de pie delante de la puerta. Podría estar considerando su ruta de escape o tal vez incluso considerando una huida rápida. Quién sabe. Lo ignoré mientras encendía las velas. De aroma a almendras, de Bath and Body Works.

—Ahora regreso, te daré un par de minutos para que te desvistas —dije, pero él se quitó la camiseta mientras me disponía a salir, así que no me dio tiempo.

Exhalé con ligera indignación para expresar mi descontento y me volteé de cara a la pared. Podía sentir los tensos movimientos de los músculos de su hombro mientras se sacaba la camiseta por la cabeza.

—Podría haber salido.

—Sólo tengo que quitarme los zapatos y la camiseta —me dijo.

Seguía siendo un cliente, independientemente de lo que hubiera pasado o no entre nosotros. Independientemente de mis sentimientos. Como si yo supiera cuáles eran. No quería en absoluto comportarme de manera inapropiada con él en mi lugar de trabajo. Fuera de este edificio igual le habría dado una bofetada. Pero aquí... En fin, mi trabajo consistía en sanar, no en dañar.

Me quedé mirando mi pared morado oscuro e intenté imaginármela azul marino. Todavía no había decidido de qué color pintarla, pero Mali me había dado su aprobación el día anterior, lo cual suponía al menos una victoria en esa locura de semana. El aroma limpio y masculino de la vela se extendía por la habitación y sentí que mi respiración se volvía lenta. Me quedé observando la llama hasta que oí rechinar la camilla y el suave deslizar de la sábana. Conté hasta diez en cuanto dejó de moverse.

—¿La misma presión que antes? —pregunté.

Estaba ahí acostado boca arriba, con el estómago expuesto. Tenía la sábana y la cobija finas a la altura de la cadera.

Asintió. Genial. Otra vez la misma historia. Tenía los ojos abiertos y me seguía por el cuarto con la mirada.

—Normalmente empiezo por la espalda, lo que significa que el cliente tiene que acostarse boca abajo —comenté.

—El cliente —repitió—. Bueno, ése soy yo. —Kael se dio la vuelta y apoyó la cabeza en el hueco para la cara.

Tomé una toalla caliente del calentador e intenté pensar en él como en un cliente cualquiera, algo que me resultaba imposible. ¿Estaba jugando a algún tipo de juego conmigo? Desde luego, lo parecía.

Coloqué la toalla caliente sobre su espalda. El calor húmedo ayudaría a relajar sus músculos y haría que el masaje fuera más eficaz. Tomé otra toalla caliente y se la pasé por los brazos y los pies. En silencio, me centré en la suavidad de su piel e inhalé su esencia: a cedro y a hoguera, creo. Y, definitivamente, a jabón de barra. Kael no tenía pinta de usar gel de ducha.

Me dispuse a verter un poco de aceite de menta en la palma abierta, pero me detuve al recordar que lo había rechazado en su primera sesión. Aquel «no» cortante fue uno de sus primeros monosílabos. Me froté las manos para calentármelas, aunque me habría encantado sorprenderlo tocando su piel caliente con unos dedos gélidos. Una pequeña venganza por el jueguito que se traía conmigo.

Me estaba enojando de nuevo. De hecho, estaba a dos minutos de decirle que se levantara de la camilla y que se largara, o que al menos me explicara de qué se trataba. Ya me estaba arrepintiendo de haberme abierto con él. Todas esas cosas que sabía sobre mi madre, sobre mi padre..., sobre mí. Puse la música desde mi celular. Banks. Que ella le dijera que estaba harta de dejar pasar el tiempo. Me aseguré de que la música estuviera lo bastante alta como para que distinguiera las letras, pero no tanto como para que pudiera molestar a otros clientes. Profesional ante todo.

Los pantalones de Kael estaban decolorados, la parte del dobladillo de las perneras estaba casi morada de tanto lavarlos. Es lo que tiene el algodón negro, que se vuelve de color berenjena. Genial. Ahora había regresado a la noche anterior, a la fiesta, a mi dormitorio, a mi colcha morada.

Una vez más, nos vi a los dos juntos. A Kael desprendiéndose de su armadura emocional. Dejando a un lado sus protectores invisibles.

Eché un vistazo por la habitación y vi el resplandor morado de todo. ¿Por qué estaba rodeada de morado? En ese momento, me sentí afortunada de tener siete cerebros en mi cabeza y que todos estuvieran pensando cosas distintas al mismo tiempo. Era mi propio servicio de *streaming* y, por suerte, podía cambiar de canales para que los siguientes cincuenta minutos no resultaran incómodos para ninguno de los dos.

¿Comedia? ¿Drama? ¿Programas de manualidades?

«¿Qué prefieres, Karina?».

Me hacía bien pensar en otras cosas mientras le frotaba los talones y le pasaba las manos por las espinillas. Paracetamol. Pasaría a la farmacia después de trabajar para comprar una caja. ¿Qué más necesitaba? ¿Shampoo? Intenté subir un poco la pernera, pero estaba muy pegada en la parte inferior. No cedía. Su teléfono sonó. Se metió la mano al bolsillo, pero no contestó y no fui capaz de preguntarle quién era.

Estuve a punto de decirle que la mayoría de los clientes prefieren desconectar el teléfono para que nadie los interrumpa. Pero ¿a quién quería engañar? Kael no era como la mayoría de los clientes.

Ascendí por la parte trasera de su muslo y deslicé las manos por su espalda desnuda. Intenté pensar en la película que vería cuando me tirara en el sofá después de trabajar, pero me costaba pensar en otra cosa que no fueran los músculos de sus hombros, tan prominentes bajo su piel suave y oscura. Justo debajo de sus omóplatos había un punto que debía de dolerle al presionárselo.

—¿Te duele aquí? —le pregunté.

—Sí —respondió.

—¿Y te duele siempre o sólo cuando te toco?

—¿Hay alguna diferencia?

—Sí. —Apreté el músculo con el pulgar.

—Uf, sí. Me duele siempre.

—¿Por qué no dijiste nada antes? —No recordaba haberlo notado, pero era imposible que se pusiera así en sólo una semana.

—¿Por qué iba a hacerlo? —preguntó.

Ojalá pudiera ver sus ojos mientras hablaba.

—¿Porque te duele? —Presioné con más fuerza de lo normal y gruñó. El tejido se separó bajo la presión de mi tacto—. ¿Porque te lo pregunté?

—Me duele todo —contestó—. Todo el cuerpo. Siempre.

CAPÍTULO 51

Me encantaba mi trabajo, pero no me gustaban los estereotipos. Me había esforzado mucho para ser masajista: clases de anatomía, de trabajo corporal, de fisiología e incluso de psicología y métodos de ética profesional. Había practicado cientos de horas; había aprobado el examen de Masaje y trabajo corporal y había obtenido mi licencia. Y, después de todo eso, tenía que seguir aguantando las típicas bromitas sobre los «finales felices».

Recuerdo la primera vez que alguien sugirió que era una trabajadora sexual con bata. Le brillaron los ojos cuando le dije que trabajaba en un salón de masajes. Yo estaba sentada en una cafetería, disfrutando de un café *latte* y de un libro cuando un tipo algo mayor se sentó a mi lado y me preguntó qué estaba leyendo. Estuvimos un rato platicando, parecía bastante simpático. Al menos hasta que empezamos a hablar de a qué nos dedicábamos. Me dijo que era abogado en un prestigioso bufete. Intentó impresionarme mencionando, así como quien no quiere la cosa, a algunos clientes importantes y hablando sobre horas facturables.

Yo le conté que acababa de convertirme en una masajista calificada y que estaba muy contenta de empezar mi carrera profesional. Empecé a parlotear sobre salud y bienestar, sobre la conexión cuerpo-mente y sobre cómo la masoterapia era un sector en expansión hasta que levantó las cejas, se inclinó hacia mí y dijo:

—Vaya, así que eres... «masajista». —Su tono no dejaba lugar a dudas, así como sus intenciones.

Aparte de los pervertidos con proposiciones asquerosas, la familia y los amigos también me hacían las típicas bromitas, y ellos podían ser aún peores.

La mayoría de los clientes eran respetuosos y parecían entender que muy pocas trabajadoras del sexo se ocultaban bajo el título de masajista. Habían hecho una redada recientemente en un pequeño salón que estaba al otro lado de la ciudad, y eso nos había afectado un poco. Fui a pedir trabajo allí antes de que Mali me contratara, y se me ponen los pelos de punta sólo de pensarlo. También hacía que apreciara a Mali más todavía, si es que eso era posible. El modo en que gestionaba su negocio, velando por nuestros intereses.

Me encantaba mi trabajo, poder aliviar el dolor y el alma de las personas con las manos. Sanar a la gente, ofrecerles alivio, tanto físico como mental. Mi carrera era mi pasión, y detestaba que ese sector que tanto amaba se viera tan afectado por culpa de unos pocos. Jamás sería una de esas personas que se arriesgaban, que traspasaban la línea de lo apropiado, ya fuera por dinero o por deseo. De modo que intenté centrarme en el tratamiento que estaba proporcionando, limitándome a echar alguna miradita de vez en cuando al cuerpo desnudo de Kael, no importaba cuán duro fuera.

Ahora estaba boca arriba, con los brazos a los lados. Respiré profundo. No miraría su piel desnuda.

Nunca antes había pensado en un cliente de este modo y no pensaba empezar ahora. Bueno, ya había empezado, pero no dejaría que continuara. Intenté distraerme con la fisiología, nombrando todos los músculos del pecho. El pectoral mayor. El pectoral menor. El serrato anterior. Recuerdo que nos dijeron en clase que las mujeres están biológicamente programadas para preferir a los hombres con pechos y hombros fuertes, por algo relacionado con los niveles de testosterona. Así que, en realidad, no estaba siendo poco profesional. Era pura biología.

—Me gusta esta música —dijo Kael de repente, sorprendiéndome.

—Gracias —respondí.

Quería decirle que Kings of Leon era uno de mis grupos favoritos de todos los tiempos y que su primer álbum era lo más cercano a una obra maestra que jamás había escuchado. Pero estaba harta de abrirme con él.

Cuando terminé de trabajar la parte superior de su muslo por encima de los pantalones, pasé a la cabecera de la camilla. Empecé a masajearle la nuca, presionando con firmeza el tejido blando de su cuello. Sus ojos, que habían permanecido cerrados mientras trabajaba en sus piernas, se abrieron lentamente.

¿Me había visto admirando sus marcados rasgos en la profunda curva de sus labios? Me negaba a ser la que rompiera el hielo aquel día. Me había dejado de un modo tan repentino la noche anterior, sin aviso ni explicación algunos... Y había tenido la desfachatez de presentarse aquí y hacer como que no había pasado nada.

Puede que por eso estuviera tan enojada. Porque no había pasado nada.

Deslicé los dedos por su pecho trazando amplios círculos por toda su envergadura. Sentí cómo se separaban sus

245

firmes músculos bajo mis yemas. Casi podía notar cómo se liberaba la tensión a través de sus poros.

—Hoy estás muy callada —señaló Kael.

Dejé de mover las manos.

—Tú no has dicho nada —respondí.

—Acabo de decir que me gusta la música.

Puse los ojos en blanco y apreté los labios.

—Quieres decir algo, lo sé.

—Ah, lo sabes —convine—. Claro. Lo había olvidado. Me conoces muy bien. —El sarcasmo es el mejor amigo de las mujeres—. ¿Qué estás haciendo aquí?

—Sabías que iba a venir.

—Me dijiste que querías hacerte un masaje. No me dijiste cuándo. No me hablaste de ninguna hora —argumenté—. Ni nada parecido.

Permaneció callado durante unos compases de la canción.

—Sí, eso pensaba —añadí en voz baja.

Kael levantó la mano de debajo de la cobija y me agarró de la muñeca. Sus ojos eran unos pozos profundos de los que no podía apartar la mirada. No me moví ni un ápice. Todo se detuvo. Incluso mi respiración. La palabra *intenso* se queda infinitamente corta a la hora de describir el momento.

—¿Por qué no me cuentas qué está pasando dentro de esa cabeza tuya, Karina?

Hablé sin pensar.

—Demasiadas cosas. —Me puse a su lado con la cadera alineada con su pecho—. Demasiadas... —No pude terminar.

Sentía sus dedos tan cálidos presionando contra mi pulso... Tenía que sentir la fuerza de mis latidos en sus yemas.

—Suéltalo —me dijo en apenas un susurro.

Sus pupilas, tan oscuras bajo la luz de las velas, me sondeaban en busca de mis palabras.

Mis inseguridades me decían que buscaba algo más, un punto débil.

—¿Para que puedas irte? —le espeté.

Cerró los ojos y sus espesas pestañas desempolvaron sus mejillas. Me parecía increíble que hubiera un tiempo en el que lo miraba y no veía su verdadero aspecto.

—Me lo merezco —contestó.

Todavía no me había soltado la mano.

—Me merezco eso y mucho más. —Abrió los ojos—. Así que, adelante.

Suspiré y jalé mi mano. Me la agarró con más fuerza, pero conseguí liberarme.

—¿Qué estamos haciendo? —le pregunté.

Tenía tantas cosas que decir... Tantas cosas que preguntar... Pero mis pensamientos tropezaban con mis palabras. No tenía ni idea de qué había guardado bajo llave en esa cabeza suya. No sabía por dónde empezar.

—Estamos hablando. Bueno, tú estabas a punto de hacerlo.

Me aparté de la camilla y se incorporó, volteándose hacia mí.

—En serio, ¿para qué viniste?

Se me quedó mirando. No contestó, sólo me observaba.

—Ya estás otra vez con eso —repliqué lo bastante alto como para que me oyera por encima de la música, pero no tanto como para que pudieran oírme fuera de la habitación.

—Escucha. —Enderezó la espalda.

Levantó la mano como si quisiera tocarme, pero la dejó caer de nuevo antes de que yo decidiera qué habría hecho.

—Siento haberme ido anoche. Pasó... Le pasó algo a un amigo y tuve que irme. No debería haberte dejado así, pero... —Pronunciaba las palabras como si se las arrancaran—. No puedo explicarlo, pero tenía que estar con él.

—Si tu amigo te necesitaba, ¿por qué no me lo dijiste? Lo habría entendido.

Levantó una ceja.

—No lo sé. Supongo que me dio pánico.

Se miró las manos.

—Verás..., eh... Esto no se me da muy bien. —Se le atascaban las palabras.

—A mí tampoco. —Me paseé por la habitación en un vano intento de alejarme de él—. Y no te estoy preguntando si estamos saliendo o algo parecido, pero no tengo espacio para esto en mi vida ahora mismo —divagué—. Ahora vienes, ahora te vas... He vivido eso durante toda mi vida y ya tuve suficiente. No necesito más.

—No pretendía ir y venir.

—¿Y qué pretendes exactamente?

Dejó caer los hombros, vencido.

—Ojalá lo supiera. En serio, Karina, no sé ni qué día es hoy. Yo también estoy confundido. Conocer a alguien era literalmente la última de mis intenciones.

—¿Es eso lo que soy? ¿Alguien a quien has conocido?

Se encogió de hombros.

—Yo tampoco sé cómo definirlo. Lo que sí sé es que he dado cuatro vueltas a la manzana mientras me decía que no tenía que entrar. —Me miró—. Pero aquí estoy.

Por primera vez fui yo la que se quedó callada.

CAPÍTULO 52

Hay ocasiones en las que no es necesario decir nada. Hay ocasiones en las que todo es fácil y puedes compartir una habitación o un momento sin tener que llenar el espacio con palabras, en las que todo encaja. Ésta no era una de ellas.

El ambiente podía cortarse con un cuchillo.

Kael también debía de sentirlo.

—Me he gastado mucho dinero en masajes —dijo, su primer intento de hablar de banalidades.

—Autocuidados —respondí.

Ambos nos echamos a reír y me invadió una sensación de alivio. El modo en que su risa se mezclaba con la mía era como música. Era uno de esos momentos que me habría gustado atrapar y conservar en un frasquito colgado al cuello, como hizo Angelina Jolie en su momento con la sangre de su amado.

Bueno, ese pensamiento era un poco raro. ¿Por qué pasaba mi mente de un tema a otro de esa manera?

—Por si sirve de algo —dijo Kael—. Lo lamento.

—¿Haberte ido anoche? —pregunté, para aclarar la situación.

Asintió, y dejó caer sus piernas largas y musculosas por el lado de la camilla. Me sorprendió que no tocaran el suelo.

—Quería estar contigo, en esa habitación, escuchando cómo contabas tus historias. Me encanta cuando cuentas historias... Podría escucharte durante horas —aseguró.

Subí un punto más el volumen para ahogar nuestras voces.

The Hills se burlaba ahora de los dos. Áspera e intrigante, la canción encajaba a la perfección entre ambos y llenaba nuestro silencio.

«*I love it when...*».

—¿Y por qué no lo hiciste? —pregunté por fin.

—Porque mi amigo... —La expresión de Kael cambió.

—¿Tu «amigo»? —pregunté, y entonces caí—. Ah, tienes una...

—No es nada de eso —contestó.

Quiso tranquilizarme, y eso me encantó. De repente, una descarga eléctrica recorrió mi cuerpo.

—Uno de mis compañeros la está pasando bastante mal. Y, eh..., su mujer me llamó y tuve que ir. —La expresión de Kael se tornó dura como una piedra.

Estaba muy confundida. Él se estaba abriendo, pero yo necesitaba más.

—Pero si ibas a ayudar a un amigo, ¿por qué no podías decírmelo? Lo habría entendido si me hubieras dicho que...

Me interrumpió.

—No soy quién para hablar de los asuntos de Mendoza.

—¿Mendoza? —Atravesé la habitación y me detuve directamente delante de Kael.

Suspiró. Se mordió el labio.

—No es cosa mía, Karina. No voy a hablar de ello.

Apreciaba su lealtad hacia su amigo. De verdad que sí, pero ¿acaso no era su amiga yo también? ¿No era alguien? Al parecer no.

—Vaya, eso es muy raro en ti. Lo de no hablar de algo —repliqué con toda la intención de picarlo, o al menos de que le ardiera un poco. No funcionó.

Me miró como si se estuviera sometiendo a la prueba del polígrafo y acabara de preguntarle su nombre y si el cielo era azul. Autocomplaciente. Seguro de sí mismo. Tranquilo de la madre.

CAPÍTULO 53

No eran ni las doce y ya quería que el día terminara. ¿Cómo se atrevía a venir aquí a complicarme la existencia? Sólo quería tener una vida normal. Un buen trabajo. Una buena casa. Un buen novio. Otras personas disfrutaban de eso. ¿Por qué yo no?

Respiré profundo e intenté aflojar un poco. Pero tuve cuidado de no venirme abajo. No delante de él. Nunca más.

—¿Ya terminamos? —pregunté.

Se encogió de hombros.

—Aún me quedan diez minutos. —Levantó el celular a modo de prueba.

—Bueno. Pero tienes que comportarte como un cliente normal. Esto es mi trabajo y, a diferencia de ti, me pueden despedir.

Kael apartó la mirada de mí y la dirigió a la pared a mi espalda, centrándola en la estantería donde tenía la bocina y las toallas limpias. Al lado de las toallas, en una pequeña estructura de madera, había una foto mía con Austin y Sammy. Era de la fiesta de bienvenida de primero, y Sammy y Austin fueron juntos en su segundo intento de ser pareja. Yo fui sola.

Sammy y yo nos habíamos arreglado muchísimo para la fiesta. Su vestido era de un reluciente rojo con la espalda al aire. El mío era morado, ahora que lo pienso. Morado *ombré*. El cuello era de un color pálido, casi malva, pero el color cambiaba a medida que envolvía mi cuerpo, pasando de un tono claro a uno oscuro hasta el final, que parecía sumergido en tinta. Compramos los vestidos en JC Penny, pero dejamos puestas las etiquetas para poder devolverlos al día siguiente.

—Bueno. Un cliente normal. Lo entiendo —contestó.

Intentaba romper mi cascarón, pero no pensaba permitírselo. Se encogió de hombros y se acostó de nuevo boca arriba. Esta vez hice lo que suelo hacer siempre con los clientes nuevos o los que llegan sin cita y le puse una toalla suave sobre los ojos.

Bajé el volumen de la música y le levanté el brazo derecho. Lo doblé ligeramente a la altura del codo y jalé con suavidad y, al hacerlo, los gruesos músculos de su espalda se movieron a modo de respuesta. Bajé hacia el bíceps. Sus bíceps no estaban hinchados de esa manera tan artificial como algunos a causa de los suplementos y las visitas diarias al gimnasio. Eran compactos, y sabía que eso era fruto del esfuerzo y el trabajo físico. El trabajo que requiere el ejército.

Usé mi antebrazo para aplicar presión en el nudo que tenía justo debajo del bíceps, donde había una cicatriz que parecía una «M» inacabada. La piel teñida de rosa estaba hinchada y blanda. Me costó la vida no pasar el dedo por encima. Intenté no pensar en el dolor que debió de sentir, fuera con lo que fuera que se había hecho la cortada.

Era una cicatriz profunda, como de un tajo hecho con un cuchillo de sierra. Se me encogió el corazón. Deslicé los dedos por su antebrazo, la parte de su cuerpo más pigmentada. Tenía el bronceado de un soldado, que era igual que el de un agricultor, pero peor, porque lo adquirían en el desierto, asándose al sol. Le tomé la mano y apreté la base de su palma con el pulgar durante unos segundos. Sentí cómo sus dedos se relajaban y fui moviendo la presión por la palma de su mano.

¿Había sido tan sólo la noche anterior cuando habíamos estado sentados el uno junto al otro sobre mi cama de la infancia?

Empecé a pensar en Mendoza y me pregunté si estaría bien. No había transcurrido mucho tiempo desde que se fue tras recibir la llamada de Kael. Calculaba unos veinte minutos y, si vivía en la base cerca de la vivienda de mi padre, no podía llevar en casa más de quince. Esperaba que no hubiera conducido.

—Eso es muy agradable —comentó Kael cuando le doblé las muñecas y presioné en los laterales jalando ligeramente al mismo tiempo.

—Acabo de aprenderlo —contesté.

—¿En serio?

—Sí. Vi un tutorial en YouTube y primero lo probé conmigo. Me pareció muy agradable, sobre todo para quienes usan mucho las manos.

—¿Qué? ¿Aprendiste eso en YouTube? —me preguntó, irguiendo la cabeza.

Volví a ponerle la toalla en los ojos y presioné un poco su frente con la palma de mi mano para volver a acostarlo.

—Sí. Es muy útil.

—Eres toda una *millennial*.

—Pues igual que tú. —Apoyé su brazo de nuevo sobre la camilla y me dirigí al otro lado.

—Técnicamente, sí. Dime al menos que tienes una licencia de verdad y que no lo has aprendido todo en YouTube.

—Ja. Ja. —Puse los ojos en blanco—. Claro que tengo licencia. —Recordé que era su cumpleaños—. Por cierto, feliz cumpleaños.

—Gracias.

Volví a guardar silencio y continué con el tratamiento, e incluso le regalé diez minutos de más. Cuando terminamos, me dio las gracias, me pagó, me dejó una buena propina y murmuró un breve «adiós», como un buen cliente.

El hecho de que me hubiera dado lo que le había pedido y que lo detestara me dejó un sabor amargo como el del mal café.

CAPÍTULO 54

Nunca me había alegrado tanto de terminar con todos mis clientes del día. Mali me había pedido que atendiera a un cliente sin cita previa tras aquella horrible sesión con Kael. No sé si fue por el estado de ánimo en el que me encontraba o si era el cliente, pero nada de cuanto hice le pareció bien. Primero se quejó de que aplicaba poca presión y después, demasiada. Luego decía que en la habitación hacía frío, que si podía ponerle dos cobijas. Después, que tenía calor en los pies debajo de las cobijas, que si podía quitarle una. Y que si por favor podía apagar la vela porque la fragancia le estaba dando dolor de cabeza a la mujer.

Hice todo lo que me pidió, e incluso intenté razonar conmigo misma sobre ella. Tenía la sensación de que era una prueba del universo de si Kael podía arruinarme el día o no. De algún modo, todo parecía estar relacionado con él, y mi imaginación empezó a cebarse en ella, ideando una vida en la que estaba saturada de trabajo o infelizmente casada. Tal vez yo era la única persona de su vida en la que podía descargar su ira. Mejor que fuera yo y no sus hijos, o su familia, o incluso ella misma. Empecé a sentir lástima de la mujer. Todos podemos tener un mal día. Incluso cuando dijo que debería cortarme las uñas..., y encima se fue sin dejarme propina. Es posible que le hiciera una seña con el dedo en cuanto salió por la puerta.

El cliente de la una en punto fue mejor, afortunadamente. Y la que llegó después sin cita previa, también: una joven procedente del estudio de yoga de la manzana de al lado. Se quedó dormida casi al acostarse, y tenía la piel suave y ningún músculo tenso en el que trabajar. Aun así, me alegré de terminar mi jornada e irme a casa. Por fin. Mali me había dado un ibuprofeno que tenía por ahí (nunca pagaba por los de marca), y eso me ayudó a bajar la intensidad del dolor de cabeza. Pero seguía sintiéndome del carajo. Estaba ansiosa y enojada, y nada ayudaba.

Sólo pensaba en tirarme en la cama con las persianas bajadas y la cabeza bajo las sábanas. Quería silencio y oscuridad. Pero entonces giré la esquina que daba a mi casita y lo vi esperándome en el porche.

Mi mayor problema y mi mayor alivio empaquetado y entregado directamente en la puerta de mi casa.

Kael.

Parecía nervioso, ahí sentado con los audífonos puestos y la mirada perdida. Estaba tan distraído que por poco no me ve acercarme.

—¿Viniste para que te devuelvan el dinero? —pregunté, intentando quitarle seriedad al asunto.

No me importaba que estuviera allí. No estaba nerviosa. No, no lo estaba. No. En absoluto. Todo iba bien. No dejaría que me afectara. No como él creía que lo hacía. A mí no.

—En absoluto —contestó—. Creí conveniente que termináramos nuestra conversación.

—Bueno. ¿Y qué conversación es ésa? —Estaba haciéndome la loca, y él lo sabía, jugando al gato y al ratón. En fin, los preliminares de los adultos.

—La de conocer a alguien. Ya sabes, si estamos saliendo o no.

—Es evidente que no estamos saliendo —contesté con una sonrisa falsa y forzada.

—Bueno, entonces ¿qué es lo que estamos haciendo?

—Antes no lo sabías —le recordé.

—Ni tú tampoco. —Me devolvió la bolita.

Kael tenía una naranja en la mano. Era una naranja grande, pero parecía pequeña en su mano. La masajeaba suavemente con el pulgar, pero todavía no la había pelado.

—Quiero conocerte. Es lo único que te pido, ¿de acuerdo? —Con una cara como la suya, dudaba que tuviera que molestarse en formular esa pregunta. ¿Quién no querría responder un sí sin pensar? Yo era la única idiota capaz de confundir las cosas. ¿Cómo podía sentir una atracción tan fuerte por este tipo y seguir teniendo dudas de mis sentimientos? O de los suyos.

Lo miré de la cabeza a los pies. No pude evitarlo y repasé su cuerpo musculoso de arriba abajo. Traía una camiseta gris del ejército y unos pantalones de entrenamiento negros. Era injusto que se viera tan bien con cualquier cosa que se pusiera.

—¿Y cómo piensas hacer eso? —pregunté.

Parecía estar respondiendo tal y como él esperaba. Se veía satisfecho, como si esto hubiera formado parte de su plan desde el principio. Me gustaba el hecho de que tuviera uno. La idea de que hubiera un plan hacía que me sintiera importante. Él hacía que me sintiera importante.

—Haciéndote preguntas sobre ti. ¿Cómo si no? —Se mostraba muy juguetón, no tan sosegado como el hombre que había conocido durante los últimos días.

—Muy bien —respondí con escepticismo—. Adelante.

Hizo un gesto hacia el sitio vacío que tenía al lado.

—Siéntate conmigo al menos. ¿Qué clase de cita es ésta?

—No es una cita. Sólo nos estamos viendo, conociéndonos. Eso es todo.

Lo dije más para mí misma que para él, pero no era necesario que Kael lo supiera. Me senté en lo alto del porche y dejé las piernas colgando sobre los escalones inferiores.

—No dejas de decir que no nos conocemos, así que voy a conocerte, aunque sea lo último que haga —me aseguró.

Se veía muy seguro de sí mismo. En sus palabras, en su sonrisa. Incluso el modo en que se había recostado hacia atrás sobre los escalones de cemento denotaba confianza. Sentí cómo una tensión familiar descendía desde el fondo de mi estómago hacia mis piernas.

—Muy bien, de acuerdo. Basta de tonterías. Pregunta algo. —Necesitaba distraerme de la tortura que era ver cómo Kael se lamía los labios mientras pelaba la naranja.

—Sólo traje una, pero podemos compartirla —dijo.

Me encantaba esta versión juguetona de él.

—Vaya cita —bromeé, y negó con la cabeza.

—No. Dijiste que no era una cita.

—*Touchée*. Pero bueno, haz las preguntas o terminaré con esta no-cita de forma prematura —lo amenacé, aunque ambos sabíamos que era una amenaza vana—. De todos modos, eres tú el que no cuenta nada sobre sí mismo.

—Bueno, pues empieza tú —sugirió.

Pensé en qué quería saber sobre él. Había demasiadas cosas.

Música. Es lo primero que me vino a la cabeza. ¡Le preguntaría sobre música!

—¿Cuál es tu grupo favorito?

Volteó hacia mí con los ojos muy abiertos y alegres.

—Hay muchísimos. Me encantan las bandas poco conocidas. Es lo que suelo escuchar normalmente. ¿Qué te parece Muna? Acabo de descubrirlos. Son geniales.

—Muna no son desconocidos, fueron de gira con Harry Styles.

Le conté que me encantaba su música y que Elodie y yo intentamos conseguir boletos para el concierto, pero se vendieron enseguida, así que tuve que atender a unos cuantos clientes extra para poder permitirme comprar los boletos en la reventa.

—Conque Harry Styles, ¿eh? Si pudieras ir al concierto de cualquier artista de todos los tiempos, ¿a cuál irías? —me preguntó.

Asentí firmemente a lo de Harry Styles y pensé en qué concierto elegiría. Alanis Morissette siempre había sido mi respuesta comodín, pero con Kael, escogí lo primero que me pasó de verdad por la cabeza. Resultaba liberador poder ser así de sincera. Me gustaba cómo me ayudaba a salir de mí misma. No le di la respuesta que creí que esperaba. Le dije la verdad.

—Shawn Mendes —respondí.

—¿Shawn Mendes? —repitió.

Casi podía oír la broma que se avecinaba, así que intenté desviar la conversación.

—¿Y tú? —pregunté.

—Yo... Pues, es probable que dijera que Amy Whinehouse antes de que... —Hizo una pausa.

Fue encantador, una señal de respeto. Sonreí y lo animé a continuar.

—O Kings of Leon en su primera gira. Cuando eran prácticamente desconocidos.

—Voy a hacer una lista de bandas desconocidas antes de nuestra próxima... sesión para conocernos, o lo que quiera que sea esto —aseguré.

—Nuestra próxima no-cita —corrigió.

Creo que ambos nos sentimos aliviados de escuchar la palabra «próxima».

—Eso —contesté aliviada y emocionada en partes iguales.

—Bueno —dijo Kael—. Tengo otra pregunta para ti. Si pudieras describir a Austin con una palabra, ¿cuál sería?

—Mmm. —Me di unos toquecitos en la nariz mientras pensaba en una única palabra para describir a mi gemelo—. ¿Bienintencionado? —respondí por fin, pero no estaba segura. No era la palabra que buscaba. No exactamente.

—Eso son dos palabras —dijo.

—No, se admite de las dos maneras —respondí.

Eso le gustó. Se le notaba.

—Tiene buenas intenciones —continué—. Tan sólo toma malas decisiones para ponerlas en práctica.

—Entiendo lo que quieres decir —afirmó, y me daba la impresión de que así era.

—Me toca —dije—. Y tú ¿con qué palabra definirías a tu hermana pequeña?

Su expresión se endureció durante un instante tan efímero que casi creí que me lo había imaginado. Desapareció de su rostro con la misma rapidez con que había aparecido.

Se quedó pensativo un momento, considerando la opción de no responder. Lo veía reflejado en su rostro, pero decidió contestar:

—Portento.

—¿Un portento? —repetí.

Qué bonito debía de ser que alguien te viera de esa manera, sobre todo si era alguien de tu familia.

Asintió.

—Sí, es muy brillante. Y no deja que nada la detenga. Su escuela es una de esas privadas caras en las que sólo enseñan las materias en las que los estudiantes destacan. Lo suyo son las ciencias. Sacó la calificación suficiente para entrar con nueve años, pero mi madre no maneja y no dejaba que fuera sola en autobús hasta que cumplió los catorce. Ahora toma el autobús sola y atraviesa la ciudad todas las mañanas y todas las tardes.

—Vaya —fue todo lo que fui capaz de articular.

La hermana de Kael debía de ser un prodigio en ciencias. Era impresionante y divertido comparar a ese prodigio adolescente que atravesaba la ciudad en autobús para acudir a su escuela para alumnos con altas capacidades con mi hermano, que se metía en líos cada vez que se quedaba en casa.

—¿Siguiente? —Esta vez le tocaba a Kael cambiar de tema.

Formulé una pregunta básica.

—¿Qué te gusta hacer en tu tiempo libre?

—Recibir masajes —me sonrió— y trabajar en casa. Me compré un dúplex mientras estaba desplegado. ¿Te acuerdas de que me llevaste al estacionamiento para que pudiera recoger mis llaves? Se suponía que tenían que estar allí. Pero bueno, me compré un dúplex destartalado y ahora estoy restaurando el piso vacío mientras hago algunas modificaciones en el primer piso para poder rentarlo y repetir el ciclo en otro sitio. Puede que me expanda hacia Atlanta cuando pueda.

—Yo compré mi casa por el mismo motivo —contesté.

Dio un mordisco a la naranja pelada. Podía oler su dulzor desde donde estaba sentada. Se me hizo agua la boca.

—Bueno, al menos la parte del remodelado. No soportaba seguir viviendo con mi padre y su mujer, así que encontré esta casita en internet y he estado reparándola muuuyyy despaaacio. —Alargué las palabras para darles énfasis.

Se echó a reír y se acercó un poco a mí.

—Ya me había dado cuenta.

—¿No crees que estoy haciendo un buen trabajo? —pregunté—. ¿No has visto los azulejos de la regadera? —Seguro que sintió pena ajena al ver la cantidad de proyectos por terminar que había por toda la casa.

Estaba tan cerca de mí, tan cerca que podía oler la naranja en su aliento. No sabía si era yo, o si era Kael, pero uno de los dos se estaba acercando poco a poco al otro. Para cuando Kael y yo nos habíamos hecho preguntas aleatorias como cuánto tiempo aguantábamos sin respirar y qué ruido podríamos estar oyendo todo el día, todos los días sin que nos molestáramos, estábamos a tan sólo unos centímetros de distancia.

Era algo magnético. Una atracción irresistible.

—Podría escuchar cómo hablas todo el día —dijo, para mi sorpresa—. Se ha convertido en una de mis aficiones preferidas.

Me estaba mirando la boca.

El corazón se me salía del pecho.

—Ojalá yo pudiera oírte hablar todo el día —le confesé.

Estábamos tan cerca, acurrucados en mi porche, ajenos a los coches y a la gente que pasaba por delante.

—Un día te arrepentirás de haber dicho eso. —El aliento de Kael cubrió mis mejillas y mis labios húmedos y anhelantes.

Sus labios estaban muy cerca de los míos. ¿Iba a besarme, en ese preciso instante, de repente, con el húmedo rocío de naranja sobre sus labios?

Mi boca suplicaba para que la suya se acercara un poco más y la tocara. Jamás había deseado tanto que me besara, ahí, en mi porche.

¿Iba a besarme?

Sus labios pronto respondieron a mi pregunta. Se inclinó y unió su suave boca a la mía. Todo se detuvo. El tráfico. El sonido de los pájaros. Incluso el ruidoso canal en mi cabeza. No tenía palabras. Ni pensamientos. Sólo deseo.

Al principio se mostró tímido y me besaba con suavidad..., hasta que introduje la lengua entre sus labios para saborearlo. Y, después, mi adicción se disparó y supe que jamás me saciaría de él. Necesitaría cada disparo y cada oportunidad que tuviera de obtenerlo.

Ese primer beso se convirtió en una infinidad más mientras cruzábamos la línea entre algo informal y algo serio. Conocía los peligros. Si mi propia historia no me había enseñado nada, al menos podía aprender la lección de casi cada número del *Cosmopolitan* y cada comedia romántica de las últimas dos décadas. Esto no iba a funcionar de ninguna de las maneras.

Pero tenía que arriesgarme.

Fuera cual fuera el costo, tenía que arriesgarme.

CAPÍTULO 55

Kael estaba estacionado en la puerta trasera del spa cuando salí de trabajar al día siguiente, con su inmenso Bronco goteando agua. Traía una camiseta de manga larga con el nombre de su compañía impreso en la parte delantera y unos jeans con el dobladillo deshilachado, como si los hubiera usado durante años. Quería tocar la tela suave y gastada y sentir el hilo del tejido en mis huellas dactilares.

—¿Qué haces aquí? ¿Cómo sabías a qué hora iba a terminar? —Me sorprendió verlo en mi trabajo, esperando con el coche recién lavado y calzando un par de zapatos nuevos.

Estaba entusiasmada pero sorprendida.

—Me lo dijo un pajarito —contestó mientras se quitaba los lentes de sol y me abría la puerta del copiloto.

—¿Y ese pajarito tiene un adorable acento francés? —pregunté.

Se encogió de hombros.

—Eso es confidencial —respondió con el semblante serio, pero pude ver un destello en sus ojos.

¿Cómo era posible que lo hubiera extrañado por la noche si se quedó en mi porche hasta casi la medianoche y ya estaba aquí de nuevo?

—¿Qué haces aquí? —volví a preguntar.

No iba a subirme en el coche sin que se lo ganara.

—Vine con la esperanza de tener una cita contigo.

—¿Una cita? Creía que habíamos acordado que no tendríamos citas, que sólo quedábamos para ver cómo iba la cosa.

Se metió las manos en los bolsillos y se quedó ahí plantado, al lado de la puerta abierta.

—Pues no lo llamemos *cita* entonces. Pero ¿te gustaría salir conmigo esta noche ya que no trabajas hasta mañana por la tarde?

Dije que sí sin siquiera fingir que tenía que pensarlo. No tenía sentido. Ambos sabíamos que iría adonde él me pidiera que fuera. Me sostuvo de los codos mientras me subía al coche y cerró la puerta. El hecho de que me abriera las puertas me parecía muy amable de su parte. Era todo un caballero sin pretenderlo. Quería conocer a la mujer responsable de su educación y de la del prodigio de la ciencia que era su hermana.

—Planeé algo para ti. Hice una *playlist.* —Hizo una pausa con una expresión tímida—. Y quiero llevarte a mi restaurante favorito.

Estaba cada vez más emocionada.

—Encontré cinco bandas que creo que no has oído nunca. Una se llama Hawthorne Heights. Un día, en entrenamiento básico, conocí a un tipo que pasaba el día gritando sus letras. Eran de su ciudad y, para cuando nos graduamos, ya me sabía la mayoría de sus canciones de memoria. No sé si te gustarán ahora, pero si los hubieras escuchado antes de enamorarte de Shawn Mendes, otro gallo cantaría.

Me encantaba el modo en que la lengua de Kael envolvía las palabras para que sonaran mucho más impresionantes. Sonaban más placenteras cuando él las pronunciaba.

Se mostraba desenfadado y apesadumbrado, tanto en casa como fuera de ella. Era como el ardiente whisky y el vino suave al mismo tiempo. Me encantaba el modo en que todo en él era contradictorio. Era un hombre fascinante, y ya quería saber más sobre él.

—No metas a Shawn en esto —le dije sonriendo.

—Vi el póster que tienes en tu cuarto en casa de tu padre. No lo pensé en su momento, pero ahora lo recuerdo.

Kael giró hacia la carretera mientras la luz del día desaparecía del cielo.

—Es el John Mayer de nuestra generación —me defendí.

Kael soltó una carcajada.

—John Mayer es el John Mayer de nuestra generación.

Unos minutos después él estaba callado, y yo, feliz, mientras escuchábamos música y conducía por una carretera larga y serpenteante por la que no había pasado nunca. Siempre recordaré el modo en que el sol y la luna danzaban en el cielo aquella tarde, y la sensación de calma que su silencio había empezado a infundir en mi cuerpo.

Escuché su voz cuando me formuló unas cuantas preguntas aleatorias, tal como había hecho en nuestra primera «cita» en mi porche. Aquélla siempre sería la mejor primera no-cita de mi vida.

«¿Cuántos hermanos te gustaría haber tenido?».

«¿Cuál es tu personaje favorito de *Friends*?».

«¿Cuántas veces has visto *El Rey León*?».

Empezaba a sentirme demasiado cómoda con él, en los asientos delanteros de su Bronco. Y, sin embargo, casi podía percibir el caos que se cocía en alguna parte no muy lejos de allí. Todo iba demasiado bien. Me estaba enganchando demasiado a ese chico.

El nombre de mi hermano apareció en la pantalla de mi celular y contemplé la posibilidad de ignorarlo, pero decidí no hacerlo. La música tronaba al otro lado de la línea y sus palabras arrastradas se perdían con el ruido.

—Kareee, ven por mí. Por favor. Katie... Que Katie se vaya al diablo. Que se vaya al diablo Katie y su ex y su puto celular... —mascullaba Austin sin que casi se le entendiera—. Kare, por favor, ven por mí.

Y ahí estaba el caos. Ya no estaba cociéndose.

No podía negarme. Le pedí a Kael que me llevara a la dirección que Austin me había dado y fuimos hasta allí directamente. Cuando llegamos, había dos tipos revolcándose en plena calle. Sólo se distinguía una camiseta roja y otra negra.

—¡Suéltalo! —Reconocí la voz de Katie antes de llegar a verla.

—¡Vamos, Nielson! ¡Dale duro! —gritó alguien al fondo.

Se oyeron un par de frases más de aliento tóxico, y entonces vi que el de la camiseta roja era Austin. Parecía que le había hecho al otro tipo una llave de cabeza y no tenía intención de soltarlo.

—¡Para! —gritó Katie de nuevo.

Corrí hacia donde ella estaba, con la cara cubierta de lágrimas.

—¿Qué pasó? —le pregunté, agarrándola de los hombros.

Kael llamaba a Austin a gritos mientras intentaba separarlos.

—Mi ex, y Austin... —Katie empezó a llorar como una histérica y ya no pudo decirme nada más que lo que yo misma podía ver con mis propios ojos.

Se oyeron unas atronadoras sirenas en el instante en que Austin aflojaba un poco el estrangulamiento para golpear al tipo de la camiseta negra en las costillas. Se pelearon como niños pequeños en sus dormitorios de temática de lucha libre, pero eran adultos, y la policía se estaba estacionando.

Llamé a Austin a gritos y Kael intentó jalar de la camiseta de Austin para separarlo del tipo. Si volvían a arrestarlo estaría jodido. La sirena se detuvo, y las voces se volvieron más fuertes. Había sólo cinco personas afuera, pero con todas gritando a la vez aquello se había convertido en un auténtico caos.

Todo pasó muy rápido.

La policía militar salió corriendo del coche y fue directo por Kael. Yo grité y corrí hacia él hasta que Austin cayó al suelo y me estampé con el tipo con quien se estaba peleando, cuyo codo o puño se dirigía volando hacia mi cara. Levanté las manos para protegerme el rostro y oí a Kael gritar. No era un simple grito, sino un gruñido gutural de dolor. Algo animal en su intensidad que me atravesó al instante. Volteé hacia él y me olvidé por completo de protegerme. Lo único en lo que pensé al ver al policía con el garrote en el aire era que Kael estaba en el suelo, con la pierna derecha orientada hacia el ataque del agente.

Otro grito atravesó el aire. Tal vez fue Katie. O tal vez yo. Nunca lo sabré. Lo que sí supe fue que Austin logró escabullirse entre el caos, encontró el Bronco y, de algún modo, a pesar de la borrachera que traía, logró subirse y acostarse.

A Kael y a mí nos interrogó la policía.

—¿Adónde iban?

—¿Seguro que no estaban bebiendo en la fiesta?

—Muéstreme su identificación, soldado.

Fulminé con la mirada a los policías mucho tiempo después de que Kael hubiera dejado de temblar en el estacionamiento. El otro tipo implicado en la pelea también se había largado, pero tenían que pedirle la identificación justo a Kael.

Cuando le dije a Kael que no era justo que lo trataran de esa manera cuando ni siquiera se estaba peleando con nadie, me dijo que no cuestionara a la autoridad, que no era seguro. «Dale poder a un hombre, y arruinará el mundo», solía decirme mi madre.

Cada día que pasaba demostraba tener más razón.

Una hora después por fin regresamos al coche. Cuando Austin se despertó casi habíamos llegado a casa de mi padre. Mi hermano estaba fuera de sí, preguntando por Katie, por nuestra madre, por un sándwich de crema de cacahuate...

—Creo que está más que borracho —comentó Kael tras ayudar a Austin a entrar a casa y a subir la escalera.

Prácticamente lo metió en la cama, y mi padre aún tuvo los huevos de mandarme un mensaje para saber si Kael había bebido y conducido unos minutos después de que nos fuéramos. Me pregunté qué haría mi padre despierto tan tarde un día entre semana, pero no quise averiguar la respuesta. Bastante había tenido ya aquel día.

—¿Qué quieres decir con eso? —Miré a Kael con ojos severos.

No era el momento de lanzar acusaciones injustificadas. Como que mi hermano consumía drogas. Casi no podía permitirse cortarse el cabello, y mucho menos comprar drogas y mantener su afición por el alcohol y el chipotle.

—Nada, pensaba en voz alta —respondió Kael.

—Pues no lo hagas. —Estaba a la defensiva; Austin era mi hermano gemelo.

No estaba drogado, sólo había bebido más de la cuenta.

—Creo que es mejor que ninguno de los dos diga nada —le pedí, sólo con la intención de provocarlo, lo cual era muy injusto, y aún más después del altercado con la policía.

Todavía no podía creer que se hubieran comportado así con Kael. Era como si tuvieran algo personal contra él. El agente casi le da con el garrote en su pierna malherida. Verlo había sido horrible, y recordarlo era mil veces peor todavía.

—Lo siento, de verdad —le dije, y le toqué la mano para calmarme.

Sus dedos, cálidos y familiares, se entrelazaron con los míos y me sentí de nuevo segura.

—Siento todo esto. Que hayas dado la cara por Austin y encima te hayan atacado esos putos policías, que hayas tenido que cuidar de mi hermano..., uf, siento haber complicado tu vida tanto últimamente.

Kael suspiró en el coche silencioso y se llevó mis dedos a los labios.

—Mereces todas y cada una de las complicaciones que me puedas traer. —Se inclinó para besarme—. Espero que siempre sientas lo mismo por mí —me dijo, acunando mi rostro entre sus grandes manos.

—Siempre, ¿eh?

—Bueno, tal vez no siempre, no quiero asustarte —dijo.

—¿Casi siempre?

Kael asintió, sonrió y me estrechó contra él. Incluso en el ojo del huracán era capaz de hacerme sentir segura. Era todo una cuestión de percepción, y a la mía no le habría ido mal una dosis o dos de realidad. Pero, en lugar de buscar el suelo, flotaba en el cielo con la estrella más brillante de todas. La voz de mi madre resonaba en mi cabeza mientras besaba a Kael de nuevo: «Las estrellas más brillantes son las que arden más rápido, de modo que debemos amarlas mientras podamos». Sólo me dijo eso una vez, pero a pesar de los años transcurridos todavía lo recordaba. Supongo que ya que no estaba no podía permitirme olvidar todos los conocimientos e historias que había recopilado con el paso del tiempo.

—¿Vamos a casa? —le pregunté a Kael sabiendo que sabría que me refería a mi casa.

Asintió. Nos dirigimos a casa en el más tranquilo de los silencios, y las palabras de mi madre se disiparon en mi mente en cuanto nos adentramos en la carretera.

CAPÍTULO 56

No sé qué haría sin mi trabajo. No sólo se trataba de pagar las deudas, aunque era una parte muy importante. También se trataba de girar la llave de la puerta de entrada, encender las luces, revisar que teníamos toallas limpias y suficiente abastecimiento de aceites. Cada pequeña tarea me ayudaba a evadirme de mí misma y a conectar con el mundo que me rodeaba. Estaba segura de mis capacidades como masajista, orgullosa de lo que podía hacer para ayudar a la gente a deshacer los nudos de su propia vida. Y ese día necesitaba eso más que nunca, mientras intentaba desenmarañar el lío de mi propia vida.

Mali entendió por qué había llegado tarde. Me instó a tomarme el día libre cuando llamé para contarle lo que había pasado, pero no podía hacer eso. Kael tenía turno en la base todo el día y yo necesitaba distraerme. Pensé en acompañarlo, pero temía que me confundieran con su joven esposa. Odiaba estar separada de él, e incluso le llamé de camino al trabajo.

Agradecía tener trabajo, pero había tenido el día casi completo y deseaba regresar a casa, sobre todo sabiendo que Kael pasaría después de mi turno. Tenía trabajo hasta las cuatro, pero me iría una hora antes si no entraba nadie sin cita a las tres.

Estaba cansada, agotada después de la noche infernal que habíamos tenido. El modo en que Kael había intentado acudir en auxilio de Austin con la policía militar, el modo en que me besó la frente cuando lloré en sus brazos de camino a casa. Austin no recordaba nada de nada. Claro que no. Con la borrachera que tenía era imposible. Y sabía que no era sólo por el alcohol, aunque eso ya era bastante malo de por sí. (Nuestra madre debió habernos servido de advertencia a los dos). Pero había sido algo más que la bebida, sus pupilas dilatadas y negras lo dejaban bastante claro. Estaba desorientado y torpe, como si le hubieran vendado los ojos en un bosque e intentara encontrar la salida. Cuando pronunciaba mi nombre ni siquiera podía articular las primeras letras. Lo único que se oía era una «K» ahogada. No era sólo el alcohol lo que controlaba su cuerpo y nublaba su mente.

Quería aclarar mis propias ideas sobre los acontecimientos de la noche anterior y, desde luego, no deseaba volver a experimentar algo tan aterrador jamás. Todo el mundo decía que no estaba tan afectada como debería. No sé qué querían decir con eso. ¿Se suponía que era un cumplido? Elodie preparó té y se sentó con Kael y conmigo mientras yo hablaba y lloraba, intentando encontrarle el sentido a todo. Intentando abrirme paso entre la oscuridad a puñetazos. Cuando ya no pude hablar más, me levantó de las rodillas y la espalda y me llevó hasta mi cama. Que me tomara así... Que me levantara así... era lo más cerca que había estado de ser rescatada.

Estaba agotada. Mi cuerpo se fundió con el colchón hasta el mediodía.

Kael no parecía desconcertado por el incidente, sólo estaba enojado. Supongo que hacía falta mucho más que un policía cabrón al que probablemente habían acosado en la escuela y que se desquitaba con todas las personas de color con las que se topaba. Veía las noticias; era una epidemia que se extendía por todo el país. Kael no quiso «sacar la carta del racismo», como él lo llamaba, pero yo sí. Quería sacar la puta baraja entera. Lo menos que podía hacer era intentar utilizar mi privilegio para algo útil. Pero uno no es consciente de lo impotente que es hasta que intenta hacer algo importante.

Lo había visto. Cada asqueroso instante de prejuicio y de racismo. Amaba a mi hermano y no quería por nada del mundo que le hicieran daño, pero, carajo..., por muy pasado de copas que estuviera, a Austin lo trataban como a un ciudadano respetable. El modo en que el policía protegió la cabeza de Austin mientras lo ayudaba a meterse en la patrulla para los dos minutos que tuvo que permanecer en ella, a pesar de que había estado provocando al poli, o intentándolo. Sólo podía escupir pequeñas porciones de palabras con la boca torcida. «Vete a la mierda» se convirtió en «*Te a la mmmierda*». E «hijo de puta» sonó algo así como «*joebuta*». Habría resultado gracioso de no haber sido tan trágico.

Había sido horrible verlo tan parecido a nuestra madre.

Todavía no había asimilado completamente lo que había pasado. Todo fue tan rápido... Estaba gritando por Austin, después por Kael. Entonces la policía agarró sus garrotes y al instante estaba protegiendo la pierna de Kael... Comencé a temblar. Claro, todavía me afectaba un poco. Es que me parecía que no tenía sentido lo rápido que llegaron, lo rápido que pasaron de casi atacar a Kael a decirme que volviera a meter a mi hermano en el Bronco del que lo habían sacado. Incluso fueron severos al interrogarnos, pero se retiraron muy pronto. Pequeños fragmentos del incidente.

Llevaba media jornada trabajando cuando Kael me envió un mensaje. Salía de la base y vendría después de pasar por su dúplex para dejar unos botes de pintura. Le dije que usara la llave que había debajo del tapete con el mensaje «*Hello*» de la puerta. Estaba muy gastada y las letras habían perdido la vistosidad del primer día, pero aún servía para esconder llaves.

«Te calentaré la cama», me escribió.

Suspiré y me pegué el celular al pecho. Noté esa clase de alivio que uno siente cuando se mete en una tina con agua caliente o en una cama calientita. La cama. Cuando me imaginé a Kael esperándome en mi cama... Tenía una habilidad especial para hacer que todo pareciera sobrellevable. Le envié un *emoji* de un besito y él me lo devolvió. Lo extrañaba tanto que podía sentir físicamente el vacío de su ausencia. A las tres de la tarde no llegó ningún cliente sin cita previa. Ni uno solo. Era jueves. Mi padre quería que fuera a cenar para compensar que no hubiera ido el martes, y necesitaba aprovechar cada minuto de mi tiempo con Kael antes de ir. Pensé en pedirle que me acompañara, pero no quería que nada hiciera estallar nuestra pequeña burbuja de felicidad, y menos mi padre. No creía que Austin le hubiera explicado lo del incidente, de modo que era muy probable que no supiera nada. Contaba con ello.

Quería que la cena transcurriera sin complicaciones ni dramas. Quería asegurarme de poder regresar a casa con Kael lo antes posible. Era adicta a él, y eso me aterraba y me entusiasmaba a la vez.

CAPÍTULO 57

Había muchísimas cosas que quería llevar a cabo, y todas ellas tenían que ver con Kael. Pero sólo tenía una que hacer: ir a cenar a casa de mi padre.

Aún podía sentir mi propio sabor en los labios de Kael al besarlo de nuevo. Envolvía su cuerpo con el mío, pegada a su lado. Era tan cálido y su piel y su cuerpo eran tan hermosos, como si estuviera esculpido de la tierra que nutre y alimenta al planeta.

Lo lamí porque quería saborearlo. Nada me importaba, sólo él y su manera de gemir cuando chupaba su piel. Lo cierto es que, antes de conocerlo a él, nunca me había planteado esta clase de relación. Brien y yo empezamos a salir sin decir nunca que estábamos saliendo. No supe que éramos una pareja hasta que me dijo que no debería usar unos shorts tan cortos delante de sus amigos. No me protegía de ninguna otra manera, sólo cuando quería hacerse el gallito delante de sus colegas. Masculinidad tóxica en su máxima expresión.

Nunca había establecido esa conexión antes de conocerlo. Ni siquiera sabía que salir con alguien o lo que fuera que estuviéramos haciendo podía ser así. Brien y yo lo hacíamos mucho al principio. Y no sé qué pasó, pero nuestra atracción física se transformó en otra cosa. Y esa otra cosa era algo cómodo..., y destructivo también. No nos hacía bien a ninguno de los dos. Bueno, no me hacía bien a mí. Ojalá lo hubiera sabido en aquel momento. El caso era que comenzamos ávidos y calientes, pero acabamos cansándonos de nuestra torpeza ansiosa e inexperta. De modo que empezamos a pasar nuestro tiempo juntos yendo al cine y al centro comercial. Después de eso terminamos unas cuantas veces y volvimos a acostarnos otras tantas.

No me sentía como con Kael. No intentaba contar el número de veces que respiraba en un minuto. No intentaba escuchar los latidos de su corazón dentro de su pecho.

Besé a Kael de nuevo y sus manos descendieron por mi espalda hasta mi trasero para darme un apretón.

—Carajo —gimió en mi cuello mientras me besaba—. Es como si te hubieran esculpido sólo para mí.

Trasladó las manos a la parte delantera de mis calzones. Frotó con suavidad, rozándome superficialmente. Intenté permanecer quieta; era inmensamente placentero. No quería que parara, pero tampoco quería darle demasiada importancia al asunto. De modo que, mientras meneaba y elevaba ligeramente la cadera y mi aliento se quedaba atrapado en mi garganta, me tragué su nombre y cerré los ojos. Mi cuerpo se tensó y estalló, y me aferré a su cuerpo mientras me venía.

Mantuve los ojos cerrados mientras salía de mi estado de dicha sólo para entrar en otro igual. Deseé con todas mis fuerzas que no hiciera como Brien y me preguntara si me había gustado. Eso hacía que todo el acto se centrara exclusivamente en él. Kael no parecía ser así, y me lo demostró cuando apoyé la cabeza en su pecho y un cómodo silencio se hizo entre nosotros.

—Quiero enseñarte las ventanas nuevas que me trajeron para mi casa —me dijo Kael de repente, mientras dibujaba círculos sobre mi cadera desnuda.

—¿En eso piensas después de hacer que una chica se venga?

—Sólo cuando eres tú. Mis dos cosas favoritas, mi casa y tú. —Parecía un poco tímido al decirlo y me entró la risa tonta.

—Estoy ansiosa por que acabes con ese dúplex para que puedas trabajar en mi casa —bromeé.

Me encantaba imaginarme a Kael desmontando la alacena de la cocina sin camiseta. ¿Qué chica no fantaseaba con tener a un chico musculoso trabajando para ella?

Enterré la cabeza en su pecho como si pudiera escuchar mis pensamientos indecentes.

—Mmm, ya quiero trabajar en tu casa para poder dormir todas las noches en esta cama. —Me estrechó contra él con más fuerza.

—Me encantan tus días libres. Deberías tener más —comentó contra mi cabello.

Me encantaba el modo en que sus gruesos dedos envolvían mis mechones oscuros y los retorcían suavemente entre ellos y a su alrededor.

Asentí pegada a él, satisfecha y calientita. De repente me sentí muy cansada, y me di cuenta de que podía quedarme dormida si quería. Era la primera vez en mi vida que me relajaba tanto durante el día como para quedarme dormida. Sospechaba que tenía mucho que ver con la compañía.

Kael tarareaba una canción y me hablaba de una pequeña banda que había descubierto en un bar de Kentucky después de graduarse en entrenamiento básico y que poco después oyó su canción en la radio. Me encantaba cuando estaba cansado y su voz sonaba aún más profunda que de costumbre.

—Estoy tan relajado que es como si yo también me hubiera venido —dijo.

Levanté la cabeza para poder mirarlo a la cara.

—¿Quieres hacerlo? —Le besé la barbilla.

Sonrió.

—¿Es una pregunta retórica?

Negué con la cabeza.

Empecé a besarle la barbilla, la clavícula y los hombros. Sentía su piel tan suave bajo mis labios... Besé la cicatriz de su hombro dos veces.

Empezó a hablarme, a alentarme, a decirme lo dura que se la ponía y, entonces, su teléfono empezó a sonar en el buró. Lo tomó y leyó la pantalla.

—Es Mendoza —dijo, y me mostró el celular.

Asentí y le dije que contestara.

—Hola, amigo —saludó Kael, pero lo interrumpieron unos gritos—. Oye, oye, tranquilo. Tranquilo. No pasa nada. —El tono de voz de Kael cambió de nuevo; se había transformado una vez más en el sargento Martin.

Eso me asombraba y también me impresionaba. Tenía un sentido de la empatía tan desarrollado...; su alma brillaba por dentro. Pensé que tal vez nuestra empatía sería algún día lo que acabara con nosotros porque, al parecer, ninguno de los dos era capaz de controlarla. Pero, de momento, ambos estábamos vivos y él me estaba enseñando cuál era el aspecto que tenía un hombre considerado. Una preciosa piel morena, ojos compasivos y un corazón grande. Así era exactamente un hombre considerado.

—No, no. Tranquilo, amigo. Dime dónde estás. Pasaré y nos tomaremos una cerveza, lanzaremos unos dardos, o lo que sea. —Kael ya se había levantado de la cama y se estaba poniendo los pantalones antes de que su amigo respondiera.

No sabía qué hacer, así que me quedé sentada mientras se movía a mi alrededor con el modo misión completamente activado. Su mirada me acarició durante unos segundos para recordarme que sabía que seguía estando ahí, pero estaba tan centrado en Mendoza, al otro lado de la línea, que resultaba tan impresionante como escalofriante.

—Sólo yo. No le diré a Gloria dónde estás. Tampoco quiero que Karina lo sepa. —Kael me miró, y sus ojos me dijeron: «No es en serio», aunque ya lo sabía.

Se puso los zapatos y le dijo a Mendoza que iba para allá.

—Escucha, escucha, regresa dentro y agarra un par de cervezas. Carajo, beberé tequila contigo, pero no te vayas, espérame.

¿Iba a cometer una locura? Salí de la cama y me acerqué a Kael. Él levantó el dedo para indicarme que me mantuviera callada.

—No tardaré, tranquilo. No hables con nadie más hasta que yo llegue —le indicó Kael.

—¿Está todo bien? —le pregunté.

Asintió.

—Es Mendoza. Está borracho y empezó a decir que unos tipos lo estaban espiando. Es pura paranoia por pasarse la vida vigilando las espaldas de los demás. Por ver cómo tus amigos saltan por los aires. A mí también me ocurre —dijo, y sus palabras me dejaron inquieta.

»Siento tener que irme otra vez. —Me besó en la frente, después en las mejillas y después en la boca—. Regresaré en cuanto haya terminado.

—No bebas tequila si vas a manejar —le dije—. ¿Quieres que te lleve?

Negó con la cabeza.

—Lo siento, Kare, pero si te ve después de haberle dicho que no ibas a venir, dejará de confiar en mí. No voy a beber tequila, y él tampoco. Voy a convencerlo para que venga al Steak and Shake conmigo —me aseguró.

—Tengo que ir a casa de mi padre. La verdad es que no se me antoja nada. Estoy muerta —le dije, y me incliné contra su pecho para sentirlo antes de que se fuera.

—Pues no vayas. Sólo es una noche. Has estado trabajando muchísimo y has malgastado todo tu tiempo libre entreteniéndome. —Me abrazó—. Además, detestas ir. ¿Por qué no te tomas una semana de descanso?

No podía verle la cara, pero su voz sonaba bastante convincente. Tenía razón; ¿por qué estaba tan dispuesta a ponerme en el compromiso de ir a estas cenas programadas todas las semanas para no molestar a mi padre y a su abnegada esposa? Rory y Lorelay se ven obligadas a acudir a casa de la madre de Lorelay, pero faltan si surge algo importante. Podría hacer lo mismo. Era una adulta, podía faltar.

—Te... Te... —empezó a decir Kael cuando se apartó.

Fingí no oírlo. No quería que nada arruinara nuestra pequeña burbuja de felicidad y, si empezaba a decir que me quería cuando sólo hacía una semana que nos conocíamos, jamás se lo perdonaría.

—Ten cuidado. ¿Me mandarás un mensaje cuando llegues para saber que todo está bien, por favor? —le pedí.

Él asintió, me besó y se dirigió a la puerta del cuarto.

—¿Qué vas a hacer al final esta noche? —me preguntó.

Me decidí.

—Esta noche, voy a dormir hasta que regreses.

En su rostro se dibujó una sonrisa, pero no le alcanzó los ojos.

—Estará bien, ¿verdad? —le pregunté.

Asintió.

—Sí, Kare. Estará bien —me tranquilizó.

Esa noche me tumbé en la cama pensando en el número de soldados de todo el mundo que tenían demonios que los perseguían durante mucho tiempo después de regresar del campo de batalla. El hogar no era un lugar tan seguro para ellos. Me quedé dormida preguntándome cómo serían los demonios que perseguían a mi soldado.

Kael estaba dormido en mi cama cuando llegué a casa del trabajo. Le envié un mensaje a mi padre para decirle que lo sentía pero que no podía ir, y me eché una siesta de tres horas. Después, fui al súper. Lo llamé mientras pasaba por los pasillos de los congelados y le dije que no se me antojaba ir. Sin más. No le gustó mi respuesta, pero me dejó que colgara cuando Austin lo llamó a su otra línea. Elodie estaba en otra reunión del Grupo de Preparación Familiar, esta vez era un picnic. Parecía contenta de estar socializando, y más después de haber dado con un par de mujeres que eran simpáticas con ella. Eran nuevas en la base y no querían saber nada de las víboras que creían que era divertido meterse con Elodie. Al ser de fuera también, veían la situación como lo que era, una manada de chicas malas e inmaduras que, por alguna razón, pensaban que estaba bien dejar que los celos guiaran cada uno de sus actos. Las nuevas amigas de Elodie sólo querían beber vino y ver Netflix, de modo que, menos por lo del vino, para ella era un plan perfecto.

Kael traía el pecho descubierto y usaba unos bóxers que acentuaban la musculatura de sus muslos. Recordé el primer día que lo había visto en el salón de masajes, cuando se negó a quitarse los pantalones o a dejar que le tocara la pierna derecha. No había pasado tanto tiempo desde que el desconocido de nombre extraño se había acostado sobre mi camilla de masajes, y ahí estaba ahora, en mi cama, con el brazo colgando por uno de los lados.

Levanté su mano con la mía, me la llevé a los labios y la besé suavemente. No se movió. Sujetarle la mano así..., tocar cada uno de sus dedos, recorrer las pequeñas líneas de sus nudillos..., sólo sentir su mano en la mía era el mejor de los remedios. Me encantaban sus manos, lo grandes y fuertes que eran. Pensé en el modo en que me sostenían, en el modo en que me tocaban, en el modo en que me llevaban al límite y más allá. Solté su brazo con cuidado, me quité los zapatos y los pantalones y me metí en la cama con él. Se despertó en cuanto envolví su cuerpo con el mío, aferrándome a él como si fuera un salvavidas.

Un salvavidas. Eso empezaba a ser para mí. Eso debió haberme preocupado, pero no fue así. Nunca había sido una persona dependiente, nunca había sido la típica damisela en apuros. No es mi estilo. Y sin embargo... ahí estaba él, el caballero tendido cómodamente en mi cama.

Debí haber recordado que no todos los cuentos de hadas tienen un final feliz.

Cuando Kael abrió los ojos, éstos se llenaron de confusión durante unos segundos. Pude ver el momento exacto en el que volvían a la realidad.

—Hola. —Enroscó su cuerpo contra el mío.

Intentábamos meternos en la piel del otro. Nada nos parecería lo suficientemente cerca.

—¿Cómo te fue haciendo las compras? ¿Necesitas que te ayude con las bolsas? —preguntó.

—Bien, fui...

Me interrumpió antes de que pudiera terminar.

—¿Qué haces aún vestida? —protestó, aunque me había quitado los pantalones.

Que ese hombre me deseara me provocó una excitación que jamás habría podido imaginar. Nunca antes había sentido nada igual. Ni una sola vez. Sabía que era un cliché, y me daba igual. Lo único que me importaba estaba delante de mí, acercándose cada vez más.

Kael se apoyó sobre uno de sus codos y se incorporó sobre mí, posicionándose para mirarme desde arriba. Los ángulos de su rostro no dejaban de sorprenderme, como si cada vez que me miraba desde un punto de vista diferente viera algo nuevo en él. El modo en que me observaba... Tragó saliva, ansiando devorarme. Fue un gesto leve, casi imperceptible, pero tan intenso a la vez que tuve que cerrar los ojos para evitar caer.

Sentía el calor de su rostro aproximándose al mío, sus labios aproximándose a los míos. Sus dedos estaban calientes cuando deslizó mi camiseta por encima del ombligo, por encima de mi torso, hasta que me moví para que me la pudiera quitar por la cabeza. Sentía el aire frío sobre mi piel, pero la piel de gallina y la electricidad que atravesaba mi cuerpo eran obra de Kael.

—Extrañaba tu boca —susurró lentamente, y cada una de sus palabras delataba su deseo; cada aliento revelaba su necesidad.

Recorrió los contornos de mis labios con las puntas de los dedos. Se los lamí, pasando la lengua bajo su piel suave y por encima de sus uñas duras. Le di un mordisquito juguetón y reaccionó lamiéndose los labios primero y mordiéndoselos después. Intentaba calmar sus ansias. Podía oírlo en su respiración y verlo en su rostro. Me deseaba.

—Kael —dije, tomando grandes bocanadas de aire—. Este momento. Ahora...

—Las palabras, tus palabras... —La voz de Kael era áspera, y sus ojos estaban nublados—. Su sabor... —Se inclinó y me besó los labios—. Saben aún mejor de lo que suenan.

Se apartó y después se inclinó otra vez para besarme de nuevo.

Era mucho más que un beso. Era una caricia y un beso y algo que no podría ni empezar a explicar y que atravesó mi cuerpo con una absoluta excitación. Deslizó su lengua entre mis labios, separándolos para obtener más de mí.

Mi cuerpo había cobrado vida. Estaba lo más cerca que se puede estar de la forma humana más pura bajo su embrujo. Cuando él me tocaba, sentía cómo mi mente se abría y un amplio espacio se despejaba. Con cada movimiento hacía a un lado el caos que imperaba en mi cabeza y me llenaba de paz.

—Cada parte de ti... —Me besó la línea de la mandíbula y cerré los ojos—. Sabe tan bien...

Estaba muy duro. Podía sentirlo contra mí. Mi cuerpo reaccionaba a él antes de que lo hiciera mi mente Hundí la mano entre los dos para tocarlo, pero él me agarró de la muñeca y entonces apresó mi brazo por encima de mi cabeza.

—¿Tienes prisa? —Kael bajó de nuevo la cabeza, esta vez para chupar la carne que sobresalía de mi brasier.

Me estremecí.

—He estado todo el día pensando en tus tetas. En su tacto bajo mis manos.

Acercó su enorme mano y cubrió con ella mi pecho entero. Puse los ojos en blanco y juro que podía sentir cómo perdía y recuperaba la consciencia. Me chupó hasta que noté el dulce escozor de la sangre atravesando mi piel. Me estaba marcando. Haciéndome suya.

Sentí punzadas entre los muslos.

—En cómo saben.

Me mordió con suavidad y hundió la lengua bajo la copa de encaje de mi brasier.

—Te extrañé —logré decir entre los gemidos que escapaban de mis labios.

Ahora me estaba succionando el pezón, mordisqueándolo ligeramente. El dolor, mezclado con el placer, envió una martirizadora oleada por todo mi cuerpo.

—Ah, yo te extrañé muchísimo.

—Quiero... —jadeé.

Ya no era capaz de respirar.

—¿Qué, Karina? ¿Qué quieres? —preguntó.

Me estaba torturando. Provocándome.

Tragué arena. Así de seca tenía la boca. Toda la humedad de mi cuerpo se había trasladado a otra parte de mi cuerpo. Nunca había entendido por qué a la gente le gustaba tanto el sexo, por qué el sexo los llevaba a cometer locuras.

Pero, si Kael me pidiera que robara un banco con él en ese momento, mientras me chupaba con delicadeza y jalaba mi pezón, habría accedido de buena gana. No estar con él. No sentir sus manos sobre las mías, su boca sobre la mía..., eso sí que sería un crimen.

—Más, Kael. Necesito más...

Apenas había terminado de pronunciar la última palabra cuando hundió la mano bajo mi cuerpo, me levantó y giró nuestros cuerpos de manera que quedé sobre él. Sentí el charco de excitación que empapaba mis calzones mientras él latía contra mí, pegado a mi sexo palpitante.

Quería decirle que me cogiera. Me daba igual si dolía. Quería que se hundiera en mí. Que me tomara hasta que no hubiera nada más que tomar. Quería quitarme los calzones y hacer descender mi cuerpo sobre el suyo.

Como si me hubiera leído la mente, sus dedos dejaron de hundirse en mi cadera y se colaron por dentro de mis calzones. Gemí. Dejé caer la cabeza de alivio y después la eché hacia atrás de pura excitación. Lo deseaba desde lo más hondo de mi cuerpo.

El grueso dedo de Kael me estuvo provocando, deslizándose arriba y abajo por toda mi resbaladiza humedad, pero no donde más lo necesitaba. Sabía perfectamente dónde debía tocar, era obvio por el modo en que manipulaba mi cuerpo, la seguridad con la que me guiaba. Moví la cadera, arrastrándome para que su dedo rozara mi clítoris. Gemí y, de repente, tenía dos dedos dentro de mis calzones, abriéndome por completo. Sentí un leve pellizco y después una ola de placer extremo.

—Quiero lamerte, chuparte, saborearte, tocarte... —Exhaló cada palabra en lugar de pronunciarla.

Su mirada era puro fuego. Otro pellizco.

—Carajo.

Moví la cadera de nuevo, restregando su pene contra mi sexo caliente.

Era el cuadro de distribución de mi cuerpo, y Kael estaba probando todos los circuitos. Sacó los dedos de mí y se los llevó a la boca para saborearme. Lo miré y me sentí como una diosa alimentando a un hombre hambriento. Se lamió el dedo y cerró los ojos.

—Ven aquí —dijo, y me agarró de la cintura.

Me levantó y me atrajo hasta su boca.

—Yo... ¿Vas a...? —Empecé a hacer preguntas, pero su lengua me dio todas las respuestas mientras trazaba círculos en mi cuerpo.

Quería quitarme, decirle... disculparme por no haberme rasurado por completo. Todas mis inseguridades salieron a la superficie y luchaban contra el doloroso placer que crecía en mi interior.

No sé cómo lo logró, pero, por una vez, el placer ganó la batalla contra mi cabeza y me concentré únicamente en las manos de Kael sobre mis muslos, justo debajo de mi cintura. En el modo en que me sostenía y en las caricias de su lengua. Cuando mi cuerpo empezó a temblar sobre él y unas palabras inaudibles escaparon de mis labios, usó el dedo para ayudar a su lengua mágica y me vine con tanta intensidad que me desplomé sobre su cuerpo cálido y sólido.

Él me sostuvo, envolviendo mi espalda con fuerza, presionando mi cuerpo contra el suyo. Mientras mi cuerpo danzaba y brillaba con la dicha tras el orgasmo, me pregunté si otros chicos conocerían el cuerpo femenino como lo conocía Kael, y empecé a pensar en las chicas a las que

Kael habría tocado, besado y hecho gemir su nombre mientras se venían.

—Te ves preciosa cuando te vienes —me dijo al oído, y recorrió mi espalda con los dedos.

Quería castigarme a mí misma, recordarme que eso era, con toda probabilidad, demasiado bonito para ser verdad, pero el modo en que me levantó la cara con ambas manos en mis mejillas para besarme hizo que me olvidara de todas las dudas que me llenaban la cabeza. Él tenía ese poder. Y eso me aterraba y me electrizaba al mismo tiempo.

CAPÍTULO 58

A la mañana siguiente el turno se me estaba haciendo tan largo que apenas podía mantener los ojos abiertos. Estaba a punto de terminar el tratamiento de Stewart y ella me estaba hablando sobre su próximo traslado a Hawái. Era muy importante para ella, el ascenso que tanto había buscado por fin se había hecho realidad. Stewart hablaba a toda prisa sobre su pareja, sobre lo optimista que se mostraba respecto a trasladar su pequeño negocio a Hawái. Diseñaba unos bonitos vestidos florales y los vendía en línea y en algunas boutiques locales, de modo que podía llevárselo a donde quisiera. De hecho, probablemente le iría mejor en una ciudad con playa que aquí, cerca de la frontera entre Georgia y Alabama, a casi cinco horas de la costa.

Me distraje un poco mientras Stewart hablaba. Cada vez que me movía, sentía a Kael recorriendo mi cuerpo. Doce horas después de ese momento explosivo, todavía recordaba cada instante y cada caricia. Apenas había aterrizado de nuevo a la Tierra.

—Va a poner uno de esos puestecitos en la playa. Está convencida de que ella está hecha para la vida playera. —Stewart hizo una mueca de dolor cuando apliqué mi máxima presión.

Tenía un montón de nudos, pero soportaba el dolor mejor que la mayoría de mis clientes.

Me reí un poco mientras ella hablaba. Tenía la cabeza en el agujero, y su voz sonaba un poco sorda, pero al final te acostumbras.

—Le recordé que vamos a vivir cerca de la base, ya que no podemos vivir en ella —explicaba.

El ejército tenía que amoldarse a los tiempos. Me parecía increíble que pudiera servir al país del mismo modo que una mujer hetero, pero que no pudiera disfrutar de los mismos beneficios para su familia que una soldado heterosexual. Al parecer, lo de «No preguntes, no lo digas» había sido sustituido por «No importa, no vamos a pagártelo».

Kael me dijo una vez que conocía a una mujer gay que estaba en su lecho de muerte en Alemania por heridas de guerra y que el ejército no llamó a su pareja. Sólo a los homófobos de sus padres, que la dejaron morir sola. Se escudaron en la normativa para excusar su asquerosa negligencia.

—Tengo entendido que las viviendas en la base son muy bonitas, pero encontramos una casita muy linda a tan sólo unos kilómetros de allí. Tiene un pequeño jardín para los perros. Hablando de perros, es casi imposible que nos los llevemos a Hawái. Algunas personas me han dicho que sus animales tuvieron que permanecer en cuarentena durante meses antes de poder llevárselos. Todavía tenemos que decidir cómo lo solucionaremos.

Escuché cómo Stewart hablaba durante el resto de nuestra sesión, pero bajo cada palabra estaba Kael. Sus manos callosas agarrando mis muslos, su boca entre ellos, abriéndome completamente. Estar así de expuesta no me asustaba. El modo en que me tocaba, el modo en que me miraba, era como si hubiera encontrado algo dentro de mí y lo hiciera florecer. Rogué para que su boca chupara mi piel, imploré que me metiera los dedos.

Mi vientre lo anhelaba, mi cuerpo lo añoraba. Después de aquella noche ya no me preocupaba tanto lo que fuera a ser de nosotros. No teníamos ningún plan, pero no lo necesitábamos. Teníamos tiempo para ir a nuestro propio ritmo y darle forma a esta... relación, para que fuera justo lo que quisiéramos que fuera. En esos momentos significaba pasar todo el tiempo cuestionando el mundo juntos.

Me sorprendí a mí misma contando los minutos que faltaban para terminar con el tratamiento de Stewart para poder, al menos, mirar el celular. Quería conectar con él del modo que fuera. Necesitaba sentirlo más cerca, aunque sea viendo su nombre en la pantalla de mi teléfono, releyendo los mensajes que me había enviado esa mañana. Deseaba ver la foto que nos tomamos, acostados en mi cama, con su brazo dejado caer perezosamente sobre mi regazo. Tenía los ojos cerrados y una enorme sonrisa en la cara. Tres minutos más. Se me estaban haciendo eternos. No creo que Stewart se diera cuenta siquiera, puesto que ya estaba haciéndole una especie de enfriamiento, moviendo las manos con suavidad sobre su piel para relajarla después del masaje de tejido profundo.

Esperé un minuto más y di por finalizada su sesión dos minutos antes de la hora. Me sentí un poco culpable, pero tenía prisa. Tomé el celular de la estantería en cuanto aparté las manos de su cuerpo.

No tenía ningún mensaje nuevo, pero sí una llamada perdida de mi padre. Bueno, eso podía esperar. No se me antojaba hablar con él. Lo único que en ese momento tenía en la cabeza era que la boca de Kael sabía como su protector labial de cereza y en lo mucho que se rio cuando tropecé con un azulejo del baño. Nos habíamos trasladado de mi dormitorio al baño, incapaces todavía de soltarnos, de dejar de tocarnos, de dejar de explorarnos el uno al otro.

—¿Karina? —La voz de Stewart me hizo dar un respingo.

Se me cayó el celular al suelo, con la foto en cuestión abierta en la pantalla.

—¡Ay, carajo, lo siento! —Oculté el rostro bajo el cabello al agacharme para recogerlo—. Me voy para que te vistas. Te veo en el vestíbulo —le dije, y la dejé a solas.

Cuando salí al pasillo, tuve que morderme los labios para evitar reírme. Por lo general, me preocuparía por algo así, por muy insignificante que fuera. ¿Se sentiría Stewart incómoda o pensaría que se me había ido la cabeza? Esta vez, mi cerebro no se comportó como lo habría hecho normalmente, hasta que lo obligué a hacerlo. Pensó de manera natural en lo mucho que me estaba obsesionando con Kael y en lo inmensa que sería su sonrisa cuando le hablara de mi accidente con el teléfono delante de mi clienta.

Lo que sentía por Kael oscilaba entre el dulce enamoramiento y la devastación absoluta. Era poderoso y crudo. Kael era feroz como un animal, pero a la vez cálido y tierno. Era un puñado de contradicciones. Todos los conflictos del mundo. Tenía una naturaleza salvaje. Era más seguro y tranquilo que el caos de estar al borde del compromiso. Estaba aterrada porque, por muy emocionante que me resultara relacionarme con Kael y la serenidad que infundía a mi vida, hasta la noche anterior mis miedos me habían llevado a enfrentarme a todo, incluso a mi propio deseo. Mientras dormía sobre mi pecho, y de nuevo cuando se despertó a la mitad de la noche preguntando por alguien llamado Nielson, y después cuando gritaba el nombre de Phillip, me prometí a mí misma y a Kael que afrontaría mis miedos, que no permitiría que el terror a lo desconocido siguiera controlándolo todo. Merecía relajarme y vivir, vivir de verdad. Y él merecía la versión de mí que no necesitaba saber dónde encajaría todo.

Y estaba viviendo, ahora que mis dudas y mis inseguridades se habían hecho a un lado lo suficiente para permitir que la agitación que sentía en mi interior dejara de traducirse en pánico para transformarse en emoción.

¿En eso consistía la felicidad?

CAPÍTULO 59

—Me alegro de verte así —me dijo Stewart, y me apretó la mano cuando le entregué una pluma y su recibo.

Sonreí y sacudí la cabeza.

—¿A qué te refieres? Siempre he sido así.

Ambas nos echamos a reír, y me sentí como si compartiera algo con ella. Sí, eso debía de ser la felicidad.

—Nos vemos la semana que viene —dijo.

Me alegraba mucho por Stewart y por el cambio que le esperaba, pero iba a extrañarla mucho.

Limpié bien mi cuarto, tan rápido como me fue posible. Eché las toallas a lavar y revisé el aseo para asegurarme de que estaba limpio y que el quemador de cera perfumada no necesitaba otro cubito.

No esperé a que Elodie terminara con su cliente, grité un «¡adiós!» generalizado en dirección a Mali y me fui. Cada día que pasaba me gustaba más mi casa y daba gracias por sólo tener que caminar cinco minutos. Le envié un mensaje a Kael para asegurarme de que seguía allí.

De camino. Te he extrañado. Espero que estés en mi cama ☺

Me quedé mirando el celular mientras salía y doblaba hacia el callejón. Estaba fresco; las nubes ocultaban el sol. Pensé, y me sentí ligeramente ridícula, que cuando viera a Kael incluso el cielo brillaría más de lo normal. Unos minutos más. De repente apareció un globo de texto en la pantalla con los tres puntitos grises que indicaban que la otra persona estaba escribiendo, y entonces desaparecieron.

Levanté la vista y miré hacia la calle. El Bronco de Kael estaba estacionado justo delante de mi casa. «Una impresión desde la fachada distinta», pensé. Pero cuando llegué al final de la calle y fui a cruzar, vi un Buick negro estacionado en mi camino de acceso. No me había dado cuenta hasta ese momento. No necesitaba ver la calcomanía de Ejército de EE.UU. en la defensa para saber que era el de mi padre.

Me sentí como si alguien me hubiera echado una cubeta de agua fría. Ahora estaba nerviosa. Inquieta. Me dieron ganas de dar media vuelta y esconderme tras la línea de contenedores del callejón mientras le escribía a Kael para decirle que se deshiciera de mi padre. En serio, lo habría hecho, y debería haberlo hecho, de no haber sido porque la atronadora voz de mi padre atravesó el jardín y la calle hasta llegar a mí.

La puerta mosquitera estaba abierta y, conforme aceleraba el paso, vi la figura de mi padre de espaldas a mí. Estaba parado, y tenía las manos levantadas como si gritara. Después oí la voz de Kael.

—¡No tiene ni puta idea! —gritó.

Unos escalofríos recorrieron mi cuerpo entero, desde las puntas de los dedos de las manos hasta las puntas de los dedos de los pies, y algo en mi cerebro, un minúsculo detalle de algún recuerdo enterrado, hizo que me detuviera justo antes de llegar al porche.

Permanecí en la calle mientras discutían acaloradamente. Cada palabra era un puñetazo. «Afganistán». «Encubrimiento». «¿Cómo te atreves a venir aquí?» «Criminal». «Mi familia». «Mi hija». «Mi hija».

Me pegué a la pared y me hice pequeña en un vano intento de protegerme de lo que me veía obligada a escuchar. Pero, por supuesto, no sabía qué era lo que escuchaba. No entendía nada. Lo único que sabía era que mi sueño de vivir felices para siempre había terminado. Y había dado paso a una pesadilla.

CAPÍTULO 60

—No creas que no te reconocí en cuanto entraste a mi casa —dijo mi padre.

Estaba enojado. La última vez que lo había visto enojado así fue cuando vio «ABOGADOS PARA DIVORCIO» en el historial de búsqueda de mi madre en la computadora de la familia. Sí, mi padre era esa clase de persona que revisa el historial de búsqueda de su mujer.

—¿Y por qué no dijiste nada entonces, si tanto te preocupaban mis intenciones con tu hija? —Las palabras de Kael me dejaron petrificada.

¿A qué venía esto? ¿Qué estaba pasando?

Me sentí como si estuviera en una casa de la risa, con aquellos espejos de formas raras y doblados para confundirte con una visión distorsionada de la realidad. O de lo que tú creías que era la realidad. Todo a mi alrededor estaba deformado. Apenas podía sentir los pies sobre el pasto.

—Al principio no estaba seguro. Después, le pregunté a Mendoza si eras tú. Has crecido mucho desde entonces.

—Porque era un niño. Hacía apenas unos meses que había terminado la preparatoria.

—Sigues siendo un niño. Haciendo preguntas por ahí y metiendo la nariz donde no te importa.

—Ellos vinieron por mí. Me detuvieron para interrogarme porque intentó volarse la puta cabeza, ¿de acuerdo? —Kael trataba de controlarse. Lo sabía por el modo en que su aliento se abría paso a través de sus palabras.

—Eso fue muy inoportuno, desde luego. Pero esto no puede saberse. —Ahora mi padre hablaba en voz muy baja. Lo amenazaba. Estaba bastante asustado—. ¡Estaremos todos jodidos! ¿Es que no lo entiendes, hijo?

—¡No me llames *hijo*! ¡No soy tu puto hijo!

Me puse de pie. Ya me daba igual que me vieran.

Sabía que tenía que entrar, por el bien de mi padre. No podía dejar que esto fuera a más, pero era consciente de que no podía confiar en que ninguno de ellos fuera a decirme toda la verdad cuando entrara ahí, y lo detestaba.

—Estaremos todos jodidos. Yo voy a retirarme, y tú estás a un paso de conseguir la licencia por motivos médicos que tanto ansías —le dijo a Kael—. Mendoza está recibiendo la ayuda que necesita y puede seguir alistado. No podemos permitirnos que haya gente husmeando.

—¿Husmeando? ¡Murió gente inocente, y tú lo sabías y lo ocultaste! —le gritó Kael a mi padre en cuanto abrí la puerta.

Al verme, su ira se tornó en pánico.

Más lento de reflejos, mi padre volteó para ver qué había llamado la atención de Kael.

—Karina, te advertí sobre él. —Mi padre señaló a Kael. Siempre se le había dado bien intentar poner curitas a los problemas—. Te dije que traería problemas y no quisiste escucharme.

—¿Qué diablos está pasando? —Se me salía el corazón del pecho.

Kael estaba diferente, parecía otra vez un desconocido, y eso me heló la sangre.

—¡Díganme de qué estaban hablando! —bramé, y, al ver que nadie hablaba, añadí—: ¡Ahora!

Kael alargó la mano para tocarme, pero me aparté.

—Yo te lo digo: tu padre es un hijo de puta retorcido y ha...

—¡Eso es mentira! —Mi padre intentó interrumpirlo.

—¡Deja que hable! —le grité.

Me temblaban las manos. Me temblaba todo el cuerpo.

—Es él, Karina. Es un narcisista delirante que se ha autoconvencido de que estoy contigo por él. Y no es verdad. ¡Él es la causa de todo esto! —Kael empezaba a perder la compostura. Quería consolarlo. Quería salir corriendo.

Me quedé ahí, plantada entre los dos, mientras sus verdades daban vueltas a mi alrededor intentando adherirse a mí.

—Mendoza... el policía que vino por nosotros. ¡Él está detrás de todo eso!

Mi padre cerró los puños.

—Hablando de carreras militares: ¿ya te dijo que está a punto de obtener una licencia deshonrosa?

Podía sentir cómo me cambiaba el color de la cara. No podía abrir la cortina para ver al Kael del que me estaba enamorando.

—A estas alturas ya te da igual, ¿verdad, Martin? Lo tienes todo empacado para mudarte a Atlanta. Se corrió rápido la voz. Te compraste una casa allí, ¿no? Ya tienes otro proyecto que destruir. —La playera polo de mi padre se estaba saliendo de la cintura de sus jeans, y tenía la piel llena de manchas rojas. Como un mentiroso o como un hombre al que están juzgando. No lo tenía claro.

—¿Te compraste una casa en Atlanta? —Volteé hacia Kael con un nudo en la garganta.

Se quedó mudo, pero no pensaba permitírselo.

—¿Te la compraste? —Lo empujé con fuerza en el pecho, pero no se movió.

Llevaba puesto el uniforme. El camuflaje verde y café siempre había sido un presagio de todo lo malo en mi vida. Parecía que eso no había cambiado.

Lo empujé de nuevo, y me agarró de las muñecas.

—Las cosas no son así. Él lo está tergiversando todo, Karina. En serio. Mírame. Soy yo. —Se golpeó con los dedos en el pecho.

—Falsificó un informe, no dejes que te engañe. Firmó un papel sabiendo perfectamente bien lo que había pasado. ¿Acaso lo niegas, Martin? —Mi padre lo estaba provocando.

Conocía ese tono. Lo había detestado desde que aprendí a descifrarlo.

—¿Vas a negar que viniste a mi despacho, temblando, con la pierna vendada, y que pusiste tu nombre al final de esa página? Tú la firmaste. Mendoza la firmó. Lawson la firmó. ¡Todos ustedes! ¿Y ahora, casi dos años después, decides regresar para desenterrar el pasado?

Mi padre había adoptado el papel de oficial. Yo escuchaba obediente. Y Kael también. Era repugnante ver cómo mi padre sabía modular el tono de su voz para someter a los soldados, y a cualquiera.

—Su amigo murió, Kare...

—No me llames así —logré articular.

Se me revolvía el estómago. La piel cenicienta de mi padre formaba pliegues sueltos alrededor de su mandíbula.

Eso, combinado con su mechón de cabello cano, le conferían la apariencia de un villano. Kael parecía herido y dolido, más el héroe que el antihéroe. Pero sabía que las apariencias engañan. Quería que los dos desaparecieran. La fachada de una vida normal... la estabilidad que me había autoconvencido que tenía con Kael se había desmoronado. Se había transformado en un millón de afiladas esquirlas demasiado peligrosas como para intentar recogerlas.

—Su amigo recibió un disparo durante el tiroteo cuando Mendoza asesinó a esos inocentes. ¿Sabes las horas de investigación que requieren ese tipo de declaraciones? Son unos niños. —Ahora nos hablaba a los dos—. ¡Yo los estaba ayudando! Vi sus caras cuando regresaron. A ti. —Señaló a Kael con un dedo acusador—. Te vi arrastrando su cuerpo hasta el campamento, cuando apenas podías caminar.

—¡Sólo te estabas protegiendo a ti mismo! —rugió Kael a mi padre—. ¡Te importaba una puta mierda nuestra vida!

Mi padre hablaba por encima de él. La cabeza me daba vueltas.

—Cuéntale a tu hija cómo utilizas las vidas de hombres y mujeres jóvenes para obtener ascensos y medallas. Cuéntale que, a causa de tu amenaza, a mi amigo se le está yendo la puta cabeza por la culpa, y ni siquiera puede hablar con nadie al respecto porque... —Kael caminó hacia mi padre, y yo me rendí y dejé de interponerme entre ellos—. Cuéntale que Mendoza te suplicó que dejaras que se entregara. Esas víctimas lo persiguen, ¡y tú le impides que sane para asegurar tu retiro!

—¿Que esas víctimas lo persiguen? ¿Te estás oyendo, Martin? Eres un soldado. Yo soy un soldado. Hemos visto y hecho cosas que la mayoría de las personas no podrían ni empezar a imaginar. —Mi padre le hablaba a Kael en su propio idioma. Yo oía las palabras, pero no podía visualizar las imágenes de la muerte y de la destrucción de la misma manera en que ellos lo hacían.

—¿Sabes lo que lo perseguirá? No poder alimentar a su familia y que su mujer se quede sola con esos niños y sin paga. Eso sí que te persigue. Tienen que madurar. Tú y él. Esto no es un puto videojuego. Es la vida de adulto y, si no puedes soportarlo, no sirves para soldado. O quieres proteger a tu amigo y a su familia, o quieres que sane. No puedes obtener las dos cosas en el mundo real.

Mi padre siempre apelaba al «mundo real» cuando quería señalar algo y, en este caso, era que él era un adulto y todos los demás (Austin, en este caso, Kael, y yo) no lo éramos.

—Acostarte con mi hija no es el modo de resolver esto, a menos que quieras meterte en más problemas. —Mi padre amenazaba a Kael abiertamente. Después se volteó hacia mí—. Intenta que me destituyan de mi rango antes de mi retiro, y no voy a permitirlo. Lo siento, cielo. —Mi padre se esforzaba por recobrar la compostura y se había metido de nuevo en el disfraz de papá que con tanta facilidad se ponía y se quitaba.

Era escalofriante el modo en que cambiaba su voz y su estatura según el papel que interpretara. En aquel momento, era el de padre preocupado.

—Esto va mucho más allá de ti y de los sentimientos que puedas tener. Está poniendo en peligro a la gente, incluyéndome a mí, al intentar arrojar luz sobre un caso que ya está cerrado y que ninguno de nosotros necesita reabrir. Esto también atraerá la atención sobre ti. ¿Lo has pensado? —No sabía si me estaba hablando a mí o a Kael.

—Lo único que hice fue preguntarle a Lawson si eras tú. —Kael se volteó hacia mí—. No lo sabía, Karina. Jamás mentiría sobre eso. No te conté el resto porque...

—Porque sabía que era lo mejor para todos —lo interrumpió mi padre.

Me quedé mirando a Kael mientras él intentaba explicarse. Intenté encontrar el equilibrio, mi centro de gravedad. Necesitaba procesarlo todo, pero era superior a mí. Miré a Kael. Examiné sus ojos, pero no hallé lo que buscaba en ellos. Estaba en blanco por completo, cerrándose, interpretando mi silencio como duda.

—Al principio ni siquiera reconocí a tu padre, te lo juro. —Kael intentó agarrarme las manos.

La alarma del horno sonó de manera aleatoria y me pareció bastante irónica su manera de pitar sin parar. Era como si mi casa tratara de ayudarme a huir del caos.

Mi padre se dirigió a mí.

—Te estaba usando para vengarse de mí, Karina. Intentaba alejarte de mí. Tenía una foto tuya en mi escritorio, todo el mundo la vio. Piensa en lo distante que has estado últimamente. En las cenas a las que has faltado. No me has devuelto las llamadas. Fue él quien te metió eso en la cabeza, ¿verdad?

Me detuve a pensar en ello. Lo medité mucho. Pensé en lo fácil que le resultaba a mi padre retorcer la realidad. Se le daba de maravilla. Debió haber sido político.

No obstante, Kael me había dicho que mi padre era complicado, pero yo no le había dado importancia. Y me había dicho que debía darme un respiro y no ir a su casa a cenar. Tampoco le había dado importancia. Y ¿qué pasaba con lo de Kael y la licencia y la casa en Atlanta? ¿Qué pasaba con ese repentino cambio en su comportamiento? Pasó de ser raro e impredecible a estar constantemente a mi lado. ¿Y el modo en que me dijo que podía confiar en él? Inundó mi rostro de besitos después de salirse con la suya conmigo. Podría vomitar sólo de pensar en ello.

—Karina, eres mi hija. No tengo ningún motivo para mentirte.

Me eché a reír ante ese comentario.

—Eso, en sí mismo, es una mentira.

—Apenas lo conoces. Piénsalo. —Mi padre me hablaba como si fuera una niña; como si estuviera a punto de decirme que reaccionaba de manera exagerada, que «los niños de tu edad son tan sensibles...»—. Me preocupa lo rápido que te dejas influenciar, Karina, y él es un irresponsable. Arriesgar su carrera para hacer preguntas sobre un asunto zanjado...

—No he preguntado a nadie más que a Lawson —respondió Kael al mismo tiempo que yo decía:

—¿Lo rápido que me dejo influenciar?

—Llevaste a Mendoza a la unidad de salud mental, ¿no? Tengo ojos y oídos por toda la base. ¿Lo habías olvidado? —Mi padre había dejado de ser el padre preocupado. Ahora era un auténtico lobo.

—Estaba en el jardín de su casa agitando una pistola en el aire. Me dijo que no merecía vivir. —Las palabras desgarraron a Kael, podía sentirlo.

Sentía todo lo que él sentía por encima de mis propias emociones. Mi espalda estaba a punto de partirse por el peso de todo ello.

—Me dijo que era un monstruo. Un monstruo. Gabriel Mendoza cree que es un puto monstruo. Y, si él lo es, el resto somos el mismísimo Satanás. —La voz de Kael se sumía en la oscuridad, y eso me dividió en dos.

A una parte de mí le aterraba que fuera a tragárselo entero. Necesitaba que lo sacara de esas arenas movedizas, pero ¿cómo iba a hacerlo si no sabía a quién o qué creer? Sabía que los dos estaban jalándome, usándome como un peón para hacerse daño el uno al otro. Incluso si Kael no lo había hecho de manera premeditada y, la verdad, no podía creer que fuera cierto, aunque tampoco podía descartarlo completamente, seguía habiendo mentiras. Muchas mentiras.

—Karina, cielo, tú sabes distinguir el bien del mal. Tal vez pienses que no he sido el mejor de los padres para tu hermano y para ti, pero sabes que haría lo que fuera por ustedes y por los soldados a mi cargo. He dedicado mi vida entera a servir a este país. No pretendía hacer ningún daño cuando intenté ayudarlos. Díselo, Karina, si no quiere licenciarse de manera deshonrosa. —Mi padre levantó las manos como si estuviera rezando.

Sólo lo había visto hacer eso una vez antes, cuando mi madre hizo las maletas por primera vez. La seguía por la sala y le decía todas las razones por las que su vida estaba bien. No perfecta, sólo bien.

«Estarás bien —le decía—. Todo estará bien».

Entre sus manos suplicantes y la devastación casi creíble en sus ojos ahora que me miraba, pude entender por una milésima de segundo lo que mi madre había visto en él todos esos años atrás.

—Vamos, Karina. No creo que quieras eso para él. Arruinará su futuro.

Kael se escabullía de mi pequeña sala. Estaba apoyado contra la pared de yeso que él mismo había arreglado cuando intenté colgar un reloj y media pared se vino abajo. Mi casa, como mi vida personal, empezaba a tener demasiadas cosas que reparar.

—No puede mirar a su hijo a la cara sin ver sus rostros. ¿Lo sabías? Lo está carcomiendo por dentro. No está bien. Ninguno lo está.

Kael se había apoderado de mí por completo; había devorado mi cuerpo y mi mente en un plazo muy corto de tiempo. Habría hecho lo que fuera por aliviar su dolor en cualquier otro momento desde que lo conocí, pero no ahora, cuando todo estaba nublado.

—A todos nos pasa. Todos tenemos demonios que nos impiden dormir por las noches. Puede pedir ayuda por Trastorno de Estrés Postraumático si lo necesita, pero tienes que dejar de picar a un dragón durmiente. Te lo advierto por última vez. Nos estás poniendo en peligro a todos, incluso a ella. —Me señaló, utilizándome para debilitar a Kael.

Si mi padre creía que Kael me estaba engañando, ¿por qué pensaba que le importaría ponerme en peligro? Mi padre era un mentiroso y de los buenos, aunque siempre para su propio beneficio. Mi madre solía contarnos historias sobre el hombre al que conoció en su último año de preparatoria y sobre cómo la cortejaba cuando ella le servía un montón de hot-cakes todos los martes. Así fue como comenzó la tradición de la familia Fischer.

El hombre del que se enamoró tenía una mirada cálida y un gran corazón. Supuestamente, incluso la llamaba «mi sol», como solía hacer conmigo. Pero ese hombre fue desapareciendo poco a poco y transformándose en un auténtico manipulador.

—Piénsalo, Martin. No eches a perder tu futuro. Me aseguraré de que esa licencia por motivos médicos vaya bien siempre y cuando puedas prometerme lo mismo sobre mi retiro.

Ahí estaba mi padre, confabulando delante de mí. Pidiéndole a Kael que pasara por alto el dolor de su amigo y que tomara una decisión egoísta para tranquilizarlo a él.

—Das asco —le dije antes de que Kael pudiera aceptar o rechazar el trato.

—No te metas en esto. —Me ninguneó.

Ahí estaba él, menospreciando mi inteligencia, mi capacidad de tomar mis propias decisiones. Se estaba alimentando de mis inseguridades. ¿Lo hacía Kael también?

Miré a Kael, y después a mi padre.

—Largo. Los dos —dije con voz temblorosa, pero las palabras llegaron a sus oídos.

—Martin, no seas tan estúpido de meterte en algo que no vas a saber controlar. Después de esto no habrá más oportunidades. —Mi padre continuaba a pesar de mi clara demanda.

—Largo de mi casa —repetí, más alto esta vez.

Kael me rogó con los ojos, y mi padre con la voz.

—Fuera. Ahora —ordené, justo cuando Elodie entraba en casa.

Se quedó observando la escena que tenía delante.

—¿Debería...? —empezó a preguntar.

—No. Tú te quedas. Ellos ya se iban —le dije.

Mi padre fue el primero en ceder, seguramente por no salirse del personaje delante de Elodie. Me daba igual la razón, sólo quería que se fuera de mi sala y que cerrara la puerta.

A Kael le costó más. Estaba temblando. Podía ver cómo sus hombros temblaban bajo su uniforme y tuve que hacer acopio de toda mi fuerza de voluntad para repetírselo.

—Sal de mi casa —dije con toda la convicción que una voz y un corazón rotos pueden transmitir.

—Karina, por favor, escúchame.

Levanté la mano.

—Si quieres que te vuelva a hablar alguna vez en la vida, sal de mi casa y déjame respirar. —Me negué a mirarlo. Sabía que no debía hacerlo.

Estaba a nada dejarme caer en sus brazos, de sanarnos a ambos. Vi el dolor reflejado en sus ojos cuando dio media vuelta y, por fin, se fue.

CAPÍTULO 61

Cuando me desperté a la mañana siguiente sentía que me iba a estallar la cabeza. Me dolía el cuerpo. Tenía el corazón roto. De repente, me vino todo a la mente.

Kael.

Mi padre.

Su historia.

La acusación de mi padre de que Kael me utilizaba para vengarse por lo sucedido en Afganistán. Por lo que hicieron allí. Por lo que Kael tuvo que pasar. Por lo que Kael había tapado.

Una parte de mí creía que mi padre estaba completamente loco, que su obsesión lo había llevado a inventarlo todo. Que era una mera coincidencia que Kael y mi padre se conocieran. Una coincidencia, como toparte con un viejo amigo en el cine, o como cuando piensas en alguien de quien hace tiempo que no sabes nada y de repente te llega un mensaje suyo al celular. El hecho de que mi padre y Kael estuvieran en la misma compañía era justo eso, una circunstancia muy extraordinaria. Pero que hubieran tenido contacto real mientras estaban en el extranjero al mismo tiempo, y que el marido de Elodie resultara ser amigo íntimo de Kael... Eso ya era demasiada coincidencia, por más que quisiera creerlo. El dolor que me causaba todo aquello hacía que quisiera atormentarme con tal de desviar la atención de la angustia que sentía.

Esto era exactamente lo que había evitado con Kael.

Sabía que, antes o después, acabaría revelándose como lo que era en realidad, como lo que todos somos, la más egoísta de las criaturas. No debí ignorar las vocecitas de mi interior que me decían que nos dirigíamos a ninguna parte a toda prisa y que nos estábamos quedando sin gasolina. Lo había sentido, el modo en que se cerraba a mí cuando intimábamos. Era increíble la forma en que lograba que me abriera, me convertía en un puto maple de la familia Blossom de la serie *Riverdale*. Y yo vertía mis pensamientos más profundos y privados en él. Él se empapaba de ellos, pero cerraba la llave cuando era su turno.

Me contaba alguna cosa de vez en cuando, me daba alguna idea de su antiguo yo cuando estábamos acostados en mi cama en plena noche, abrazados. Ahora todo era diferente, incluso si creía que nuestra relación no había sido algo premeditado. Me había prometido, una y otra vez, que quería intentarlo, aunque no supiéramos lo que era.

«Era, era, era», me recordé a mí misma.

Mientras me vestía, intenté pensar en algo que no fuera Kael. Algo que no fuera su mente brillante. Podía pasar días enteros sin salir, iluminándome con su luz. Era todo lo que se suponía que tenía que ser un hombre, el primero al que había amado, y al final había resultado ser otro modelo de fábrica más.

Aun así, mi cuerpo se aferraba al calor que infundía a mi vida. Y, después, pensé en el consejo que yo misma le di a Sammy cuando Austin y ella terminaron de nuevo, de que mi hermano era sólo una minúscula parte de su vida, que en un año todo aquello no tendría importancia. Que en cinco años él apenas existiría en su memoria. Ella respondió que jamás lo olvidaría porque siempre estaba conmigo, y que Austin nunca estaba demasiado lejos de mí. Pero las cosas cambian. Obviamente. Salí de mi habitación y, con cada paso que daba, sentía que me dolía el cuerpo por lo de la noche anterior. Sentía el dolor en cada milímetro de mi ser.

Mi cuerpo no tenía constancia de que ahora odiaba a Kael.

Quería sus caricias. Necesitaba sentirlo, sentir su piel contra mi piel. No podía quitármelo de la cabeza; se había acomodado en mi mente. Mis dedos lo anhelaban mientras rebuscaba en mis cajones algo fino y cómodo. Había llamado para decir que no iba a ir a trabajar e ignoré el tono interrogante de Mali. Colgué antes de echarme a llorar. Me centré en vestirme. Ésa habría sido una jornada laboral corta, y Kael y yo teníamos planes de alejarnos de la ciudad todo lo posible. Habíamos preparado preguntas para hacernos el uno al otro y habíamos elaborado *playlists*. La noche anterior, Kael había hecho planes para unir nuestras vidas.

O eso creía yo.

Puede que sólo hubiera trazado planes para vengarse por lo que quiera que pasara durante esa misión.

¿Cómo se había venido todo abajo tan pronto?

Pensé que si me lavaba, si me daba un baño y me cepillaba los dientes, me sentiría un poco mejor. Al menos un poco menos zombi. Pero, cuando me metí al baño y vi su tubo de pasta de dientes de canela enrollado casi me atraganto. Odiaba sentirme así. Era tan horrible que casi no compensaba lo bueno. No estaba segura de si algo de esto había valido la pena. No quería volver a sentirme así en la vida. Y en ese momento decidí que jamás me permitiría volver a adentrarme en una zona de peligro.

Agarré la asquerosa pasta de dientes y la tiré al bote de basura. Al fallar, impactó contra la pared de yeso y dejó una línea negra de unos doce centímetros. Estaba empezando a odiar esa casa, y ella lo sabía. Por eso había decidido venirse abajo conmigo.

CAPÍTULO 62

El baño me había reconfortado, pero aún tenía un aspecto horrible. Me puse unos *leggings* negros y una camiseta, me sequé el cabello con la toalla y me eché un poco de *spray* de sal por toda la melena. Era un salvavidas para mi denso cabello. Quería que el día pasara rápido, era lo único que quería. Me pellizqué las mejillas para darles un poco de color.

Oí la voz de Elodie en cuanto salí al pasillo. Parecía que mandaba callar a alguien, pero estaba sola con la laptop. La voz de Phillip se oía a través del altavoz.

—No me mientas —dijo.

Me pareció que lo había entendido mal, pero entonces lo repitió:

—No me mientas, Elodie. La mujer de Cooper me contó que tú estabas allí. Su mujer le cuenta todo, no como la mía.

Elodie estaba llorando. Tuve que agarrarme a la manija de la puerta del pasillo para no meterme en sus asuntos. No sabía de qué estaba hablando Phillip, pero no me gustaba su tono de voz. Nunca había visto, ni oído, esa faceta de su personalidad. No sabía si su mujer estaba acostumbrada a ella o no.

—No miento. Estuvimos allí una hora como mucho. Fuimos a las reuniones y después a esa casa. Y no había muchos hombres —explicó.

Tamborileé la pared con los dedos para que Elodie supiera que iba a entrar. Se irguió y se secó las lágrimas como imaginaba que haría.

—Phillip, Karina está aquí —informó, supongo que para ponerlo sobre aviso.

No sabía qué pasaba entre ellos, pero sabía que no me gustaba el modo en que le hablaba a mi amiga, que estaba esperando a su hijo.

—Hola, Karina —saludó Phillip en un tono de voz muy agradable, todo lo contrario al de hacía un momento.

Le espeté un desabrido «Hola» y entré a la cocina. Los platos se estaban acumulando en el fregadero. La ropa sucia se desbordaba del cesto en un rincón de la cocina. Y ni siquiera podía culpar a mi desesperación emocional de aquel desastre, ya que la ruptura había tenido lugar hacía apenas doce horas. Conseguí comerme un gajo de naranja, y entonces él me rodeó de nuevo, el sabor de sus labios sobre los míos la primera vez que me besó. Sentí su calidez, saboreé el dulce cítrico que se aferraba a su piel la primera vez que me besó y tiré la naranja a la basura.

Lo de tirar cosas a la basura empezaba a convertirse en un hábito.

Elodie desconectó Skype y se reunió conmigo en la cocina. Tenía los ojos inyectados en sangre y la punta de la nariz roja como el fuego.

—¿Está todo bien? —pregunté, lamiendo los restos del jugo de naranja de mis labios.

Ella asintió y se sentó enfrente de mí a la mesa de la cocina.

No quería presionarla, pero era evidente que no estaba bien.

—Elodie, sabes que puedes contármelo.

—Tú ya tienes bastantes problemas. —Intentó sonreír, mostrarse fuerte.

—Elodie, podemos hablar de lo que sea. Tengo tiempo para ti.

Negó con la cabeza.

—No, no. Estoy bien. En serio. No son más que dramas de los otros soldados. ¿Por qué hay tanto drama? ¿No tienen nada mejor que hacer? —me preguntó, se sorbió los mocos y se frotó la nariz.

»¿Y tú cómo estás? —preguntó, y alargó la mano para tocarme.

Fingí no darme cuenta y bajé las manos sobre mi regazo.

—Bien. Sólo algo cansada —mentí.

Si ella era capaz de mentirme a la cara, yo podía hacer lo mismo.

CAPÍTULO 63

Pasé el día leyendo. Elodie trabajaba y después se iría directa a casa de una de las otras esposas. En lugar de preocuparme por ella, intenté hacer las cosas que me gustaba hacer antes de conocer a Kael. No había pasado tanto tiempo. Eso significaba leer un libro entero de poesía, el nuevo estilo de poesía *hipster* de tapas negras y títulos llamativos. Soy adicta al buen *marketing*, de modo que pedí tres más en Amazon. Cada vez que pedía algo por internet tenía la sensación de que iba a recibir alguna especie de puntos de adulto por tener suficiente dinero en mi cuenta como para poder permitírmelo. Después de pasar demasiado tiempo mirando Amazon y disuadiéndome de comprar una limpiadora de alta presión que definitivamente no usaría jamás (la que estaba mirando se llamaba The Clean Machine), entré a Facebook. Echar un vistazo rápido me ayudaría a despejarme. Era mucho más fácil centrarse en los problemas de los demás que en los de una misma.

Aunque me avergüenza decirlo, me sentí mejor cuando vi que Melanie Plerson se iba a divorciar. Melanie iba un curso por delante del mío y se acostó con Austin en su último año. Fingía que yo le caía bien, seguro que para acercarse más a mi hermano. Hasta que un día, estábamos nadando, y vio las pequeñas líneas blancas en la parte superior de mis muslos. Yo no me había percatado de ellas, ni siquiera sabía lo que eran las estrías, hasta que ella formó una garra con la mano y empezó a llamarme «tigre». Sólo era una más que intentaba reafirmar su propia falta de autoestima burlándose de otra persona.

Sin duda, Melanie pensaba que escaparía de esta ciudad casándose con un soldado y, mírala ahora, regresando a casa con la cola entre las patas. Anuncia a todo el mundo todo lo que hace, así que sabía que volvería al cabo de una semana. Literalmente.

Pasé de su perfil al de mi tío, que había publicado fotos de unas rocas que parecían personas. Eso es lo que tiene el aburrimiento y la falta de motivación. Me preguntaba cómo respondería la gente si publicaba un *emoji* de un corazón rojo. O un párrafo larguísimo sobre mi corazón roto, sobre cómo me estaba comiendo por dentro y sobre que era probable que mereciera sentir cada instante de esta angustia por haber estado tan desesperada como para perder el control de mí misma y de mi vida.

Me pregunté si Melanie reaccionaría a mi infortunio de la misma manera que yo al suyo. ¿Me vería como la perra de la hermana de Austin que siempre estaba pegada a él? ¿Como la chica que traía un traje de baño que enseñaba demasiado, y cosas que le resultaban lo bastante repulsivas como para señalarlas delante de todos aquéllos a los que conocíamos? Me pregunté también por Sammy, y si vería mi publicación y se compadecería de su mejor amiga, o lo que fuéramos. Ya casi nunca hablábamos, pero yo seguía considerándola mi mejor amiga. Al menos cuando alguien me preguntaba. Aunque no es que nadie lo hiciera. Supongo que era la costumbre.

Cerré Facebook antes de poner en práctica mi experimento social. Salí al porche. Hacía una temperatura perfecta, el calor suficiente como para no tener que ponerse una chamarra, pero no tanto como para agobiarse y empezar a sudar. Tomé el libro de poesía y una cerveza que Kael había dejado en mi refrigerador y pasé la siguiente hora en el exterior, al aire fresco. Bebí un trago de la oscura cerveza ámbar y sólo me sabía a Kael.

Estaba en todas partes. Se había convertido en todo. Pasaba las páginas del libro y tenía la sensación de que cada poema era leído con la voz de Kael. Salté de página en página.

Tu piel es oscura
como la noche aterciopelada,
tus rutilantes ojos
se alojan en las constelaciones.

Cerré el libro, lo tiré y lo vi patinar por el porche. El caos de la añoranza era exactamente lo que yo sentía, y quería ese poemario lo más lejos de mí que fuera posible. Le di una patada al librito negro y observé cómo desaparecía entre un montón de malas hierbas que había junto al porche.

Después me sentí culpable. No era culpa de la autora que mi primer amor sólo hubiera durado una semana. Gateé para recogerlo y hundí la mano en las fibrosas malas hierbas. Estaban demasiado altas, demasiado incontrolables, y se multiplicaban de forma descontrolada por mi jardín demasiado descuidado. Esta casita era la única cosa que no iba a acabar siendo algo que no era. Sabía lo que compraba cuando firmé sobre la línea de puntos para adquirir la vivienda prácticamente abandonada que había al final de una calle repleta de comercios. La casa era justo lo que yo sabía que era. Sí, se caía en pedazos y era un desastre, pero era aquello que yo había firmado. Trabajaba para acondicionarla. Mi casa. Para mí. Y, sin embargo, se había convertido en otra cosa que me recordaba a Kael. Empecé a arrancar las malas hierbas del jardín. Necesitaba distraerme y tenía el resto del día para hacerlo como me diera la gana, siempre y cuando Mali no pasara por delante de mi casa y me viera arrancando maleza. Transcurrieron los minutos y pasé de las malas hierbas a barrer las piedras del camino de acceso. Había empezado a adueñarse de mi jardín.

Pensé en Kael y en sus planes de remodelación para su dúplex. Tenía talento para el diseño y odiaba que me hubiera dicho que debía pavimentar el acceso, porque ahora cada vez que viera las piedras grises pensaría en él.

«Ni se te ocurra», me dije. Probablemente en voz alta, pero en ese momento no estaba segura. «No dejes que te ponga en contra de esta casa. Es todo lo que tienes».

CAPÍTULO 64

Al principio me pareció que estaba viendo un espejismo cuando vi estacionar el Bronco blanco delante de mi casa. El sol se estaba poniendo, de modo que debía de llevar ahí fuera al menos dos horas. Estaba claro que mi mente me estaba jugando una mala broma. Me levanté y me quedé mirando cómo se estacionaba.

Cuando salió de la camioneta, me di cuenta. Estaba en mi casa, y estaba dejando que se aproximara a mí.

—Karina. —Su voz danzó a mi alrededor, hipnotizándome.

Abrí la boca para hablar y oí la voz de mi padre en mi cabeza, seguida de la de Kael, y después la de mi padre otra vez. No había tenido tiempo suficiente para determinar qué sentía, o para decidir qué iba a hacer.

—No puedes estar aquí. Necesito tiempo, Kael —le dije cuando llegó al pasto.

Me dolía la espalda mientras estaba ahí de pie, con una mano en la cadera y la otra a modo de visera para proteger los ojos del ardiente sol.

—El jardín tiene buen aspecto. —Miró y señaló detrás de mí, haciendo caso omiso a lo que le había dicho.

—Kael. No puedes estar aquí.

—Karina, por favor —rogó.

Lo miré tan sólo un efímero instante y vi la tristeza en sus ojos, probablemente una estrategia para hacerme regresar con él. Bajé la mano como una cobarde para no poder verle la cara.

—Necesito tiempo. No soy la clase de chica a la que le gusta que la molesten, Kael. No te lo volveré a repetir. —Le dije lo mismo que le había dicho a Estelle cuando me llamó para intentar consolarme.

En esos momentos, las únicas personas en las que podía confiar eran Austin y Elodie. Y con la suerte que tenía con la gente, casi con seguridad ellos también acabarían traicionándome.

Kael me miraba, podía sentirlo. Registraba cuanto yo sentía, absorbiéndolo, tal como hacíamos los dos con respecto a las otras personas.

—Deja que me enamore de ti, Karina.

Su voz era tan suave que no estaba segura de si lo había oído bien o no.

—¿Qué?

Dio un paso más y yo retrocedí, poniendo aún más distancia entre los dos.

—Estoy tan cerca, Karina... Deja que me enamore de ti. Tú me conoces. —Se tocó el pecho, y yo negué profusamente con la cabeza.

¿Cómo se atrevía a soltar esa palabra como si fuera cualquier cosa? Como si fuera a perdonarlo por haberla usado.

—No te atrevas a usar eso contra mí —espeté en el aire nocturno que nos separaba.

Los árboles se agitaban en consonancia con mi creciente ira. Me dije a mí misma que era la madre naturaleza, que me estaba ayudando, dándome fuerzas para lidiar con eso.

—No lo hago, Kare —aseguró, y se acercó de nuevo.

Hundí las uñas en mi palma cerrada hasta que sentí que la piel estaba a punto de rasgarse.

—No me llames así —le advertí—. ¿Qué hay de la casa de Atlanta? ¡Ibas a mudarte sin decírmelo! —Me daba igual estar gritando o que alguien me oyera—. No te conozco en absoluto —dije, imitando su característico tono de voz neutro.

Quería que lo oyera y que viera lo que se sentía. Cuando por fin lo miré a los ojos, debió de percibir algo en mi expresión que le indicó que era mejor que me dejara tranquila, porque levantó las manos en el aire, dio media vuelta y se fue.

Me desplomé en el pasto cuando se alejó en el coche y me quedé ahí hasta que las estrellas me secaron las lágrimas y la luna me ordenó que me fuera a mi cama y dejara libre la suya.

CAPÍTULO 65

Mali estaba tan normal conmigo al día siguiente. Creí que tal vez estaría enojada, pero sabía que algo pasaba y me dio el espacio que necesitaba. Me concentré en mis clientes, en sanarlos. No tenían por qué sentirse tan rotos como yo lo estaba. La jornada transcurrió sin incidentes. Lenta, pero sin sobresaltos. El corto paseo a casa se me hizo duro. No dejaba de pensar en la última vez que había recorrido esos mismos pasos, en cómo había empezado con una inmensa ilusión y había acabado en la más absoluta desesperación.

La vida siguió así durante un par de días. Trabajé. Dormí. Puede que viera un par de películas con Elodie. No estoy segura. La verdad era que tenía un recuerdo muy vago de esos días. No estoy segura de cuándo fue, de cuántos días habían pasado desde la ruptura, cuando regresé a casa del trabajo y me encontré con Austin esperándome.

Tenía la cara enrojecida y el cabello revuelto. Sus manos estaban rígidas, y los dedos, blancos, le temblaban. No había coches en el camino de acceso ni estacionados en la calle, así que no tenía ni idea de cómo había llegado hasta allí.

—¿Qué te pasa? ¿Estás bien? —pregunté un poco asustada.

Sólo me había visitado una vez desde que había regresado.

Negó con la cabeza.

—Papá y yo nos peleamos.

Me senté a su lado en el frío cemento.

—¿Discutieron? ¿Llegaron a los golpes?

—Las dos cosas. Le di un puñetazo.

—¡Austin!

—Él me atacó primero. Me hizo perder el cotrol, Kare. Ya sabes cómo es. Se cree mucho. «Haz esto. No hagas aquello. Cuando yo tenía tu edad...».

—Ya, ya lo sé. A mí también me ha dado bastantes sermones, créeme.

Austin siguió despotricando como si ni siquiera me hubiera oído.

—¿Sabes qué? Ella no le importa nada. No le importa una mierda. Cuando le pregunté si lo había llamado se echó a reír. Te lo juro, Kare. Se echó a reír, carajo. Justo delante de Estelle. No sabrá nada de ella, ¿verdad? ¿Tú sabes algo?

Negué con la cabeza. Estaba acostumbrada a negar con la cabeza al oír cualquier cosa acerca de mi madre. «Ella». «Mi madre». Sabía exactamente de quién estaba hablando.

—No. —Me llevaba el demonio.

—Pero está cerca. Lo sé. Lo siento.

—Austin. —Tomé su mano.

Nunca habíamos sido una familia de tocarnos mucho, a excepción de nuestra madre. Cuando éramos pequeños, ella me abrazaba por cualquier cosa, como cuando en la escuela me ponían una estampita de una carita sonriente en el comentario de algún libro o cuando limpiaba mi cuarto sin que me lo pidieran. Incluso cuando ya era más mayor, me acariciaba la espalda casi todas las noches antes de dormir. A veces escribía palabras por encima de mi pijama con sus largas uñas.

«Buenas noches.

»Te quiero.

»Mi niña».

—No te preocupes por ella, Austin. Es una mujer adulta. Tomó sus propias decisiones. Si te obsesionas con ella, acabarás volviéndote loco.

Me estaba comportando como una hipócrita. Yo no podía dejar de pensar en mi madre, por más que lo intentara. La veía en la fila del supermercado. Oía su voz en mi cabeza mientras lavaba los platos. A veces me metía en la cama y lloraba hasta que me quedaba dormida. Estaba en todas partes y en ninguna. Y estaba tan tan enojada con ella y con el mundo... ¿Cómo pudo largarse así? ¿Cómo pudo irse y no llamarnos siquiera? ¿Cómo pudo renunciar a nosotros de esa manera?

—Estoy harto de este lugar, Karina. Sólo quiero ir a cualquier otra parte. No quiero regresar a casa de Rudy, sólo... a cualquier otra parte. ¿Ya no sientes ese gusanito?

Vaya. El gusanito. Eso me trajo viejos recuerdos.

Parecía que había pasado una eternidad desde aquellos días en los que planeábamos nuestra huida. Lo teníamos todo pensado hasta el mínimo detalle. Yo sería mesera y él trabajaría en una gasolinera llenando combustible y cambiando llantas, dependiendo de dónde acabáramos. Yo encontraría un buen restaurante con mesas cubiertas con manteles de cuadros, y una pícara mesera de mediana edad llamada Phyllis me llamaría «niña» y me acogería bajo su ala. Austin trabajaría mucho y no se metería en líos. Llegaría antes de hora al trabajo la mayoría de los días. El dueño de la gasolinera vería lo buen empleado que era y, al cabo del tiempo, le enseñaría a reparar coches. A Austin se le daría bien eso, reparar coches. Ojalá se esforzara en solucionar problemas en lugar de originarlos.

Se nos ocurrían tantas aventuras en aquel entonces, tirados sobre el sillón de la habitación de Austin, cuando hacía una hora que deberíamos estar dormidos. Sabíamos que no se darían cuenta. Ya nunca venían a revisar que dormíamos. Sólo éramos unos niños y ya veíamos a nuestros padres como «ellos». Estaban «ellos» y «nosotros».

Le dije a Austin que ya no venían a revisar si dormíamos porque ya éramos mayores. Teníamos casi doce, y luego trece, y catorce. A los quince, dejó de preguntarse por qué. Hablábamos durante horas, soñando con nuestros futuros viajes, con el pueblito que convertiríamos en nuestro hogar. Aprenderíamos a encajar y seríamos quienes quisiéramos ser. Él sería ese mecánico. Y yo sería esa mesera. O tal vez él sería músico y yo pintora. O sopladora de vidrio.

Quería que Austin creyera más en ello de lo que yo lo deseaba. Lo inundé de palabras hasta que vi que había aceptado la posibilidad de un futuro mejor. Y, cuando sentía que se había aferrado al sueño que estábamos ideando para nosotros, me relajaba y a veces incluso yo misma creía en ese glorioso futuro. Esas noches hablaba en un alto susurro y cubría los oídos de Austin con las manos para distraerlo de las miserias que se oían a través del pasillo desde el dormitorio de nuestros padres.

—¿Adónde podríamos ir? —le pregunté.

—A Arizona. A Barcelona. A cualquier parte. Carajo, incluso iría a vivir con nuestra ab...

—Pero ¿sabes dónde está tu pasaporte? —pregunté.

—Sí. Y el tuyo. Están los dos en casa de papá, en el cajón.

Antes de que nos mandaran a Georgia, mi padre nos dijo que nos iban a mandar a Alemania. Hacía mucho tiempo que no veía a mi madre tan contenta. Siempre había querido visitar Múnich; al parecer, una de sus amigas se había mudado allí al terminar la preparatoria.

Corrimos a sacar los pasaportes. Mamá pasaba los días estudiando los trenes de Europa y aprendiendo vocabulario básico en alemán. Nos decía *«guten Morgen»* cuando nos despertaba todas las mañanas, y *«guten Tag»* cuando regresábamos de la escuela por la tarde.

—Kare —me dijo un día—. Escucha esto: *«Schönes Wetter heute, night wahr?»*. —Sonreía de oreja a oreja—. Acabo de decir: «Hace un día precioso, ¿verdad?».

—¡Mamá! —bromeé—. ¡Está lloviendo!

—Ay, no seas tan literal —respondió riéndose—. A ver qué tal esto: *«Das sind meine Kinder, Karina und Austin. Ja, sie sind sehr gut erzogen. Vielen Dank»*.

Austin corrió a la habitación cuando oyó su nombre. Mamá le sonrió.

—Acabo de decir: «Éstos son mis hijos, Karina y Austin. Sí, se portan muy bien. Gracias».

—¿Dijiste que Austin se porta bien? ¡Mamá! ¡Qué bromista eres! No puedes engañar así a esos pobres alemanes. Seguro que Austin no tarda ni tres días en quebrantar alguna ley internacional o algo parecido.

—Ja, ja, ja, Karina —replicó Austin.

Nos echamos a reír, y mi madre hizo espaguetis para cenar esa noche.

Era fácil recordar esos momentos felices. Eran tan escasos...

CAPÍTULO 66

Mamá había vuelto. Estaba animada, pero no en su fase maniaca. Despejada y al mando, sin estar hipercentrada. Se mostraba comprensiva e indulgente, como esas madres de la tele que siempre parecen saber lo que tienen que decir. Pasaba la vida limpiando y ordenando la casa, y embalando nuestras cosas. Sus platos de colección y sus joyas antiguas. Nuestros juguetes y nuestra ropa. La televisión no había descansado tanto desde que había empezado a perder fuelle.

—Algún día valdrán algo —dijo mamá mientras revisaba sus viejas revistas—. Cuando la palabra escrita se haya extinguido por completo.

Le gustaba advertirnos sobre el futuro casi tanto como le gustaba que supiéramos lo bien preparada que estaba para recibirlo.

Yo estaba sentada a la mesa de la cocina esa tarde; mamá estaba parada detrás de mí, sacándome mechones de cabello a través de los agujeros de un sádico gorrito para hacer mechas. Pero lo sufría con gusto con tal de tener el cabello como las chicas llamadas Ashley o Tiffany. Nuestra casa estaba totalmente embalada antes de que los de la empresa de mudanzas tuvieran que venir para hacerlo por nosotros. Aunque mamá había dejado fuera sus vinilos e

337

incluso empezaba a cantar de nuevo en las partes en las que Alanis Morissette se mostraba más enérgica.

—Sólo se tardan dos horas en viajar de París a Londres. ¿Lo puedes creer? —comentaba.

Bailaba a mi alrededor, con uno de esos guantes de plástico raros en la mano. Cuando empezó a sonar *You Oughta Know*, dio unos puñetazos en el aire como si ésa fuera su canción de batalla. Recuerdo el aspecto que tenía aquel día. Se había delineado los ojos y había decorado su largo cabello castaño con pequeñas trencitas aquí y allá. Estaba preciosa, feliz.

—Karina, la vamos a pasar genial. Imagínate la gente que vamos a conocer. Allí todo el mundo es diferente, variado, y a nadie le importa lo que hacen los demás, no como aquí. La gente no nos juzgará. Va a ser increíble, Kare —me prometió.

¿Por qué será que la felicidad siempre es tan efímera cuando la desesperación parece quedarse como un invitado no deseado?

Al día siguiente, mientras Austin y yo estábamos en clase, mi padre soltó la bomba. Ya no íbamos a ir a Europa. Por un cambio de mando, al final lo destinaban a Georgia, a sólo dos estados de distancia. Mi padre dijo que era lo mejor, que así tenía más posibilidades de promoción. Mi madre dijo que era peor para lo que quedaba de su alma.

A la mañana siguiente encontré una botella de ginebra vacía en el baño. La metí en una bolsa y la tiré al contenedor de la calle para ayudarla a ocultar las pruebas. *Propiciar* creo que lo llaman. A esas alturas con mi madre, no era la botella vacía lo que me preocupaba, sino el hecho de que fuera ginebra, porque significaba que ya había acabado con el vodka.

CAPÍTULO 67

—¿Quieres quedarte un rato? —Miré a Austin y, por un segundo, la vi a ella en él.

Era algo alrededor de los ojos, algo en la forma de su boca. Siempre seríamos una mezcla de nuestros padres y eso me horrorizaba.

—No —susurró—. No lo sé. Necesito solucionar mis mierdas, y no puedo hacerlo desde tu sofá.

—Es más barato que Barcelona —bromeé.

—Había pensado quedarme con Martin. —Sentí sus palabras como un puñetazo, pues me tomaron por sorpresa.

—¿Martin?

Quería que pronunciara su nombre.

—Con Kael.

—¿Desde cuándo son tan amigos? —No podía ni ocultar el dolor en mi voz.

—No sé, desde hace una semana o así. —Se echó a reír, y yo no podía ni respirar—. Ha estado mucho en casa de Mendoza.

—¿En serio?

No podía creerlo.

—Oye, sé que hubo algo entre ustedes dos, y sé que se ha terminado. No sé nada más. Me dijiste que no era nada serio, y que lo que pasó con papá había sido una confusión, ¿no? —Me miró a los ojos, retándome para que fuera sincera.

Era un reto que no iba a aceptar.

—De modo que, a menos que haya algo más que quieras compartir conmigo, no veo cuál es el problema para que me quede en su casa. Él es el único aparte de Mendoza que sólo se relaja en casa y no lleva a chicas para acostarse con ellas todas las noches. No se mete en problemas.

Quería vomitar. Estaba aliviada y devastada. Era una combinación terrible.

—No dije que no debas ser amigo suyo —dije con frustración—. Pero... —No se me ocurría ninguna razón válida por la que Austin no pudiera quedarse con Kael a menos que quisiera contárselo todo, y eso sencillamente no era posible.

Los odiaría a todos, puede que incluso a Mendoza también.

Bastaba con que yo los odiara.

—Si no quieres que lo haga, dilo. Pero no puedo seguir en casa de papá, Kare. No puedo.

Asentí. Entendía la necesidad de alejarse de casa de nuestro padre. Debía quedarse en casa de Kael. O en casa de «Martin». Me gustaba pensar en él como Martin, como el soldado que sólo hacía lo que se le ordenaba, que se había ofrecido a ayudar a mi hermano cuando lo necesitaba. No como el hombre del que me había enamorado, no como el hombre por el que me había vuelto completamente loca.

Hacía tiempo que no lo veía, excepto cuando echaba un vistazo a mi Instagram y veía nuestras fotos juntos.

Me había cambiado tanto en un plazo tan corto de tiempo... Los comentarios de las fotos me parecían tan graciosos en aquel entonces...: «Atlanta se niega a recibirnos ahora», escribí debajo de una foto nuestra en el coche, con una copia de *Cincuenta sombras de Grey* en el tablero. Estaba releyéndolo antes de que saliera la siguiente película, y me resultó mucho más emocionante al tener a un hombre al que le gustaba llevar las riendas en la cama cuando cerraba el libro. Se me ponchó la llanta justo cuando partíamos para nuestro viaje a Atlanta, el viaje que nunca sucedió.

Sacudí la cabeza para quitarme esos pensamientos de la cabeza, para que Kael dejara de invadir mi mente. Me temblaban las manos. Creía que lo tenía superado.

—Papá me está llamando otra vez —dijo Austin, cambiando de tema.

—¿Vas a contestar?

—No.

Un coche pasó por delante y un niño nos saludó desde el asiento de atrás. Austin le devolvió el saludo, e incluso sonrió al chiquillo.

—Por cierto, tengo trabajo —me comentó segundos después.

El sol se estaba poniendo y el cielo cambiaba de colores a nuestro alrededor.

—¿En serio? —Me alegré por él—. Eso es fantástico —le dije.

Y lo decía en serio. No había trabajado desde que lo despidieron del restaurante.

—¿Y qué clase de trabajo es?

Vaciló.

—Trabajo con Martin.

—Cómo no. —Hundí la cabeza entre las rodillas.

—Está remodelando el dúplex en el que vive, ¿sabes? Me paga a mí y a Lawson, y a todo el que lo ayude. Yo tendré más horas que nadie, ya que todos tienen que trabajar entre semana. Son cosas como arrancar una alfombra y mierdas de ese estilo.

Tenía que alegrarme por mi hermano, incluso si su vida giraba ahora en torno a la única persona de la que yo quería olvidarme.

—Se parecen mucho, ¿lo sabías? —dijo con una sonrisa en la cara.

Era la primera vez que parecía medianamente contento desde que había llegado.

Negué con la cabeza.

—Eso no es verdad.

—Si tú lo dices...

—¿Cómo está Katie? —pregunté, volviendo a centrar la atención en él.

Sabía que volvían a estar juntos, lo había visto en Facebook. Supongo que su exnovio estaba fuera de escena, por el momento.

—Bien. Resulta una gran ayuda para mí. Me mantiene al límite. Y se levanta temprano para ir a clase, así que salgo menos y eso. —Parecía orgulloso de sí mismo, y se lo permití.

Éramos dos seres humanos totalmente diferentes, a pesar de que habíamos compartido útero.

—Me alegro muchísimo por ti —le dije.

Me acosté en el suelo del porche y apoyé la cabeza cerca de la suya. Éramos casi niños de nuevo.

—Gracias. No lo traeré cuando venga a verte si no quieres que lo haga, pero me está ayudando mucho.

Me quedé mirando al cielo, rogándoles a las estrellas que salieran de una vez. Quería saber que podía contar con ellas. Quería estar segura de algo.

—Tranquilo. De todas formas, estoy saliendo con alguien. —Las palabras se deslizaron por mi lengua, taimadas como la propia mentira.

—Ah, ¿sí? —preguntó.

—Sí. No quiero hablar de ello —contesté, sabiendo que Austin huía de las cosas complicadas si tenía la oportunidad.

—De acuerdo —dijo—. Entonces no te molestará que me venga a recoger aquí dentro de un minuto.

Pronunció las últimas palabras muy deprisa, como si eso cambiara su significado.

—Austin... —dije su nombre retorciéndolo en la lengua—. Bueno. Ya me voy a meter. Tienes que comprarte un coche.

—Y lo haré, ahora que tengo trabajo. —Se le iluminó la cara, y eso alivió un poco mi dolor.

—Estoy orgullosa de ti, en serio. Y, mira, al final no has tenido que alistarte en el ejército —bromeé.

Sabía que jamás lo habría hecho, por más que mi padre intentara obligarlo.

Oí el rugido de la camioneta de Kael antes de verla. Mi cuerpo y mi mente reaccionaron a la velocidad del rayo, y tuve que obligarme activamente a entrar en casa antes de que girara hacia mi calle.

«Muévanse», ordené a mis pies. «Ahora», insistí.

Pero salió de la camioneta y empezó a recorrer el pasto antes de que hubiera llegado a moverme un milímetro. Tenía los párpados caídos. Llevaba puesta una gorra de beisbol. Vi el destello de confusión en su rostro al ver que no me iba corriendo.

Ojalá supiera que no era cosa mía. Quería moverme. Quería desesperadamente moverme y entrar a casa y meterme bajo las sábanas y fingir que nada de esto había pasado.

—Karina. —La voz de Kael era un castigo envuelto en seda.

El nudo que tenía en la garganta me impedía hablar. Me pesaba mucho la lengua.

Él parecía hallarse en las mismas condiciones, y eso me sorprendió. ¿Había pasado sólo una semana desde que lo había tocado? Me parecía imposible. Mi cuerpo era un traidor, y recordaba su calidez mientras él estaba en el jardín, demasiado lejos de mí.

Mi hermano se levantó y me tapó a Kael durante un segundo. Justo lo que necesitaba para volver en mí.

—Hasta luego —le dije a Austin, intentando sonar lo más indiferente posible sin mirar a Kael.

Merecía un Oscar. Abrí la puerta de mosquitero sin mirar atrás. Una vez dentro, cuando oí el clic de la cerradura, pegué mi cuerpo contra la puerta de entrada en un intento de estabilizarme, de mantenerme en pie. No funcionó. Lloré tanto que me deslicé hasta el suelo. Y ahí me quedé hasta que Elodie llegó a casa de trabajar y consiguió que me levantara tentándome con las fotos de su ecografía. Su pequeño aguacate medía ahora lo mismo que un plátano. Mi amiga estaba tan contenta que me eché a llorar de nuevo.

CAPÍTULO 68

No me importaba cerrar por Elodie, ya que le dolía la espalda. Y no me importó que Mali se fuera un poco antes para sacar a los perros porque la partida de póker de su marido se había alargado y no llegaría a casa a tiempo. Pero ¿estar sola en el spa?, lo detestaba.

El problema era mi imaginación y el hecho de que le gustara llevar las cosas al límite, y rápido. Empezaba a asustarme, como me pasaba cuando me quedaba sola en casa de mis padres y me pasa a veces en mi propia casa. Me había puesto a pensar en todas esas leyendas urbanas que a todo el mundo le parecían divertidísimas. «¡La llamada procede del interior de la casa!». Yo, personalmente, nunca le vi la gracia. ¿Y ésa del hombre que se esconde debajo de la cama de la chica y que le lame los dedos para que ella piense que lo está haciendo el perro? Sí... me estaba asustando.

No me quedaba mucho. No había clientes en la hoja de reservas y dudaba que alguien fuera a pasar por esta calle comercial en los próximos veinte minutos, de modo que cerré mi cabina y empecé a preparar las cosas para la mañana siguiente. La empresa de limpieza había limpiado la noche anterior y todo tenía muy buen aspecto. Sólo debía ordenar algunas cosas y asegurarme de que todas las velas estaban apagadas. Ese tipo de cosas. Apagué las luces una por una antes de cerrar la puerta trasera, candado incluido, y de apagar la luz del despacho.

Prácticamente corrí al vestíbulo, donde las luces seguían encendidas, y apagué la iluminación del techo. Encendí la linterna del celular y me acerqué a la ventana de la esquina frontal para encender la lámpara de pie. Siempre dejábamos una luz tenue encendida, para evitar que entraran a robar. Mali me había dicho que en los colegios también lo hacían, y por la misma razón. El solo hecho de mencionar la palabra *robo* me ponía nerviosa.

«¿Otra vez asustándote, Karina?».

Me reí un poco de mí misma por ser tan cobarde. Era como uno de esos argumentos de estilo *CSI* que me inventaba para la gente. ¿Y *La ley y el orden*? Estaba claro que tantos maratones de *La ley y el orden: UVE* me habían afectado la cabeza.

Y entonces vi que una sombra se aproximaba a la puerta y prácticamente di un brinco. Creo que incluso grité. Me quedé totalmente quieta, intentando recuperar el aliento y ralentizar mi ritmo cardiaco. La sombra se acercó y pude ver que se trataba de un hombre; un hombre joven, pero no un chico. Por el corte de cabello puede que fuera soldado. Era un poco tarde para que alguien pasara por aquí. Además, no lo conocía, y eso me inquietaba.

Nunca antes había estado sola en el spa de noche y, desde luego, no volvería a hacerlo jamás. Pensé que ojalá hubiera escuchado a Kael cuando me dijo que empezara a traer gas pimienta de nuevo. Miré el cilindro rosa vacío que pendía de mi bolso. ¿No era curioso que fuera rosa? Como si tuviera que ser «cuqui y femenino» para poder protegerme de los hombres por la noche.

El hombre jaló la puerta cerrada. Me asomé y encendí la otra lámpara. Apagué la linterna del celular y me mantuve a una distancia prudente de la puerta.

—Hola, perdona, ¿está cerrado ya? —Estaba tranquilo, y su voz sonaba bastante amigable.

—Sí, bueno, dentro de diez minutos. —Mi tono de voz parecía el de un ratón de iglesia aterrorizado. Y también me sentía como si lo fuera, y lo odiaba. «¡Valor, Karina!».

—Ah, vaya. Es que creo que me lastimé en la espalda entrenando y esperaba que aún estuviera abierto. —Parecía bastante sincero, pero no le veía la cara.

—Podemos atenderte mañana por la mañana. Puedo venir un poco antes —sugerí, dando por hecho que tendría que trabajar, pero sintiéndome un poco culpable al saber que era un soldado y que tenía dolor.

—Creo que podré librarme de los entrenamientos por la mañana; ¿puedo pasar para hacer la reserva? —preguntó.

Miré a la lucecita roja de la cámara que había en la pared y abrí la puerta. Volví a pensar en *La ley y el orden* y me pregunté cómo reaccionaría Mali al descubrir mi cadáver por la mañana.

El hombre entró y me miró a los ojos. Era algo incómodo, pero sincero a la vez, de un modo extraño. Me siguió hasta la mesa y tomé la agenda, pues ya había apagado la computadora. Miré mi turno del día siguiente.

—Tengo un cliente a las diez, justo al abrir, y otro a las doce, pero puedo llegar a las nueve o a las ocho y media, ya que te has molestado en venir hasta aquí a estas horas —dije.

No sabía a cuento de qué, pero intentaba recitar algunas frases típicas de atención al cliente que había empleado de trabajo en trabajo. Molestarte a ti misma por un cliente insatisfecho siempre suele funcionar, a menos que el cliente sea un auténtico patán. En cuyo caso, que se las arreglen.

—Que sea a las nueve y media, así esto estará tranquilo. —Miró detrás de él al horario de apertura pintado en la puerta de entrada en letras blancas.

—De acuerdo. —Tragué saliva—. A las nueve y media entonces. ¿Me dices tu nombre?

—Nielson —me dijo.

Lo anoté. Me resultaba familiar, pero sabía que nunca había visto su rostro. Era buena recordando caras.

—¿Eres tú la que...? Ya sabes, la que da masajes especiales. —Su voz reptó sobre mí como un montón de arañas minúsculas.

Se me revolvió el estómago.

—¿Disculpa? —pregunté o, más bien, lo acusé.

Miré hacia la cámara de nuevo, esta vez de manera bastante obvia. Él se dio cuenta.

—Bueno, eh..., sí. Me... me dijeron que una de este centro lo hace. —Soltó la sopa—. Ya sabes. «Masajes especiales».

Tenía ganas de vomitar. Quería salir corriendo. Pero busqué el valor en lo más profundo de mi ser y me mantuve en mi sitio.

—Me temo que tengo que pedirte que te vayas —dije en el tono más firme que pude.

Después, tomé el teléfono fijo y lo levanté a medio camino hacia mi oreja.

El supuesto cliente levantó las manos a modo de fingida rendición, sonriendo con suficiencia. Me pareció ver un destello de metal en una de sus últimas muelas cuando se rio.

—Sí, sí, claro. Estoy bromeando. Lo siento. Lo siento. —Levantó las manos—. Tranquila. No hace falta que te pongas tan a la defensiva.

Me quedé mirándolo, en silencio, sin bajar el teléfono y rezando para que no viera cómo me temblaba la mano o lo blancos que se me estaban poniendo los nudillos de agarrar el teléfono con toda la fuerza que podía. Al cabo de los segundos más largos de mi vida, retrocedió y se dirigió de espaldas a la puerta.

Pero no apartó los ojos de mí. Esos gélidos ojos azules y esa piel tirante y pálida resultaban mucho más siniestros ahora que me estaba amedrentado viva. Pero no podía permitir que viera que estaba asustada, de modo que mantuve los labios apretados y el teléfono levantado para que pudiera verlo.

Antes de salir por la puerta, el desconocido sonrió de nuevo.

—Tú eres la hija de Fischer, ¿verdad?

En mi cabeza se activó una alarma. ¿Quién era ese tipo?

La campana sonó cuando empujó la puerta con la espalda. Mi corazón martilleaba en mi pecho. «Vete, por favor», le rogué para mis adentros. «Vete, por favor». Se volteó y se detuvo unos instantes en el umbral. Y, en ese momento, justo cuando la puerta empezaba a cerrarse lentamente, Kael apareció en la banqueta. Cuando lo vi, creí que iba a desmayarme.

Kael. En carne y hueso. Ya no estaba sola.

CAPÍTULO 69

Kael abrió la puerta y me subí a su camioneta. Intenté no pensar demasiado en todo lo que estaba por resolver entre nosotros ni en lo mucho que quería acercarme más a él y aferrarme a su cuerpo caliente.

Los Kings of Leon de antes sonaban a bajo volumen a través de las bocinas.

—El cinturón —me recordó Kael, como acostumbraba a hacer.

—No estás en posición de darme órdenes —le dije, y sonrió—. Voy a poner el temporizador —añadí—. Veinte minutos. —Y lo hice. Puse el temporizador de mi iPhone.

Sonrió de nuevo. Odiaba notar que bajaba la guardia a pasos agigantados, pero el inmenso alivio que sentía cuando me miraba, con la cabeza ladeada y los labios separados..., en fin, eso no lo odiaba.

—¿Qué? —le pregunté, y apreté la barbilla contra mi hombro para ocultar mi boca.

—Da gusto volver a respirar —respondió, mirándome a los ojos.

Se acabó. Adicción. Recaída. No podía evitarlo ni aunque hubiera querido.

—Mmm. —Me hice la dura en broma para tomarle el

pelo—. Pregúntame cosas —dije para quitarle intensidad al asunto.

Era eso o ceder ante mi cuerpo y acariciar sus hombros, su cuello, sus labios.

Todo el dolor de la última semana parecía haber valido la pena sólo para estar aquí sentada a su lado. Lo que yo decía: adicción.

Bajó un poco más el volumen de la radio.

—¿Segura que estás bien? Pareces asustada. ¿Te asustó ese tipo que salía del spa? —Parecía preocupado.

Quería que lo estuviera, aunque jamás lo admitiría delante de él.

Asentí.

—Sí, estoy bien, de verdad.

Sabía que lo peor vendría después. Cuando estuviera sola, sin la seguridad que el cuerpo de Kael me infundía, sin la protección que ofrecía su presencia; me daría cuenta de lo que había pasado, de que un pervertido había entrado y había hecho una broma desagradable y que conocía el nombre de mi padre. Bajé la ventanilla para respirar un poco de aire fresco. Olía ligeramente a lluvia y a tierra mojada. Eso me ayudó a calmarme. El aire entrando por la ventana, Kael manejando, el fuerte sonido vibrante del motor de su enorme camioneta. Todo ello contribuyó a calmarme.

—Bueno, si estás segura... —Esperó mi respuesta.

Asentí.

—¿Cuántos años tenías cuando se te cayó el primer diente? —preguntó.

Lo pensé un segundo.

—Seis, creo. Mi madre decía que solía comérmelos. Literalmente, me los tragaba antes de que alguien se diera cuenta, de modo que me quedé sin la visita del ratón de los dientes dos veces.

Se mordió el labio intentando no reírse.

Su siguiente pregunta fue:

—Bueno, ¿cuántas multas de tráfico te han puesto en toda tu vida?

—Tres.

—¿Tres? Si sólo llevas manejando, ¿cuánto? ¿Cuatro años como mucho? —bromeó—. Bueno, si tu objetivo es que te pongan una al año llevas una de retraso. Lo sabes, ¿verdad?

Asentí.

Continuó.

—¿Cuántas mascotas has tenido a lo largo de tu vida?

—Sólo una. Se llamaba *Moby*.

Le conté lo mucho que quería a ese peludito hasta que se escapó por cuadragésima vez y nunca regresó.

—¿Como la ballena o como el cantante? —preguntó.

Me aguanté la risa, pero al final se me escapó un poco.

—Como ninguno de los dos. Tan sólo nos gustaba el nombre.

Traía una camiseta gris con una chamarra azul marino encima. Ésta le quedaba estrecha en los brazos, y los jeans eran negros, con agujeros en las rodillas, mis favoritos en el universo.

—¿A qué te recuerda el sabor del *macaroni and cheese*? —me preguntó al salir a la carretera.

—¿De dónde sacas estas preguntas? —Ahora me reía abiertamente.

Se encogió de hombros.

—¿Por qué lo preguntas? ¿Te dejé sin palabras?

Negué con la cabeza, riéndome.

—El *mac and cheese* me recuerda a mi madre. —Me incliné hacia delante y me tapé la cara—. Sé que siempre respondo lo mismo. —Me descubrí la cara y me aparté el cabello de las mejillas—. Pero es que hace... hacía, el mejor del mundo. A partir de cero. Menos la pasta, claro. La pasta no era de elaboración casera —aclaré—. Siempre me decía que, cuando me casara, me enseñaría la receta. Lo cual es raro. —Me reí a medias.

—Y anticuado —añadió.

—Totalmente anticuado —coincidí.

—Tengo algunas preguntas más —me informó.

Las direccionales para doblar no dejaron de sonar mientras esperábamos en el semáforo en rojo delante de Kroger. Estaba enfrente de un lavado de coches, aquél en el que Brien y yo terminamos mientras él aspiraba su vehículo. Estaba obsesionado con aspirar el coche.

—Adelante. —Lo animé a continuar para poder borrar a Brien de mi mente.

—¿Cuándo te diste cuenta de que eras diferente a todos los que te rodeaban? —preguntó.

Nos miramos a los ojos. El interior del coche estaba a oscuras. Tenía una mano en el volante y la otra sobre su regazo. Deseaba con desesperación tocar sus dedos. Toda la fuerza de voluntad que había reunido durante la última semana se había evaporado rápidamente. Me acerqué un poco más a Kael y aparté su mochila de piel de entre nosotros. El cierre no estaba cerrado, y cayeron un montón de papeles; los dejé en el espacio vacío que tenía a mi lado.

—¿Qué clase de coche crees que conducirás dentro de cinco años?

—Mmm, probablemente el mismo. No lo sé. Me dan igual los coches —contesté.

—¿Cuál es tu mayor miedo? —me preguntó Kael.

Respondí a eso sin pensarlo siquiera.

—Que le pase algo a Austin.

Kael me miró y, sin mediar palabra, me expresó que entendía mi preocupación por mi hermano. Kael era la primera persona que me entendía sin esfuerzo, era agradable volver a estar cerca de él. Tanto era así que la sensación vencía a las dudas que habían nublado mi mente desde la última vez que lo había visto.

—Me toca. —No había respondido al último par de preguntas. No tenía respuesta para la primera que me había hecho porque nunca había visto una película de Marvel.

—¿Sientes que me conoces ahora? —preguntó.

Negué con la cabeza.

—Dije que me toca. —Estaba casi pegada a él en el asiento delantero, y miró hacia abajo entre los dos.

—Ponte el cinturón, y entonces te tocará.

Las palabras apenas habían terminado de salir de su boca cuando un destello de luz iluminó el parabrisas.

Se había desviado hacia otro carril. Un coche pitó justo cuando Kael daba un volantazo para enderezar el coche, y contuve el aliento.

Regresé a mi asiento al otro extremo y me abroché el cinturón. Kael miraba hacia delante, estrangulando el volante.

—¿Estás bien? —le pregunté.

Pasaron un par de segundos y tragó saliva.

—¿Y tú? —me preguntó sin mirarme.

—Sí. Estabas tan preocupado por mi cinturón que casi nos matas. —Hice ademán de tocarle la mano y vi la fuerza con la que agarraba el volante.

»Kael. —Pronuncié su nombre con suavidad, como hacía cuando se despertaba por las mañanas sin saber en qué continente estaba.

Ahora tenía esa misma cara.

—Kael, tranquilo. Estoy bien. Estamos bien. ¿Quieres parar?

Se quedó callado. Tomé el montón de papeles y la mochila y apoyé la mano en su pierna. Le acaricié con suavidad la piel por encima de los jeans.

—Detente. —No era una pregunta. Era evidente que todavía estaba en shock—. Kael. —Levanté la mano—. Voy a tocarte la cara —le advertí, sin saber cómo iba a reaccionar.

A mi cuerpo le iba a dar algo si seguía recibiendo susto tras susto. Asintió despacio. Apoyé poco a poco la palma abierta en su mejilla y la presioné ligeramente contra su cálida piel. La dejé ahí y empecé a acariciar con el pulgar la barba incipiente de su mandíbula.

Se detuvo a un lado de la carretera antes de que tuviera que repetir su nombre. Exhalaba fuertes bocanadas de aire, densas ráfagas de pánico. Estaba tan feliz de estar allí, tan cerca de él, olvidando los discursos que me había estado dando a mí misma todas las mañanas y todas las noches mientras intentaba mantener la distancia. Debería haber sabido que me sería imposible mantenerme alejada de él.

—Tranquilo —dije de nuevo, abrazando su cintura.

—Karina. —Respiraba rápido y con dificultad, como si acabara de subir un tramo de escalera.

Me incliné y me arrodillé sobre el asiento, con el cuerpo orientado hacia él.

—Estamos bien. Mira. —Le di un toquecito en la nariz con la mía y sus ojos recobraron el enfoque.

Parecía un niño pequeño, no un veterano de guerra. No un hombre. Se me encogía el corazón al verlo. Hacía que quisiera decirle que me estaba enamorando de él, que sólo tenía que explicarme lo que había sucedido, sin mentiras, sin alterar la verdad. Teníamos mucho de que hablar.

Pero, en aquel momento, sólo quería consolarlo. Estaba saliendo de eso..., de lo que sea que fuera. Y estaba regresando a mí.

Acerqué más mi cuerpo al suyo.

—Voy a mover estos papeles —dije mientras los ordenaba un poco.

Había un archivador con la típica estrella del ejército. Kael se quedó inmóvil a mi lado. Sentí que algo cambiaba en el ambiente que nos rodeaba cuando vi lo que decía en el paquete. Los coches nos pasaban por la carretera, pero me daba igual. Quería que estuviera tranquilo, que pudiera respirar.

—¿De quién es esa solicitud de alistamiento? —pregunté, tan curiosa como siempre—. Creía que querías olvidarte de eso.

No me pude controlar. Abrí el archivador. Y Kael alargó la mano e intentó quitármelo.

—No puedo creer que vayas a alistarte de nuevo después de todo lo que...

Y entonces leí el nombre en la primera página.

AUSTIN TYLER FISCHER

CAPÍTULO 70

Ahora le tocaba a Kael pronunciar mi nombre en voz alta. Traerme de nuevo a la Tierra.

—Karina. Karina —dijo—. Escúchame, Karina. Esto tiene una expl... —Era como si me hablara en chino. Sólo entendía mi nombre. Apenas sentía mi propio cuerpo.

—¿Qué es esto, Kael? —conseguí articular por fin.

La camioneta estaba estacionada en la orilla, pero tenía la sensación de que estábamos colgados del borde de un precipicio.

Al ver que no respondía, grité. No iba a perder el tiempo con sus excusas. Estaba claro lo que pasaba.

—¿QUÉ HACE...? ¿QUÉ HACE ESTO EN TU COCHE? —Tiré el archivador con fuerza sobre el espacio vacío en el asiento que nos separaba.

Un semirremolque nos pitó, y Kael arrancó el vehículo.

—¡No muevas este puto coche hasta que me cuentes qué es esto y por qué lo tienes tú!

Yo era un manojo de emociones: miedo, ira, asco, desprecio.

Él era una estatua de mármol: bella, pero fría.

Sonó la alarma del temporizador de mi teléfono. Sus veinte minutos se habían agotado. ¿Sólo habían pasado veinte minutos? ¿De verdad que Austin se había unido al ejército? ¿Y Kael lo sabía? Es más..., ¿había sido esto cosa suya?

—Contéstame o no vuelvas a hablarme en tu vida —le dije mientras rebuscaba mi celular en la bolsa.

Tenía una llamada perdida de un número local que no reconocía, pero nada más. Busqué el nombre de Austin y la cabeza me daba vueltas tan rápido que todo se había vuelto borroso cuando intenté enviarle un mensaje. Le llamé, pero no respondió.

—Lo convenciste, ¿verdad? —le espeté a Kael—. ¡Lo hiciste para hacerme daño! —le grité.

—Lo hice porque necesita poner orden en su vida. Lo hice porque necesita dejar de joderse la existencia.

—¡Carajo! ¡No lo puedo creer, Kael! ¿Tanto odias a mi padre que estás dispuesto a hacer lo que sea con tal de poder vengarte de él? ¿Incluso mandar a su único hijo a la guerra?

Iba a vomitar. Quise bajar la ventanilla, pero no encontré la manivela. Alcancé la manija para abrir la puerta, y Kael intentó agarrarme.

Me solté de un jalón.

—¡Ni te atrevas! ¡No te atrevas a tocarme! —Estuve a punto de caerme del Bronco—. Lárgate de aquí. Vete.

Las lágrimas empapaban mi rostro y el cabello se me pegaba a las mejillas mojadas.

—¡Largo! —grité, y no me importaba que estuviera a oscuras ni quedarme sola a un lado de la carretera.

Lo único que quería era estar lo más lejos de él como fuera humanamente posible.

Y, por supuesto, como el universo me odiaba, en cuanto mis zapatos tocaron el suelo y le grité de nuevo que se fuera, el cielo empezó a llorar, empapándome con densas lágrimas de lluvia de la cabeza a los pies.

AGRADECIMIENTOS

Ahora viene la parte incómoda de los libros en la que finjo que acabo de ganar un Oscar y nombro a la primera persona que me viene a la cabeza, así que tengan paciencia conmigo mientras intento darles a estos seres humanos un poco del reconocimiento que merecen.

Flavia Viotti, agente extraordinaria: eres una máquina trabajando y una de las mejores mamás que conozco. Me siento honrada de conocerte y ya quiero que llegue el futuro a tu lado. Has trabajado muchísimo en este libro y eso significa un mundo para mí.

Erin Gross: tú me completas. Literalmente. Gracias por ser mi mano derecha, mi mano izquierda, mi cerebro, mis brazos, etcétera, etcétera. Eres la mejor, y juntas conquistaremos el mundo. Eres superinnovadora y trabajas hasta en sueños. Te *corazón* a tope.

Jen Watson, también conocida como Jenny *from the block*: ¡Amiga! Eres una compañera de aventuras para toda la vida. Hemos vivido muchísimas cosas juntas, de trabajo y, sobre todo, de todo lo que no es trabajo. Me muero por vivir más.

Ruth Clampett: eres tu propia app de meditación. Ya no puedo vivir sin tu gracia y tu amabilidad.

Erika: eres mi principal apoyo y, literalmente, sin tu influencia en mi vida y en mis palabras no tendría una carrera. Gracias por ser una mentora y una mujer tan fantástica. Te admiro profundamente.

Kristen Dwyer: ¡Éste es nuestro décimo libro juntas! ¿Quéeeee? Eres la onda, y ya quiero que lleguen el undécimo, el duodécimo y el nonagésimo noveno.

Brenda Copeland: ¡Eres una soldado de caballería en toda la extensión de la palabra! Me alegro de que formes parte de este equipo. Has sido increíble con el primer (y caótico) libro, prepárate para el siguiente.

A todas mis editoriales de todo el mundo, a los editores, a los equipos de ventas, a los diseñadores de portadas y a todo aquel que pierda una parte, por pequeña que sea, de su valioso tiempo en intentar ayudar a hacer realidad mis sueños: ¡gracias! Soy muy consciente de su esfuerzo y su dedicación.

ESTE LIBRO PERTENECE A...

TUS FRASES FAVORITAS DE LA SERIE STARS

* *

* *

* *

* *

* *

* *

* *

* *

* *

* *

* *

* *

* *

* *

* *

* *

* *

* *

* *

* *

* *

* *

* *

* *

* *

* *

* *

* *

* *

* *

* *

* *

* *

* *

* *

* *

* *

* *

* *

COMPARTE TUS FRASES EN

Con el hashtag **#serieStars**

ADÉNTRATE EN EL UNIVERSO AFTER
Y DESCUBRE UNA EXPERIENCIA
DE LECTURA ÚNICA

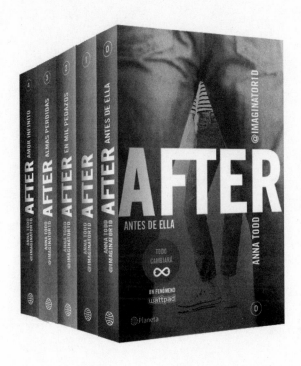

VUELVE A SENTIR LA EXPERIENCIA AFTER.
LA HISTORIA DE UN AMOR
QUE NO OLVIDARÁS

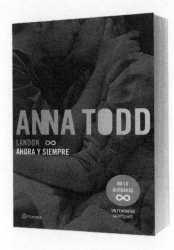

**MÁS QUE UNA HISTORIA,
UNA MONTAÑA RUSA DE EMOCIONES.
¡VÍVELA!**

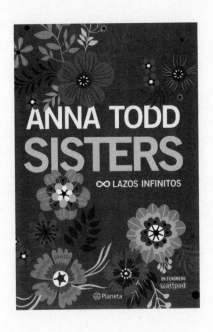

¡DEJA VOLAR TU IMAGINACIÓN!
SIN TI NO HAY HISTORIA